一冊の本が世界を変えるとは、
私は思いません。本は現実を動かすことなく、
ただ世界の「見え方」だけを変えてくれます。
しかし世界の見え方を変えた人は、
その考え方を変え、生き方まで変えるでしょう。
そして生き方を変えた人は、周囲を変え、
やがて世界までをも変えていく。
だからこそ私は、本の持つ力を信じるのです。
この本がたったひとりのあなたに
届くことを願って。

古賀史健

我並不認爲光憑一本書就能改變世界。

書本無法撼動現實，只能改變「看待」世界的方式；

然而一旦改變了看待世界的方式，

其生存之道應該也會跟著變化吧。

接著，改變了生存之道的人會改變周遭，

最後連整個世界都改變了。

正因爲如此，我相信書本所擁有的力量。

希望這本書能送到全世界唯一的你手上。

古賀史健

取材・執筆・推敲

《被討厭的勇氣》作者直授，最全面的寫作指南

取材·執筆·推敲

書く人の教科書

FUMITAKE
KOGA

古賀史健 著　　葉小燕 譯

本書的寫作概念是「寫手的教科書」。說得更精確一點，就是以「如果我要創立『寫手學校』，希望能有一本這樣的教科書」為出發點的作品。本書包括「取材」「執筆」「推敲」三個部分，再加上〈序章〉，共有十章。除了現職寫手與編輯，也期盼能將這些想法傳遞給今後以此為志向，與試圖透過書寫來改變自己和世界的每個人。

目次
CONTENTS

序章 何謂寫手？

第一部 取材

任何「試圖想知道某些事」的行動都算是取材。這裡將從閱讀、提問和思考來了解其內涵。

第1章 一切從閱讀開始

第2章 問些什麼？如何傾聽？

第3章 調查、思考

第二部

執筆

這部分將帶領讀者深究「寫作」與「創作內容」的意義與實際狀況，而非專注於技巧。

第4章 文章的基本架構

第5章

如何思考文章的組成？

第6章 掌握原稿的形式體裁

第7章 寫作原稿

第三部 推敲

寫完並不代表結束，必須透過推敲才能算真正「寫好」。

第8章 以推敲爲名的取材

第9章

爲了完成原稿

後記

序章

何謂寫手？

寫手就是寫作者嗎？

所謂的寫手（writer，或稱撰稿人）是什麼？

我們會稱呼寫什麼東西的人爲「寫手」？

〈序章〉一開始，我想先思考一下這個問題。

依照字義來看，write（書寫）後面接上了代表動作執行者（er）的字尾，意思就是「寫作者」。不過要是以職業來列舉寫作者，其實還有很多：小說家、詩人、散文家、專欄作家……都是。然而一概稱呼他們爲寫手，感覺又很不貼切；畢竟詩人與寫手的工作範圍明顯不同。

那麼，可以用作品形式來思考嗎？

意思是，按照「寫小說的是小說家、寫詩的是詩人、寫散文的是散文家」這種脈絡去思考，就能明白寫手眞正的樣貌嗎？

很遺憾的，還是做不到。

那麼，有別於詩人或小說家的寫手，究竟是用來稱呼寫些什麼東西的人呢？對這些人的定義其實很曖昧；當然，也可以想成「寫手並非書寫像小說那樣的創作，而是根據取材內容寫文章的人」。可是這麼一來，就又難以區分與新聞工作者的差異，與紀實作家之間的分界也變得更模糊。

如此這般，於是寫手經常被冠上「雜文作家」的頭銜。

如同對「雜貨」「雜項收入」等字面意義的理解，「雜」這個字含有「其他」的意思。也就是說，所謂的雜文應該是指既非小說、詩詞，也不是散文的其他文章，是種方便的說法。這麼一想，我曾有很長一段時間認爲自己既不是小說家，也不是散文家，而且應該也不算是記者，姑且就先用「寫手」這個稱號吧，將自己歸類爲居無定所的雜文寫作者。

但從事寫手工作十年以來；不，差不多有十五年了吧？自己的想法有了變化。

寫手的工作很有趣，想必自己未來會一直從事這份工作，並繼續以「寫手」這個頭銜自居。寫手這項工作不僅深奧，在社會上更具有高度價值；既沒有必要看低自己，也不必嘲諷似地自稱或讓他人稱爲「雜文作家」。寫手到底是做什麼的人？我打算從根本重新審視，並明確地用言語來表達這群人的定義或價值。這就是我改變後的想法。

我們再重新思考一次。所謂的寫手是「寫作者」嗎？

你是否因爲太拘泥於字面上的意思，而錯失了什麼重要的部分？

以電影導演這項職業爲例，他們一般被視爲「拍攝」電影的人，我們也常聽到「那個導演好像拍了新作品」「那個人很多年沒拍電影了」之類的對話。

不過，實際上由導演親自掌鏡「拍攝」的情況十分罕見。負責拍攝的，當然是攝影師。從燈光、錄音、配樂、剪輯、特效……有時候看情況，就連劇本等與電影相關的部分，大半都不是導演的工作。這些導演其實不是拍攝電影，而是「創作」。

又好比那些攝影師。他們的工作是「拍攝」嗎？

也不算吧。他們運用相機這項工具，「創作」出自己理想中的圖像。挑選使用的鏡頭、決定取景的角度、設定構圖、選擇光圈大小和快門速度，隨心所欲控制色彩與明暗（顯像），一切行爲都是在「創作」。也正因爲如此，才得以成爲作品；而且自智慧型手機問世以來，單純「拍攝」的人滿街都是。

畫家或音樂家也一樣，確實都有一些比畫畫或演奏更深奧、只能稱爲「創作」的部分。

回到寫手身上，情況又是如何呢？

我們是以「寫作」爲工作嗎？

應該不是。如同電影導演創作電影、音樂家打造音樂與演奏空間、小說家建構故事中的世界一樣，寫手也在創作些什麼。寫作這件事，不過就是手段。

暫時將「文章」或「原稿」這些與寫手形影不離的字眼拋諸腦後吧。再思考一下，自己打算透過寫作來做些什麼？

在身爲寫作者（寫手）之前，我們其實是一名創作（創造）者。

爲了不讓概念變得模糊，我想鄭重強調，我們是「打造出某種東西的人」。我認爲這種自我認知，將改變自己的筆下風貌。

不是寫作，而是創作

那麼寫手究竟在創作什麼？

以小說家寫小說、詩人作詩、電影導演製作電影來說，我們寫手在創作什麼？

最廣義的說法是「內容」（contents）①。

寫手不只是寫文章，而是透過寫作來創造內容。同樣是書寫，卻不採用現代詩或文學作品那樣的體裁，寫手創作的是一些只能以「內容」爲名的事物。以下將針對這項論點進行說明。

首先，必須賦予「內容」這個詞語定義。

我認爲一切「以entertain（使顧客愉悅滿足）爲目的創作的事物」都算內容。

以顧客的存在爲前提，並著眼於對方的「歡愉」和「喜悅」；總之，比起自己，更優先考量顧客的需求。依循這般原則創作出來的，都算是內容。大眾文學、散文、專欄、好萊塢電影、流行音樂、遊戲軟體，或是耐吉（Nike）限量版球鞋，以至於大麥克漢堡，對我而言都是內容的一種，而寫手也是依同樣的觀點提供服務。

舉例來說，只是一一列舉事實、公告新產品販售的新聞稿，儘管是爲了傳達訊息寫成的文稿，卻不算內容。

但如果在新聞稿中加入產品開發者的解說與看法，就有一點接近內容了。我們設想這樣的解說生動鮮明，且充滿愉悅興奮的感受，其中談到新產品問世前的來龍去脈、樣品試作階段的艱辛、某個突破難關的改良關鍵等迂迴曲折的產品開發故事；再加上開發者談論這些話題時眉飛色舞的照片、試作樣品照和圖表等各種視覺上的附件。如此一來，它就是不折不扣的內容。是可以讓讀者（顧客）完全樂在其中的讀物。

再舉個更極端的例子。

假設這裡有一片口香糖。它不是內容，不過就是個零食，但包裝紙上畫了哆啦A夢的圖案。這麼一來，便有了一點內容的要素。然後，還有大雄、靜香、胖虎和小夫的圖案，這五片口香糖拼在一起，成爲一張圖。這樣的組合，就是十足的內容。

是否成爲內容的關鍵，不在於有沒有故事或人物角色。

關鍵在於骨子裡「是否流淌著使顧客愉悅滿足的精神」，僅只如此。即使是正經嚴肅或富含社會意識的內容，那分想讓顧客愉悅滿足的精神並沒有改變。能讓人覺得讀了一篇好文章、接觸到舒暢爽快的事物、是場美麗的邂逅，這才稱得上眞正的內容。

讀者（顧客）不只想從內容中獲得資訊，更想獲得那種忍不住往下看的心情和興奮的感受。手指一頁頁翻著，停不下來，伏案埋首。讀完後，仍有好一陣子無法從那個世界抽離，餘韻猶存。感覺閱讀前後的自己好像有了那麼一點點變化，整個人神清氣爽。讀者閱讀內容，就是爲了追求某種只能以「閱讀經驗」爲名、難以言喻的感受。

那麼，該如何才能從一名只是「寫文章」的寫手，跨越到「創作內容」的層級？

---

①「contents」雖可單純譯為「內容」，但這個字也可涵蓋以各種形式存在的所有文學、藝術、科學創作物，意義上與「著作」相近，理解時以「作品＋內容」為佳。

關鍵在於「編輯」的概念。也就是處理過程的問題。

編輯在「編輯」什麼東西？

出版的世界裡，有一項職務叫「編輯」。

想必因爲如此，許多寫手會將寫作與編輯分開來思考。他們認爲，撰寫原稿是寫手的工作；對手中的稿件進行編排，或事先指明希望寫作者以什麼脈絡撰寫，則是編輯（者）的工作。

不過這種認知完全錯誤。

編輯原稿，是寫手的工作。

我並非否定編輯這個角色的存在價值；毋寧說，正因爲格外肯定編輯的價值，才會如此斷言。原稿的編輯，終究還是寫手的工作；至於編輯（者），則是負責稿件外圍的部分，也就是決定內容要如何組成「包裝」（package）的人。

那麼，何謂內容的包裝？

簡單來說，包括「人」「主題」「風格」這三項。

換言之，就是設計規畫「誰（人）？」「說些什麼（主題）？」「如何表達（風格）？」的組合，這是編輯最重要的工作。

一、人：由誰來說？

編輯向來是提出委託的人。

不論如何受歡迎的作家或當紅寫手，原則上寫作者都是接受委託的一方。

我（編輯）現在希望由誰來寫？對誰感到膩了？想讀誰的新作品？最適合這個主題的寫作者是誰？誰能具體寫出我理想中的內容……這是只有編輯才有的奢侈煩惱。

舉例來說，某位編輯想做一本以「未來的經營管理」爲主題的書。

然而大企業高層、知名餐廳老闆、意氣風發的經營管理顧問，或國家代表隊總教練所說的經營管理，呈現出來的內容風貌卻完全不同。因此，從挑選寫作者（談論者）起，最重大的編輯工作便可說已經展開。

再爲大家舉個更具代表性的例子。在美國，卸任總統出版回憶錄幾乎已成爲慣例。第四十四屆總統巴拉克・歐巴馬要出版回憶錄時，連同夫人蜜雪兒的回憶錄在內，共簽下兩冊六千萬美元的出版合約（以一美元換算三十元臺幣來看，約為十八億元），可說是前所未有的天價；這兩本書分別為《成為這樣的我：蜜雪兒．歐巴馬》與《應許之地：歐巴馬回憶錄》。當然，簽約時，他們兩位什麼都還沒寫；內容究竟有多深入、是否有趣等與作品具體樣貌有關的事情，也完全無從得知。

儘管如此，光憑「歐巴馬夫婦各自娓娓道來」這一點，這樣的內容就已具備無可取代的價值。即使要花費十幾億元，這份合約仍值得爭取；就算帳面虧損，「曾出版歐巴馬夫婦著作」的事實依然存在，對自家品牌的形象塑造極有助益——出版社想必是這樣判斷的吧。「由誰來說」就是如此重要的指標。

然而，編輯的工作並不是「找來這些受歡迎的作家或有名氣的人」。

重點在於必要性與說服力。比方說，要回顧某位總統任內的「全球」和「美國」，最有必要性和說服力的，莫過於美國該任總統。六千萬美元的回憶錄合約，其價值絕不只取決於卸任總統的聲譽。

同樣的，即使書寫者不是什麼受歡迎或有名氣的人，只要充分具備談論主題的必要性與說服力，他個人的名望聲譽什麼的，根本一點關係也沒有。事實上，各位只要看看過去的暢銷書，應該就會發現，有許多是「沒沒無聞的新人」作品；反過來說，書寫者若非具備談論該主題的必要性與說服力，讀者（或市場）必定會看穿這一點。

對編輯而言，編輯作品的第一步不只是找「人」，而是要找出擁有「充分具備談論該主題必要性與說服力」的對象。

二、主題：說些什麼？

代表日本過去三十年的暢銷書中，有一本《傻瓜的圍牆》（養老孟司著）。二〇〇三年，在我離開雜誌業、開始從事書籍工作時，這本書正創下暢銷書紀錄，讓我看了好生羨慕。

專攻解剖學、提倡「唯腦論」的養老孟司，在當時已是知識型人物的代表。沒讓這位知識界巨擘談論「何謂智性」，而是大膽地以「傻瓜」爲主題，談論有關潛伏在所有人身邊的「傻瓜圍牆」的眞面目，不禁讓我再次感嘆，這樣的內容包裝實在太精采了。

與挑選書寫者（由誰來說）同等重要的，就是決定主題（說些什麼），兩者之間的關係幾乎可說密不可分。讓知識巨擘單純談論「什麼是知識」，很難稱得上是什麼傑出的組合包裝。人與主題的搭配，既不可天差地遠，也不能相近到乏味。

在這裡，很重要的一項思維是「翻轉」主題。

比方說，假設某位編輯決定做一個以「戒菸」爲主題的企畫案。他約了一位專業戒菸顧問進行訪談；一聽之下，沒想到竟然這麼有趣。「如果是這種方式，無論怎樣的老菸槍，都有辦法戒菸成功，全世界都能改變了。」他興奮地告辭離去。

只不過，既然遇上了這麼棒的對象，繼續用「戒菸」這個俗套又狹隘的主題是否恰當呢？難道不能更廣泛地以「戒除」爲主題嗎？如果不局限於戒菸，而是以擺脫各種不良習慣爲主題呢？

又或者，反過來站在「持續戒菸」的角度，做一本以「持續」爲主題的書呢？更進一步的話，有沒有可能延伸到工作、讀書、減重等方面的習慣養成（持續）？到最後，說不定早就遠離戒菸話題，變成全新的內容？

這裡要進行的，並不是選擇主題。

事實上，這個階段有一半以上的工作都是在編輯「人」。對自己欣賞的寫手提出最適合的主題、挖掘他的新魅力，這是只有編輯才做得到的事。

挑選主題時，不能執著於最初的構想。若是過分固執己見（最初的構想），反而有可能錯過更精采的題目，或難以找到更貼近本質的主題。透過與主題的結合去「編輯一個人」，正是編輯的工作。

三、風格：如何表達？

英語的「style」有「文體、風格」的意思。

「如何表達」指的正是整個內容包裝的體裁。但一說到文體，總是很容易被認爲是指要用什麼體例或用語等，將它矮化爲討論字詞使用之類的問題。所以在此，我想用「風格」這個說法來解釋。

比方說，你要談論自己的戀愛經驗。

這種時候，你的語氣和內容應該會因爲聆聽的對象是同性或異性而有所差別吧？就算都是同性，內容細節也會根據對方是好友、剛認識不久的朋友、前輩或後進而有所不同。

「由誰來說」和「說些什麼」的部分雖然都一樣，內容卻會根據「要對誰說」而變化——這就是我所謂的「風格」。一般來說，我們都會視對象改變談話的風格，也許是爲了能確實傳達給對方，或因爲對方是不能失禮的人，也可能是希望對方覺得愉快等。

從內容的角度來看，風格的選擇就是思考「要讓誰獲得怎樣的閱讀體驗」，甚至也可說是「將作品的目標設定在哪裡」。

如果是以不具備專業知識的一般讀者爲對象，應該會像是入門書那樣的風格。爲了更容易讓一般讀者理解，即使表述者是該領域具代表性的世界級權威，在相關內容的說明上，仍會要求他盡可能詳細周全，並視情況穿插圖表或插圖；甚至比起用第一人稱方式描述，乾脆以訪談或對話形式傳達，搞不好更簡單明瞭。

電視或報紙的風格分類就很明顯。

例如前幾年日本準備調漲消費稅時，一般報紙的社會版或電視的談話性節目會採訪商店街、地區性的小型工廠，說明「民眾的生活將有何改變」。至於專業的經濟報紙或與產業相關的媒體，則會訪問經營者與經濟學家，解釋「經濟將有何改變」或「企業經營將如何因應變化」。

這段話並不是要單純說明一般報社記者比較親民、財經類報社記者具備豐富專業知識之類的，我要強調的是風格上的不同，也就是在「要對誰說？」「目標讀者在哪裡？」這些地方的差異。事實上，就算是一般性的報紙，財經版面應該也刊載了「國家經濟」或「企業經營」的相關報導。

當上述的「誰」「說些什麼」「如何表達」連成一個完整的三角形（請見圖1）時，就能讓著作內容的價值最大化。

圖1 組合包裝的三角形

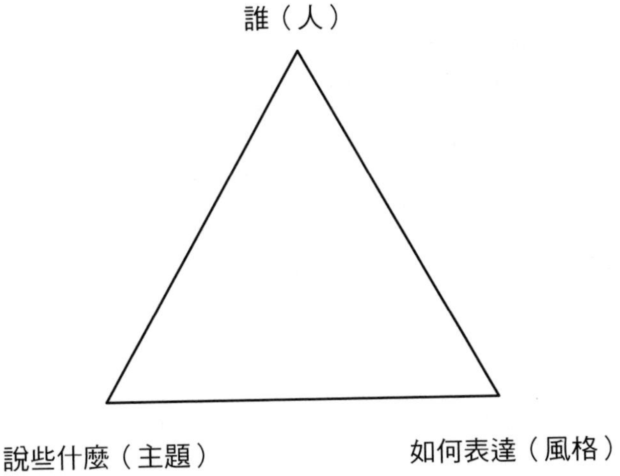

一句「由誰以什麼方式說些什麼」，
說明了唯有編輯才能編輯的「組合包裝」要點

再舉個簡單易懂的例子。

一九八八年，一位天才物理學家以一般讀者爲對象，出版了一本劃時代的宇宙論書籍。這本書在全球暢銷一千萬冊，在日本銷售超過一百萬冊，作者是史蒂芬·霍金，二〇一八年去世的理論物理學家。該書的原書名爲《*A Brief History of Time: from the Big Bang to Black Holes*》，直譯的話就是《時間簡史：從大霹靂到黑洞》，有那麼一點點冷漠的感覺；但日文版的書名直譯卻是《霍金論宇宙：從大霹靂到黑洞》。

如果日文版也用一樣的書名，應該就無法成爲百萬暢銷書吧？

日文版書名雖然簡潔，卻絲毫不減損原版書名的意圖，並將「天才物理學家霍金博士」「關於宇宙的起始（大霹靂）和終結（黑洞）」「以淺近的文字做簡單易懂的說明」等資訊巧妙地含括在其中。因爲「我對這個人（霍金博士）很有興趣！」而拿起書的讀者，因爲「主題（宇宙始末）看起來好像很有趣」而開始閱讀的讀者，以及覺得「如果是這種寫法（風格），我或許也看得懂」的讀者……這樣的組合包裝，想必能讓各式各樣的讀者人手一冊。

順帶一提，霍金博士以一般讀者爲對象撰寫該書時，曾有熟識的朋友提醒他：「書中每增加一道計算公式，讀者就會減少一半。」對一般讀者來說，只要看到公式，就會令人望而生畏，不想讀下去，因此霍金博士打算不用任何公式就完成本書。唯一的例外，是一道無論如何都非得列入的算式，也就是愛因斯坦那有名的「$E=mc^2$」。這是我個人非常喜歡的一段軼事。

編輯的工作非常多樣化。不論是企畫案的構思、協助作家寫作、蒐集相關資料、對作品坦率表達意見和感想、與美術設計討論版面與封面，或是爲書籍宣傳努力奔走，都是他們的工作範圍。

不過要是被問到「對編輯而言，『編輯工作』是什麼？」的話，我會說就是規畫「由誰以什麼方式說些什麼」。我認爲歸根究柢，編輯是爲了編輯「人」而存在的。

至於在這之後的原稿編輯，則是作家或寫手的工作。

寫手要「編輯」什麼？

前面提到，所謂的編輯是規畫「由誰以什麼方式說些什麼」的人。

另一方面，編輯原稿本身的，則是作家或寫手。未經任何編輯而書寫成的文章，即使網羅了所有必要資訊，也欠缺使顧客愉悅滿足的部分與可讀性。寫手必須握有「編輯」這項武器，才能由「寫作者」變身「創作者」。

以上是我個人，也是這本書的大前提。

那麼，對寫手而言的「編輯」，指的究竟是哪些工作？我認爲要滿足以下三項條件，才算是有價值的內容（請見圖2）。

一、資訊的稀有性

希望各位暫時跳脫寫手的立場，以自己是顧客的前提來思考。假設你買了一本號稱「劃時代減重書」的書籍，但一讀之下，發現書中只提到「控制卡路里攝取」「限制糖分攝取」「適度運動」，相信你一定感到很沮喪吧，搞不好還覺得被騙了，花錢買這本書眞是有夠虧。

說起來，這倒也不是什麼胡謅騙人的書。限制卡路里和糖分的攝取，再加上適度的運動，每一項建議都有科學根據，而這樣的減重法應該也有些統計數據可供佐證。只要按照書中的方法身體力行，很有可能會變瘦。

儘管如此，會讓你感覺「被騙了」的原因是什麼呢？

因爲全部都是「已知資訊」。

只有當內容含有「某些只在這裡才讀得到的東西」時，才算具備根本性的價值。即使是卸任元首回憶錄、知名人士訪談錄等個人特質強烈的著作，也一樣遵循這項原則。凡是在其他地方也讀得到的說法、其他媒體也在談論的話題、不値一提的普遍性論點……從本質上來看，這些完全只用已知資訊構築的文稿是沒有價值的，因爲讀者總是不斷在尋求「邂逅」、探求「新

圖2 價值的三角形

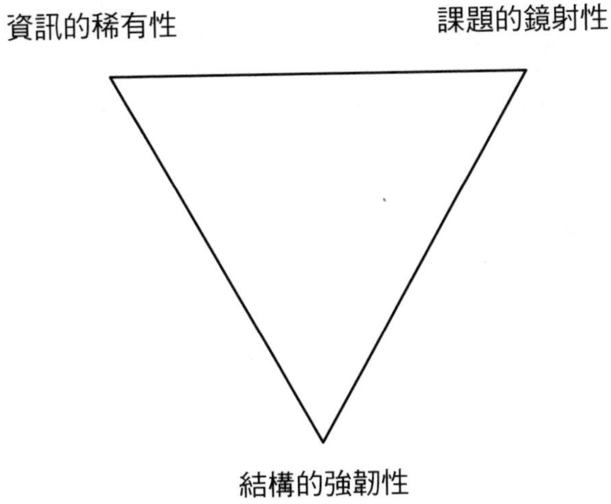

兼具「資訊的稀有性」「課題的鏡射性」「結構的強韌性」，
單純的文章才能變身為內容

發現」。

所以寫手才必須經常尋找「某些只在這篇文章才讀得到的東西」，並進行取材與撰寫。反過來說，寫手也必須知道「哪些內容是已知的資訊」，在事前調查清楚。

漫畫雜誌《週刊少年 Jump》的漫畫圖框外經常這樣備註：「要看○○老師的作品，只在 Jump！」考量資訊稀有性時，請各位務必記得這句話。

二、課題的鏡射性

接下來，我要說一段昨天的夢境。

「我去一家計程車行面試，結果有隻白山羊從辦公室裡的一扇門走出來，開始啃我的履歷表。站起來仔細一看，那其實是山羊形狀的冰淇淋，而且就在我看著它的當下不斷融化。我以爲是面試官的那位大叔，原來是我家的狗，一直不停搖著尾巴，開始舔冰淇淋。」

假設像這種讓人摸不著頭緒的夢話接連寫了好幾十頁。

從資訊的稀有性來看，這的確是「只在這篇文章才讀得到的東西」沒錯，照理說應該能讓人讀得津津有味；但事實上，能興致盎然聽我說到最後的人，相信連一個也沒有。

無論是誰，都會覺得自己的夢境很有趣。一邊回想那一幕幕互不相干的片段，一邊在心裡納悶著「那到底在搞什麼？」而笑了出來。不過要是對其他人提起「我做了如此這般有趣的夢」，想必對方不會有什麼開心的反應，而且越是說得口沫橫飛，對方的反應越冷淡。

會覺得自己的夢有趣，因爲那是「自己的事」。

身旁他人對此完全不感興趣，因爲那不過是「別人的事」。

讓我們樂在其中的，不是夢境本身，而是「做了那個夢的自己」。

那麼，把這件事置換成內容來思考一下。

雜誌上刊登了「本月星座占卜」。這時候，應該不會有人按照順序從頭讀到尾吧，大家的第一個動作一定是找出自己的星座解說。以我來說，我是處女座，即使加上家人或女友這些親近的人，也不可能把十二個星座解說全部看完。這是一個很簡單就能說明「別人的事」和「自己的事」的例子。

要讓原稿足以成爲擁有內容的作品，需要一些「能讓它變成自己的事」的要素。對我來說，不包含處女座在內的「十一星座占卜」幾乎毫無價值。

比方說，讀一本有趣的小說、看一部拍得很好的電影時，我們會完全投入那部作品的世界裡：手心冒汗、心臟噗通噗通地跳，甚至不時落淚。這並不是因爲故事迷人有魅力，而是比起故事性，不如說讓人投入的關鍵在於「角色性格的賦予」。有充滿魅力的人物，才會讓人把自己和角色重疊，將作品中發生的事情都當成自己的事來看待，以至於手心冒汗。如果沒有一個能讓自己產生投射的角色，自然無法順利注入感情。小說世界裡之所以再三強調角色性格塑造的重要性，正因爲那是讓故事情節與讀者產生關聯不可欠缺的因素。

那麼，沒有虛構角色的非小說類文稿需要的又是什麼？

是橋梁。要架設與讀者之間的橋梁。

舉例來說，要介紹堪稱諾貝爾獎等級的重大學術新知時，專家們在「對岸」的一切言論，對讀者而言不過都是隔岸觀火，與己無關。直到橋梁架好後，讀者才能將那些當成「自己的事」，在某種趣味與切身感受下閱讀。許多專家往往自始至終只懂得在「對岸」論述，對於架橋之事毫不在乎。他們忘記了讀者的存在、疏於與讀者對話，因此從對岸架設一座橋梁、促成他們與讀者的對話，就是專家以外的寫手要做的工作。人們一旦認爲「這與我無關」，就不會想閱讀。至於具體來說，要如何架設橋梁，等到第二部再爲各位詳細說明。

就某種意義而言，內容必須像是一面映照讀者的鏡子。不具鏡射性且曖昧模糊的內容，就是「別人的事」，無法讓人享受閱讀的樂趣。

三、結構的強韌性

我並不覺得自己是文采特別好的寫手。

再怎麼灌水，也只是中上程度而已。不是我自謙，而是冷靜客觀看來，確實如此認爲。比我更有表現力，也就是眞正「文采好」的寫手，在我認識的友人中就有好幾位。他們不但讓我難以望其項背，同時也深感敬佩，由衷覺得自己如果也能有他們那樣的文筆就好了。

然而另一方面，我完全不認爲自己所寫的東西是「無趣的」，甚至可說總有那麼一股自信，相信那些都是最傑出的作品——即便被說成自負也一樣。

簡單來說，差異在於設計（design）與結構（structure）。

比方說蘋果的直營店 Apple Store。店面所使用的玻璃帷幕完全隔絕了不必要的噪音，就連階梯也以強化玻璃打造，是展現該公司產品所具思維的一項優異設計。

不過，它如果是一幢三十層高的大樓，又會如何呢？這種時候，比起設計來說，當然要優先考量結構。在這樣一幢全部由玻璃組成的大樓裡，想必很難安心購物吧。除了必須考量耐震度、耐用性與防火性，從一樓到頂樓的動線要如何規畫、如何使設計與結構相融並存等，都是要審愼考量的課題。

文章也一樣，如果是像小專欄那樣的短文，幾乎不用考慮結構問題，一切以呈現（設計）爲優先考量去寫就行了。但是隨著文章分量的增加，結構也漸趨重要，既需要設計圖，也要求精密的邏輯。缺乏結構設計能力（建構力）的寫手，即使有文采，也寫不了長篇文章；即使寫出來，也會讓人感覺搖搖欲墜、眼看就要崩塌似的。

創作內容與建造建築物非常類似，做爲支柱的邏輯一旦危險脆弱，就無法承載富有強度的內容。

當上述編輯與寫手的三角形重疊時，眞正的內容就成形了（請見圖3）。那些堪稱「超級」暢銷或長銷的書籍，應該都能用這張圖來說明，無一例外。

再度回到有關寫手的定義

過去寫手以出版業爲主戰場的時代，與編輯之間的分工很明確。出版社裡有專業的編輯人才，累積並承繼了各種知識見解，寫手只要專注在寫作這件事情上就好。

可是進入二〇一〇年代後，那樣的關係開始瓦解。

如今自稱寫手的人大多以網路爲主戰場。這除了完全是一種自然趨勢，也由於有許多事「正因爲在網路媒體上」才辦得到。問題是，以自有媒體（owned media）②爲首，這種沒有專職

圖3 著作內容的基本架構

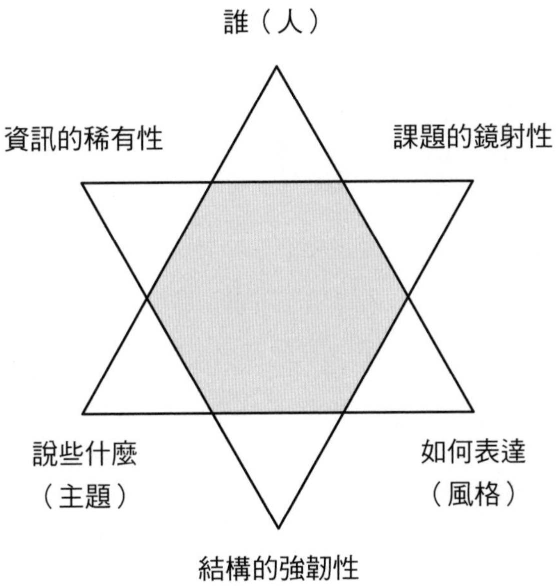

當組合包裝與內容的趣味性重疊時，著作內容的價值即能最大化

（專業）編輯的媒體正急速增加。一般被稱爲網站總監的他們，雖然看得懂資料庫數據，也有辦法管控進度，卻不懂得編輯，因此，他們創作的內容大多跟隨「現在流行的東西」或「最近在數字上表現亮眼的事物」。很遺憾的，普遍來說，充斥市面上的各種內容，其品質有明顯滑落的現象。

那麼，如何才能創作出具備魅力、眞正有價值且長期受歡迎的內容呢？

於是寫手只好跨入過去不曾涉及的「編輯」工作。視情況而定，有時還得參與過去由編輯負責、事關內容組成的設計——也就是「由誰以什麼方式說些什麼」。一名編輯的培育養成，其實超乎我們寫手所能干涉的範圍。

目前以網路爲主戰場而廣受歡迎的寫手們，想必是因爲「編輯能力」的可靠度更勝於寫作力而獲得支持。往後編輯與寫手之間的分界，應該也會變得越來越模糊。

有鑑於此，我希望能再討論一下關於寫手的定義。

所謂的寫手是什麼？前面所說「創作內容」的定義，也可套用在小說家或詩人身上。相較於此，我想更進一步思考：「寫手是用來稱呼寫什麼的人？」

說起來，寫手是種「空」的存在。

既不具有天才物理學家的知識，也沒有美國總統的歷練或莎士比亞的靈光乍現，是個身上一無所有、空空如也的人。

正因爲如此，寫手要去取材。

爲了塡滿空無一物的自己，要去取材。

爲了代替與自己立場相同的讀者，要去取材。

閱讀某人寫下的東西、接觸某人的創作、傾聽某人的述說，堅定執著地不斷提問。那是什麼？爲什麼變成那樣？當時發生了什麼事？你覺得如何？對人物、書面紀錄、其他各式各樣的事物不斷發問，盡全力去了解。

問題的矛頭也可以指向自己。對於當下的這段話，我如何解讀？如何提問？說得上眞正理解嗎？了解到何種程度？又是從哪個部分開始不明白？拼圖還缺少幾片……像這樣堅定執著地反問自己。

接著，或是僅就自己理解的部分，或是基於此提出自己的假說，將之進行有系統的彙整，再針對內容進行修潤。就像蘇格拉底的弟子柏拉圖，或是親鸞上人的弟子唯圓，他們都透過文

②指自有的宣傳管道，例如官網、部落格、app或各種社交平臺帳號等。

字記錄了老師的言行和思想。

也就是說，空空如也的寫手在本質上是個「取材者」。未經取材，便創作不出什麼有價值的東西，這就是寫手。

如此說來，寫手到底在寫什麼？

在小說家寫小說、詩人作詩、散文家寫散文的情形下，寫手在寫什麼？

將取材和調查到的東西原封不動寫上去，就叫寫手嗎？

不是。絕對不是。

我的答案，是「回信」。

「我是這麼理解的。」

「我聽到的是這樣。」

「我是被這部分打動的。」

「如果是我，會用這種說法那樣寫。」

「因爲想盡可能將你的想法傳達給更多人。」

這就是寫手寫出來的東西。爲協助自己取材的人、爲留下各種作品與資料的作者，甚至是他們背後的文化、山川和大自然……也就是為所有幫助自己填滿空洞的人事物寫下一封「感謝的回函」。這就是寫手。

對取材對象的敬意越深厚，回信理應會越慎重；越是輕忽對方，回信就越雜亂。所以回函〈文稿〉必然會反映出取材者的態度。

所謂的寫手，就是「取材者」。

對取材者而言，寫出來的原稿就是「回信」。

身為取材者的我們所創作的，是「用來當成回信的內容」。

請將這件事放在心上，來思考一下「取材、執筆、推敲」的具體意義吧。沒錯，我們不過看完了〈序章〉，正文現在才要開始。

第一部 取材

第 1 章：一切從閱讀開始
第 2 章：問些什麼？如何傾聽？
第 3 章：調查、思考

「取材」這個詞經常被當成「採訪」（interview）的同義詞。不過本書所要討論的取材並不限於採訪。與某人進行訪談當然不用說，其他像是讀書、看電影、在街上行走、用心聽電車裡廣播的內容、瀏覽車廂內廣告……都算是取材的一部分。與家人或朋友的閒聊、在初次前往的咖啡館所喝的特調咖啡、任何「試圖想知道某些事」的行動都算是取材。在這個部分，將從「閱讀」「提問」與「思考」三個步驟來了解取材的內涵。

第1章 一切從閱讀開始

如閱讀書籍般閱讀全世界

這是一則有名的軼事：牛頓看到從樹上掉落的蘋果，由此思考出萬有引力定律。在人們傳講這段可說是後世所創作的故事時，大多省略了重要的部分。

牛頓並不是從「蘋果爲什麼會掉下來？」這個疑問導出了萬有引力定律，而是更進一步思考「爲什麼蘋果會往下掉，月亮卻不會從天空掉下來？」後，從數學的角度苦思探究，才導出了萬有引力定律。換句話說，蘋果只是個前奏。

關於牛頓的天才特質，愛因斯坦是這麼說的：

「對牛頓而言，自然界是一部攤開的書本，（他）不費吹灰之力便能讀懂書上記載的文字。」

對牛頓而言，自然界，也就是宇宙的一切，是充滿刺激的「讀物」，而且他輕易就能讀懂那些書籍。不論是浮在半空中的月亮，或是從頭上掉落的蘋果，對牛頓來說都是極其美妙的謎團，而他也充分享受解謎的過程——說得稍微浮誇一點，這就是愛因斯坦的「牛頓論」。我認爲，身爲取材者的寫手所要朝向的目標就在於此。

對取材者而言，「世界」是一本攤開的書。

取材者必須像閱讀一本書那樣閱讀「他人」，以及他的話語。

取材者必須像閱讀一本書那樣閱讀「事物」，直到最深處爲止。

取材者必須像閱讀一本書那樣閱讀「世間」，解讀風潮趨勢。

並非追求科學、數學或客觀的正確解答，不過就是以取材者個人的主觀去「閱讀」全世界——全心全意地。

閱讀文字、閱讀影像、閱讀廣告、閱讀音樂、閱讀他人的服務、閱讀街道與季節的流轉變化、閱讀人們的聲音。在林蔭大道上一邊走著、在電車裡一邊搖晃著、與家人朋友一邊談論著的同時，也一邊感受眾多事物、提出問題，再用自己的話語回答。這就是所謂的取材與閱讀。身爲取材者的寫手，除了書寫以外的其他時間都必須花在「閱讀＝採訪」，必須花時間去觀察、思考。

目前爲止，我曾遇見形形色色令人尊敬的寫手，有時我也以取材者的身分側耳傾聽，與他們談論眾多話題。在這樣的體驗中，我發現一件十分確定並可在此言明的事：

所有傑出的寫手都是優秀的取材者，無一例外；他們的取材也無不融入日常生活中。雖然這些人之中也有許多手不釋卷的愛書人，但即使在未接觸文字的時候，也依然在讀些什麼。他們有著閱讀「書本以外事物」的習慣。小說家、電影導演、舞臺劇作家、散文家、廣告文案撰稿人，還有寫手，儘管領域各不相同，原則卻是不變的。

例如清少納言的《枕草子》或吉田兼好的《徒然草》。撐起這兩部日本隨筆文學代表作的，正是罕見少有的觀察者（取材者）目光。在沒有網路書店、圖書館，甚至連活字印刷都沒有的時代裡，他們用比我們更銳利細緻的眼光閱讀「世界」這本書。正因爲如此，才有即使經過千年，依然受人喜愛的文學作品誕生。從某種層面來說，他們所留下的隨筆散文，正是閱讀「世界」這部作品的讀後感。

我之所以希望本書從「閱讀」開始，因爲這也是取材的第一步，是「寫作」的大前提。要成爲一名優秀的寫手，首先必須是一名好讀者。而且我斷定這樣的順序絕對無法交換。

為什麼你的文章很乏味？

談到閱讀，跟各位介紹一段黑澤明導演的心聲。

黑澤明是執導《七武士》《羅生門》《生之欲》《大鏢客》《天國與地獄》等影片、在世界電影史上留下眾多燦爛與輝煌傑作的電影導演。

相信有很多人知道，他原本想成爲畫家。事實上，從藝術的角度來看，他所留下的分鏡手稿已達可出版成畫冊的水準。像是我就會想：「他連分鏡手稿都能有這樣的品質，要是認眞去畫，不知道結果會怎樣？」「他究竟爲什麼放棄了繪畫這條路？」在晚年的訪談中，黑澤導演將原因歸結於看待對象的「眼光」，而不是「繪畫技巧」。

「來說點有趣的事吧。繪畫這種東西咧，即使是塞尚還是其他什麼人都會花上好長一段時間去畫是吧？不會畫畫的人總是很快就畫完了，沒辦法像他們畫那麼久。這是因爲呢，那些人看見的東西不在我們的視野裡，他們能看到的東西是不一樣的，所以他們才會那樣拚了命去畫，想把自己眞正看到的東西確實畫出來。而我們因爲只看得到很膚淺的東西，所以一下子就畫完了。」

——《黑澤明、宮崎駿、北野武，日本的三位導演》

事情就是這樣。

那些出類拔萃的畫家，在論及繪畫實力前，首先要有傑出的「慧眼」。對凡人看不見的東西能歷歷在目，所以才會花費長時間繪製一幅畫卻完全不覺厭煩。另一方面，像自己（黑澤）這樣的凡人，馬上就可以畫完，並不是因爲作畫速度快，而是自己看不見一流畫家眼中所見，目光所及只在層次低、膚淺的對象，才會一下子就畫完了。事實上，不能這麼快就畫完，因爲應該用心看（閱讀）的對象還有很多。

讀到這段話的時候，我忍不住拍了一下大腿，領悟到寫手也是一樣的。要先鍛鍊的不是「寫作能力」，而是「閱讀能力」，才足以成爲優秀的寫手。

將文章寫得支離破碎的寫手。

寫作不得要領、原稿內容失焦的寫手。

寫不出及格的文章、停滯不前的寫手。

要我來說的話，在進入技術層面的討論之前，他們就已經觸礁了。

用一句話來概括，就是**「身爲讀者的自己」**實在太不用心。

首先，沒做到「閱讀」受訪對象這件事。自己對受訪者的了解流於表面，完全沒試著探究更根源、更深層或潛藏在背後的事物。明明什麼也不懂，卻自以爲知道些什麼，就這樣下筆。

更致命的，則是沒能「閱讀」自己的原稿。明明只有四十分的稿子，卻莫名其妙給了八十分，並在只達到四十分的狀態下停筆。如果身爲讀者的自己夠嚴格的話，應該能對只值四十分的稿子做出正確的評價吧。接著，要是知道自己目前所在的位置，便能以八十分或九十分爲目標，繼續認眞努力。

明明該做的事有這麼多，卻因爲身爲讀者的自己得過且過，完全不明白自己的文章哪裡有問題，以至於覺得「這樣就夠了」。

完成一份文稿時，「古賀史健」這名讀者對我而言就是最麻煩的人物。他會毫不留情地指出缺點，要求我重寫。做出這般要求的，不是身爲寫手的自己，而是身爲讀者的自己。只要他用心睜大眼睛看，絕不會讓隨便胡來的文稿就那樣出去見人。身爲讀者的自己一旦變得不用心，想必我很快就無法再以寫手身分自居了。

比起學習表現技巧之類的小聰明，首先要鍛鍊「身爲讀者的自己」，當一個時常閱讀書本、電影、他人與世界的人。如果你的文章乏味，多半不是因爲「身爲寫手的你」不好，而是

「身爲讀者的你」不用心。

不是捕捉資訊，而是評斷

現在，你正在讀一本書。是紙本書？還是電子書？不管是哪一種，總之，就是以「書」的形式所寫成的作品。你正目不轉睛讀著一串文字。

希望你暫時將目光從文字上移開，綜觀一整個頁面。那一頁有數百個字排列著；即使從遠處看，也知道那是一行又一行的字。而且就算不刻意，應該也能從中挑揀出幾個字詞吧。

不過當你試圖擷取一串文字所代表的意思時，就無法顧及整個頁面，必須對焦在任意一點上，移動視線，一個接一個追逐著文字。如果只是漫不經心地盯著那一頁，就什麼也讀不了，終究得用自己的雙眼有意識地去讀，才能閱讀文章。

像這樣，當你在閱讀什麼的時候，其中必然有些作用來自於你自身，是你「主動」。不只是書籍，凡是試圖想讀些什麼東西的人，絕不會是被動接受的一方。主動，才是閱讀的前提。

倘若眞是如此，我們應該也能這樣說：漫不經心地走在街上也好，呆呆地盯著電視畫面也好，同樣什麼都沒讀到。因爲那只不過是「看著」街景和電視畫面，而不是主動「閱讀」。

假設你去看一部電影，選擇的是成爲近期話題焦點的好萊塢巨作。基本上，電影是一種即使觀眾完全不思考，也能盡情享受的娛樂——更別說好萊塢超級大片了。如同雲霄飛車，只要坐在椅子上，遊客就能得到最刺激的體驗。影片結束後，你從椅子上起身，說了聲「啊～眞有趣」，接著伸了個懶腰。這時候，可以說你「閱讀」了那部電影嗎？

不行。

那是被動的觀賞，沒有任何主動的部分。主動閱讀的人，即使在電影散場後，仍會繼續享受電影的樂趣；即使在自己的心靈受到震撼的瞬間，或是因某個緣故而動心的同時，仍能保有理解其中機轉與緣由的意志和沉穩。思考創作者的企圖、策略、把戲和架構，藉此建立自己的假設，找出自己的解答，這就是取材者所需要的「主動性閱讀」，也可說是鑑賞。此外，所謂「眞正的傑作」能翻轉觀眾的解讀，提供話語或道理無法完全分析的感動，那就是藝術。至於橋段與把戲都昭然若揭的感動，即使博取了一公升的眼淚，也不過就是那樣的水準而已。

或者，我們來想想進入蕎麥麵店時的情景吧。

假設你點了一碗天婦羅蕎麥麵，等到麵煮好還需要十分鐘。這時候，很多人會滑滑手機什麼的打發時間：確認一下新郵件、最新消息、專心看社群媒體的貼文。說不定還有人認爲那樣是「利用空檔蒐集資訊」。

不過滑手機這種事，就算在浴室或廁所也能做。如果你是一名取材者，希望你能思考一下「待在麵店的空檔才能進行的取材」。

舉例來說，桌上應該有七味辣椒粉吧？可以想想：「七味辣椒粉的『七味』，究竟是指什麼？」看看瓶身的說明，上面寫著：辣椒、山椒、陳皮、火麻仁、罌粟籽、黑芝麻和青海苔。這時，你才拿出手機，搜尋一下「陳皮」，然後知道原來那就是風乾的橘子皮——這才是「待在麵店的空檔才能進行的取材」，是取材者平素的模樣。

再來，如果要寫有關七味辣椒粉的文章，像火麻仁和罌粟籽這些想像不出味道與香氣的東西，就得實際嘗嘗看才行。接著，針對「為什麼會搭配這『七味』當成麵食的佐料？」這個問題，提出自己的想法與結論，並做出評斷。

請記住：寫手需要的不是「捕捉」資訊的能力——這種事只要交給搜尋引擎就行了。所謂的主動閱讀，是要「評斷」資訊，要建構自己的一套說法。

首先，要仔細觀察對象，並藉由觀察得來的資訊進行多次推理；不是靠直覺判斷，一定得根據道理去推論才行。最後利用推論出來的結果建構自己的假說，再反覆思考，直到接受這樣的說法確實無誤為止。

至於對象，不論是拖鞋、番茄醬、殭屍電影，還是投遞在信箱裡的廣告單都無所謂。請從一個只是被動捕捉資訊的人，變成主動評斷的人吧！

所謂的寫手，就是一份在取材中驗證自己建構的假說，並進行探究的工作。爲了成爲一名優秀的取材者，必須從平時就養成「觀察→推理→假說」的習慣。

那麼具體上來說，該如何才能養成主動（並伴隨著評斷）的閱讀方式呢？接觸觀察對象時，要觀察哪裡才好？該思考些什麼？接下來，要爲各位介紹幾種我自己特別在意的「更主動的閱讀方式」。

如訪談般閱讀

就像閱讀一本書那樣，閱讀他人，閱讀全世界。

對於日常生活中的一切，以取材者的姿態去面對。

至於背後的基礎，還是在於「閱讀」。雖然欣賞電影或音樂也不錯，但書籍一定更容易讀。爲什麼？

電影、音樂會或戲劇的長度大多是兩小時，換言之，也就是在兩小時內演出一部作品，是「時間的藝術」。一旦開始上映，就不會停頓，作品中的世界隨著時間而流逝。既無法提供觀眾停下來思考的空檔，播放時當然也沒有「暫停」鍵可按，隨著人們對聲音或影像的沉浸與投入，時間就這樣過去了。

相對的，書籍是可以毫無限制、隨時都能停下來思考的媒體，時間控制的主導權在讀者身上。就像這本書，閱讀過程中，各位想必也會停下來休息幾次，或視情況分幾天來讀吧？要在什麼樣的地方、用哪種步調、怎麼閱讀，全都是讀者的自由。我們就先以書籍爲開端，學會基本的「主動閱讀法」——不光是讀（只是欣賞），而是要在閱讀中主動提問。

一、如果見到這個人，我會問他什麼？

假設你參加某場演講。開場時，主辦單位表示：

「演講結束後，我們希望安排一段問答時間。到時候會將麥克風輪流傳給所有人，請各位先想好三個問題，準備提問。」

眞是一場可怕的演講。相信你會比平常更專心吧？爲了不漏掉講者所說的每一句話，想必會全神貫注，洗耳恭聽吧？就算不是，應該也不可能打瞌睡。「結束後，非得問問題不可」，光是這樣的要求，就讓人無法安於被動的狀態。

平常的閱讀也這麼照做就行了。

不論作者是早就作古或語言不通的外國人，甚至是絕不可能見到面的大作家都沒關係。不論閱讀的是太宰治、海明威的作品，或手塚治虫的漫畫，放在心上的那句話都是一樣的。

「如果見到這個人，我會問他什麼？」

為什麼想寫下這本書？開頭的那段話有什麼涵義？為什麼用這種手法來表現？這段小故事是否以那起事件為範本？審判場景的臨場感非常棒，這是經過多少次怎樣的取材經驗才寫成的……像這樣，抱著閱讀完畢時將有一場「獨家專訪」等著你的心情，一邊思考眾多問題，一邊往下讀。

所謂的閱讀，就是與作者的對談。正因為有了對談，即使是同樣的一本書，一百個人也會有一百種閱讀方法。一邊思考提問，一邊閱讀，就是執行專屬於自己的「解讀之道」。

二、思考未著墨的部分，而非已寫出的內容

像訪談一樣閱讀書籍時，最先浮現在腦中的，應該就是一堆「為什麼」：為什麼選用這個主題？為什麼那樣寫？為什麼需要這段小故事……其實光做到一點，就已經算是相當主動的閱讀了。

不過在這裡，我們要更進一步思考「為什麼」。焦點不要只放在書中已存在的事物，也要思考未著墨的部分。

也就是說，超越「爲什麼那樣寫」之類的提問，進一步提出「爲什麼沒那樣寫」的疑問。讀到前所未有的文章而深受感動時、發現字裡行間殘留著不協調感時、覺得說明不夠充分或過度時……不只要想「爲什麼那樣寫」，而是要好奇「爲什麼沒有這樣寫」。

在某種意義上，這或許是寫手才有的閱讀方式，因爲背後有著「如果是我，一定會這麼寫」這一層思考。

可以是「如果是我的話，可能會寫出那種（平庸的）文章」之類的自我檢討，也可以是「這麼寫的話，應該更有趣，也更容易懂」的提案。但無論如何，請盡可能同時思考「爲什麼沒有這樣寫」的提問。

作者所採用的表現手法或用語，都是經過各種嘗試而決定的。我認爲這些呈現都是正確的，但當然，它不會是唯一的正確解答，說不定有更其他貼切的表現方式，甚至也可以乾脆整段刪除。

「爲什麼那樣寫？」

這種提問誰都會。這是不必動腦、最簡單，但也可說是最沒禮貌的發問。

「爲什麼沒有這樣寫？」

爲了提出這個問題，提問者自己必須先理解內容，因爲這是在先有「如果是我會這麼寫」的前提下才會提出的問題。如果可以進一步發展爲「或許你因爲這樣的理由，而選擇這種呈現方式，但如果是我，應該會這麼寫」就更好了。爲了豐富與作者之間的對談，請同時思考「其中沒有寫出的部分」或「應該要寫出的內容」。

三、一邊閱讀，一邊思考如何介紹給他人

假設你剛讀完一本書，朋友問你：「那本書如何？」

這時，如果你只說得出「很有趣」或「很無聊」之類的感想，不得不說，那還眞是一段空虛的閱讀經驗。若能眞正做到主動閱讀，應該會產生更多感受與想法才是。

我閱讀時，會一邊讀，一邊思考：「該怎麼向〇〇〇介紹這本書？」

儘管沒人要求我非得發表什麼心得不可，但閱讀時就是會想到特定的某人，並思考「如何介紹這本書給他／她」或「要說些什麼感想」之類的問題。視情況而定（並非應任何人要求），我有時甚至會一邊讀，一邊想像自己要寫一篇書評。

比方要介紹杜斯妥也夫斯基的《罪與罰》。「某位被特異思想迷惑的青年，宣稱要實現正義，因此殺害了放高利貸的貪婪老太婆。不過很不幸的，老太婆的妹妹也在案發現場。青年不由得……」你會順著故事就這樣說下去嗎？

還是會像這樣：「這是一部以青年特有的苦惱——『自己是天選之人，還是凡夫俗子？』

爲主題，描述理想與現實背離的作品……」針對作品的主題去說明呢？依對象與狀況不同，應該也會有不同的敘述方式。表達對一本書的感想，其實是一項「將某人寫下的話語，用自己的腦袋重新編輯、建構並語言化」的行爲；了解故事梗概這種程度的事當然不用說，但如果無法做到結構性的理解（高抽象度），想盡情描述內容其實是很困難的。

即使沒有機會介紹（output）給他人，還是希望各位能在閱讀的同時，有意識地讓自己處於「要是有人問我這本書如何，也能答得出來」的狀態，這也是一種高度主動的做法。

四、將自己代換成書中人物

最後想爲各位介紹享受重讀（重看）小說（電影）樂趣的方法。

國中時期，我開始用自己的零用錢買唱片——當時還沒有CD。對於兄姊口中那些對貝斯手或鼓手的評論，我一直都聽不太懂。像是披頭四，就算聽了他們的歌，也只會跟著主唱和旋律跑；吉他的聲音勉強還聽得出來，但要我分辨貝斯還是鼓聲什麼的「美妙」之處，實在難如登天。

以小說或電影來比喻，就是只知道追著主角（主唱）和梗概（旋律）跑，完全看不到其他細節的狀態。

於是有一次我做了個實驗，將同一首曲子連續聽了五遍。

先是以人聲爲主，就像平常那樣聽。接著專心去聽吉他的聲音，第三遍只聽貝斯的聲音，第四遍只聽鼓聲。我集中注意力，分別聽那些聲音從喇叭的哪些地方怎樣被彈奏出來。當然，其他樂器的聲音就當成噪音無視。

像這樣，了解各項樂器的聲音後，再全部放在一起聽一次。不論是人聲、吉他、貝斯或鼓聲，都敞開耳朵去聽。

以這種主動分析的方式連續聽了幾次後，即使是頭一次聽到的曲子，鼓聲和貝斯的聲音也能和歌聲一樣，同時進入耳裡，聽見的當下就發現到「這個樂團的鼓手很棒」「低音實在太酷了！」等等。

不論小說、電影、漫畫或運動，應該都可以套用這種方法。

例如將電影《洛基：勇者無懼》視爲女主角阿德里安的成長故事；將電影《教父》當成遭丈夫麥可玩弄的女性——凱伊的悲劇來看；以對手國支持者的角度觀看奧運比賽；以大兒子德米特里爲主角來閱讀《卡拉馬助夫兄弟們》的故事。這並不容易。因爲稍不注意，就會回到以洛基爲主人翁的視角，或是不由得就開始爲我方的運動員加油了。

但只要反覆練習，應該就能開始注意到先前遺漏的小細節，並發現矛盾之處，成爲一種多元、俯瞰式的閱讀訓練。

好書不論讀幾次都很有趣。只不過既然要重讀，不如花點心思，用異於過去的方法來讀。尤其是那些以經典之姿流傳下來的眾多作品，都具有足夠的深度，能包容各式各樣的閱讀方法，也正等待眾人以不同的方式來解讀它們。

比起多讀，更重要的是亂讀

人們的閱讀大多具有某些目的。

例如，爲了提升商務技能，閱讀知名經營者所寫的書；爲了做爲求職就業的面試指南，閱讀人際溝通相關書籍；爲了解決內心煩惱，研讀哲學和心理學書籍。我相信應該也有很多人是以「提升寫作能力」或「成爲寫手」爲目的閱讀本書。

依循這些目的所閱讀的書籍，讀後感大抵能歸類爲「有用」或「沒用」兩種，這是因爲把閱讀當成蒐集資訊的手段之故，我也不例外。就個人經驗來說，每個月所閱讀的書籍中，有七成以上是工作用的參考文獻，也就是蒐集資訊的材料。「唰——」地快速瀏覽後，發現沒用而丟在一旁的書，每個月都有好幾十本。

不過，閱讀本該是更自由自在的事。

不該只關乎有用／無用的實用性領域。

順應目的而讀，最後都會淪爲重點式閱讀。只挑揀重要和有用處的部分，急於下結論，其他通通跳過。以蒐集資訊來說，確實很有效率沒錯，但這麼做就跟檢索沒什麼兩樣。

閱讀與檢索是完全不同的行動。

包括我在內，許多人面對資料時，都會傾向檢索式閱讀。於是，適合檢索用的書籍便會大量出現。然而無論檢索過的資訊量有多龐大，都與鍛鍊身爲讀者的自己毫不相干。

那麼，怎樣才能做到「非檢索式」閱讀呢？

答案就是亂讀。

盡量閱讀與自己興趣嗜好相悖的書、無法與工作或私人利益產生直接關聯的書、非熱門話題的書、外貌與姓名完全陌生的異國作家著作。沒有目的，就只是讀一些「爲了讀而讀的書」。

不論閱讀的是社會學或美術史的書，還是誰的評傳，都不是爲了蒐集資訊，態度上也就不會變成要「用功」讀些什麼，而是純粹享受開展在眼前的世界，與作者對談。如此一來，既能注意到書中的細節，文章表現上的優劣也會變得更清晰。

我並不打算將「多讀」列入成爲傑出寫手的條件中（畢竟我自己完全不是這樣的人）。

不過我認爲，能做到「不帶任何目的」的閱讀，也就是當一個「亂讀者」，是身爲寫手很重要的素養。多讀與亂讀雖然看似相近，卻不相同。

如果因爲選書而感到徬徨的話，只要訂下幾項準則就行。

我個人採用的方法是從某位編輯那裡學來的，也就是「兩位以上『信任的熟人』推薦的書，一定要讀」。這跟書暢不暢銷、熱不熱門、是不是自己有興趣的領域毫無關係，只要有兩位以上熟人推薦，我就會讀讀看。光憑這一點，保證可以遇上一些超出自己守備範圍的書籍與作家。

此外，對於一本書是否値得通盤了解與閱讀，可以循目錄找到自己也熟悉或曾反覆思考的相關部分，先讀讀看。

舉例來說，就是作者說明「所謂的專業就是○○」的章節、斷定「商業的本質在於○○」的部分，或「說穿了，戀愛不過就是○○」這種定義式的段落。什麼類型都行，從與自己原有看法或熟知範圍相關的話題試試看。

如果裡頭只是一些平凡無奇的內容，那麼便就此打住，不用再特別花時間去讀；反正世上的書眞的多到一輩子也讀不完的程度。至於那些應該再敘敘舊的書，一定會在人生中某個時間點與它重逢。不論未讀的書如何堆積如山都無所謂，就讓我們拋開「用功苦讀」的念頭，隨手拿起一本來讀吧！

答案就在拙劣的文章裡

「想寫出好文章，就請多多閱讀好文章。」

這是許多寫作書會提出的建議。

接著有些人會說：「請模仿一些自己心目中的好文章。」也有很多人會建議：「抄寫一些自己覺得很棒的文章。」我自己在遇見好文章時，也會盡可能抄寫下來。「想寫出好文章，請多多閱讀好文章、抄寫下來」這樣的建議，基本上是正確的。

不過這裡有個令人意想不到的陷阱。

相較於小說，想像一下訪談或對談類的文章，應該就比較容易理解。

一篇優秀的訪談稿，除了思路清晰、條理分明，它的自然順暢往往會讓人覺得「這個人在現場，一定也是用這種方式說話的吧」。文章流暢不做作，將滔滔不絕的話語原汁原味寫下來，正因為如此，會讓讀者有種彷彿親臨現場的錯覺（臨場感）。

整篇文章見不到斧鑿的痕跡。

是一篇讓人以為最初便是以這種模樣存在的文章。

豐富的詞彙暢快地流瀉而出，完全看不到遲滯厭膩的現象。這是我心目中「好文章」的重要條件。

相對的，不好的訪談稿眞的就是解說式、文謅謅、生硬不自然的，讓人覺得「才沒有人會這樣說話」，非常忠實地傳達出寫作的費勁與辛勞，寫手的介入與存在既醒目又礙眼。

想藉由好文章去學習什麼的困難度，也在這裡。

因爲歸根結柢，好文章就是「讓人以爲最初便是以這種姿態存在」。不論怎麼看、怎麼摸，就是找不到接縫處，讓人無從分析與拆解。即使想解讀寫作者的目的與技巧，也摸不著頭緒。

從這一點來看，所謂「拙劣的文章」不但破綻百出，而且有跡可循。外表看起來既不美觀，接縫處還滲漏出修正液或黏著劑之類的東西。寫作者在哪個部分格外費心、在哪裡誤入歧途，都有辦法解讀得很詳盡。換言之，做爲思考「如果是我會怎麼寫？」的參考資料，拙劣的文章比好文章更容易切入。

那麼具體來說，要用什麼視角去閱讀拙劣的文章呢？

解讀這種文章，並不是要雞蛋裡挑骨頭；一味像是找碴似地指出「這裡的這種表現方法不好」「這裡的文法很怪」，並不會有任何收穫。重要的是與寫作者並肩而立，站在能與他眺望同樣景色的位置上，以一種與他共同思考的態度，想想爲何會犯下那樣的錯誤。

比方說，到前半段爲止都很有趣，但是從中間開始，後半段突然失去控制的書。與其說是書籍整體架構的問題，眞正的原因或許該從寫作者的「體力」去探究。

耗費長時間書寫幾萬、幾十萬字的文章，中途一定會覺得疲累。除了寫作者本身感到厭倦之外，也可能因爲持續思考相同主題太久而迷失方向，也就是搞不清楚當下論點的所在位置。原本心裡滿是「想寫！」的念頭，卻漸漸朝著「好想早點結束！」傾斜，後半段的結構於是變得鬆散。這與技巧或資歷無關，是許多寫作者都會落入的陷阱。

倘若如此，就要想想這位寫作者從哪裡開始迷失方向，又是從哪裡開始急於導出結論。接著再思考，當寫作者的意念已經消耗殆盡時，他的文章會失去什麼、如何瓦解，而自己要怎麼做才不會重蹈覆轍。從這樣的觀點去閱讀，想必就能更貼近那篇拙劣的文章。

拙劣的文章，並不是指技巧不成熟的文章。

無關乎技巧，也無關乎投注多少時間，凡是「寫得草率粗糙的文章」，都是拙劣的文章。因此，即使是技巧再純熟的作家，也可能寫出這種文章。可以說，解讀這類文章就是在解讀寫作者「草率的程度」。

經過編輯與校對檢查後問世的出版品，幾乎很難見到明顯支離破碎的部分，不論是錯漏字、誤用成語或文法錯誤等「有正確解答」的部分，大多都已修正；但乍看之下似乎沒問題，卻讓人感到有些彆扭的拙劣文章，仍然堆積如山。

面對這種情況，就讓我們當個不輕易放過的讀者吧。

對於造成這種彆扭的「草率與粗糙」，就讓我們當個鍥而不捨、緊追在後的讀者吧。寫作者之所以那樣寫，是因爲心裡想到什麼？還是沒想到什麼？對拙劣文章要求嚴格的讀者，也會以嚴謹的態度對待自己的文章。

為了閱讀「我這個人」

有別於拙劣的文章，還有一種文章完全就是讓人感覺「討厭」。明明技巧精湛純熟、也沒有偷工減料，甚至能說出一些不錯的內容，但不知爲何就是對它沒好感；總覺得有哪些地方討人厭、讓人直打哆嗦、想提出反駁。跟「優／劣」無關，這些文章是以「好／惡」篩選出來的。只要持續亂讀，相信會遇上很多這樣的文章。

與拙劣的文章一樣，希望各位也認眞閱讀這些「討厭的文章」。

舉例來說，與伴侶分手後，一提到讓你對那個人幻滅的原因或對方令人討厭的部分，不論多少都說得出來。也許是任憑情緒引領，滔滔不絕地說著；或是偶爾借助酒的力量，甚至說到天亮還停不下來。

但另一方面，當我們喜歡上某人的時候，卻很難清楚解釋原因何在。越是想具體說明自己「喜歡對方的哪個部分」「被對方的某些地方吸引」，就離眞正的想法越遠。具體且條列式的「因爲○○，所以喜歡對方」不過是事後附加的結果論，「當自己察覺到時，已經喜歡上對方」，才是內心眞正的感受吧？所謂「墜入」愛河，就是這麼回事。

對於文章的好惡，也與此雷同。

自己爲什麼喜愛這位作家、被他的文章吸引？如此優秀的作品隱藏了什麼祕密？像這種分析自己的「喜好」，並打算用語言表達出來的方式，有很高的機率會流於誤判。越是想分析，越容易偏離主觀感受，變得像是塡寫檢核表一樣，對自己的情感說謊。

在這部分，「討厭」卻是不一樣的。

不論是討厭紅蘿蔔、討厭香菇、討厭納豆的人，都有辦法分析自己討厭的感覺，並以話語充分表達出來。即使是直覺上或生理上的那種厭惡感，也有辦法解釋，並轉化爲語言。

一開始描述得有些模糊也無所謂。總之，請先試著用語言表達自己對某篇文章的厭惡感。

「用高高在上的態度，感覺很傲慢。」

「太多粗俗的用語，讓人很不舒服。」

「全是一堆漂亮的場面話，像個僞君子。」

「感覺好自戀，令人倒胃口。」

「拐彎抹角，很難懂。」

接下來，假設你討厭的是那種「全是一堆漂亮的場面話，像個僞君子似的文章」，進一步思考那樣的文章（或寫作者）爲何讓你敬而遠之。

- 文章裡寫滿漂亮的場面話，其中應該有哪裡扯了謊。
- 說些謊，試圖讓自己看起來體面一點。
- 這個作者認爲「這麼寫的話，可以騙得過讀者」。
- 自己因此產生「我怎麼可能忍受被你欺騙」的反感。
- 或許我討厭的可能不是「場面話」或「謊言」。
- 覺得自己眞正無法原諒的，是被作者當成傻瓜。
- 我討厭那種把讀者當傻瓜的文章。

……像這樣面對自己的「厭惡」，挖掘到最深處，就可以見到那個在底層的「我這個人」，並藉此了解自己希望「我」所擁有的樣貌。以前面的例子來說，你想必是期許自己「別將讀者當成傻瓜」，同時也「不想忘了對讀者懷抱敬意」。

明明是討厭的文章，還要繼續往下讀，對誰來說都是件苦差事，所以那樣的書並不需要很多本。只要當你再三思考、從中感受到「痛苦的原因」後，就會漸漸看到自己應該前進的方向。

閱讀的體力與改變自己的勇氣

「哪一本書是你的枕邊書？」

如此被問到時，你會選哪一本呢？

有意思的是，在選出「枕邊書」或「改變人生的一本書」時，大多數人所說的書都是年輕時讀的。像是童年時期、學生時代，最多就是到二十多歲這段期間所看的書。明明在那之後也讀了很多好書，但事情就是這樣。要是問我這個問題的話，我應該也會說是二十出頭時所讀的杜斯妥也夫斯基長篇小說；而且苦思到最後，九成九是《卡拉馬助夫兄弟們》這一本。

這件事讓我聯想到的是「閱讀的體力」。

年輕時既有體力又有時間，所以有辦法讀艱深的哲學書或那些大文豪的大部頭著作。不過現在來到四、五十歲這個年紀，自己既沒有體力，也沒有時間。因爲「閱讀的體力」下降，所以沒辦法再讀完艱深的巨作——許多中高齡人士會這麼表示。

年歲增長、工作負擔、體力衰退，讓人對厚厚的書本望而生畏。即使下定決心要讀讀看，也沒辦法像過去那樣專注投入，很快就感到挫敗。我對這般心情不但感同身受，也有深刻的體會。因爲就連我自己，也曾無數次實際感受到「閱讀的體力」下降一事。

然而，這眞的是「體力」的問題嗎？

果眞因爲沒有時間與體力，所以只能進行輕鬆的閱讀嗎？

我認爲並非如此。

所謂的枕邊書，就是對個人而言「改變自己人生的一本書」。例如二十出頭的我之所以邂逅了《卡拉馬助夫兄弟們》，並非因爲它是「全世界最傑出的小說」——問題不在於讀了哪一本書，而是當時的自己是什麼樣的人。當時的我已經做好改變人生的準備，要盡情撼動並革新自己的人生（價値觀），正因爲如此，那本書才成了我的枕邊書、改變我的人生。嗯，它眞的改變了我的人生。如果再晚個十年或二十年才讀杜斯妥也夫斯基的話，《卡拉馬助夫兄弟們》和其他長篇作品可能就不會成爲我的枕邊書了。

透過一本書，就能擁有改變人生的勇氣嗎？

就能有勇氣顛覆自己目前爲止依循的常識與價值觀嗎？

是否已做好全盤否定一直以來的自己、蛻變爲嶄新自我的準備？

談到「閱讀的體力」下降，在論及體力衰退之前，指的其實是「改變的意願＝心靈的可塑性」下降。因爲心中某處害怕改變（自己的價值觀被撼動），所以只願意伸手拿起輕鬆小品。如此一來，即使讀了好書，也不可能成爲枕邊書。

若是將閱讀當成「灌輸知識」，即使讀過千百本名著，也無法邂逅能改變人生的那一本。但相對的，只要願意改變自己，不論到幾歲，都能更新自己的枕邊書——書籍的更新，意味著自己也隨之煥然一新。

這不是在談論閱讀者的心態如何，而是希望各位將此當成一名寫手不可或缺的態度。

無意自我更新的取材者，即使接觸再有趣的內容，也只會說上一句「咦～原來如此」就不了了之。他會將這些資訊當成旁人的事去處理，自己的心絲毫不爲所動且置身事外，單純當成參考資料來寫成文章，這樣的文章絕不可能有趣。

爲了成爲優秀的取材者，請具備改變自己的勇氣。
不要自我防衛，而要擁有能受對方感動、不斷更新自我的勇氣。
用事不關己的態度寫成的文章，是不可能成爲「回信」的。

第2章

問些什麼？如何傾聽？

為什麼取材很難？

我剛開始從事寫手工作時，曾從一些資深編輯那裡學到很多關於寫作的方法。光是一篇簡短的雜誌文稿，上面就滿是紅筆（批改）的痕跡：文法上的錯誤、語尾和連接詞的重複、符號的不一致、冗長的表現方式、讀者會因爲什麼感到不愉快……我接受了很多指正。那些指教雖然是最基本的東西，卻相當寶貴。

如今我的歲數已比當年的那些前輩都還大，也應年輕寫手們的要求，給他們批上很多「紅字」。如果他們能從中獲得一些什麼，我會由衷感到開心。

像這樣，「寫作」這件事多多少少都有學習的機會，既能藉由閱讀書本來學習，也能直接接受前輩的指導和建議。

另一方面，與此成爲對比的是interview（本章以「取材」代之）。需要實地進行取材的時候，菜鳥寫手很可能就這麼突然被派去現場。就算有機會跟著上司或前輩見習，也不過就那麼幾次機會，不可能每件事都從頭教到尾。說不定連個可供參考的範本都沒有，就得自己親自上陣。

傷腦筋的是，取材不會獲得反饋。那次取材是好是壞？如果不好的話，該如何改進？儘管想知道，卻找不到任何一位前輩能爲你「批改」。寫出來的稿子很無趣，問題究竟出在文筆還是取材，很難判定。恐怕不論是怎樣的資深老手，也都是自成一派。在不明白其他還有哪些做法的狀況下，就這麼一直照著自己相信的方式進行。

我自己也是如此。確實有辦法拿自己所寫的原稿與其他人的比較——「原來如此，可以用這種手法表現」，在心中叫好的同時，也反省自己應該改進的部分。因爲有比較的對象，所以能察覺到各種不同的狀況。

但是要拿自己的取材方式和其他人比較，原則上是辦不到的。因爲大多數的取材都是在密閉房間內進行，一切都隱藏在黑箱裡，使得這項重要的工作只能按自己的做法來進行。

本章主要將針對取材（包括一般所說的訪談在內）來討論。

我個人在這方面既未受過指導，也不曾教導他人；此外，我也完全不是那種舌粲蓮花的人。尤其在私底下，是個很好懂又很寡言的人。

不過也正因爲如此，才能傳達一些基本原則給各位。即使沒有廣播節目主持人的口才，或是像搞笑藝人那樣的機智反應，甚至可說性格怯懦，還是有可能做好取材工作。

別把取材當成面試

仔細想想，取材現場是個難以想像的空間。

幾乎是頭一次見面的兩個人分別成爲「提問者」（取材者）與「敘述者」（受訪者），以記錄與公開爲前提，面對面談論事先訂好的主題。現場多半會同步錄音，很多時候編輯也會陪同出席，或許還會有攝影師拍攝照片。這是日常生活中相當罕見的情境。

要說最貼近也最相似的場景，應該是求職面試吧。事實上，面試的英語就是 interview。請各位想想，身爲接受面試的一方——也就是站在受訪者的立場，會是什麼樣的狀況。

・被數人圍繞，還被要求說明自己的想法。

- **提及對方詢問內容以外的其他事項，是有違禮節規範之事。**
- **自己發問的機會有限，往往是被詢問的一方。**
- **自己的評價將視如何回答問題而定。**
- **完全無法預料對方接下來會丟出什麼樣的問題。**
- **看似在對話，事實上是在接受對方的提問。**
- **儘管對方非常清楚我這個人，自己對他卻幾乎一無所知。**

以上這些，都能套用在受訪者或面試者身上。

想必你過去也曾參加面試吧？就假設這是一場求職面試活動好了。在面試中擔任提問者（取材者）的是面試官，敘述者（受訪者）就是求職者，也就是你。相信你一定因當下的氣氛而感到緊張，也因爲不知道面試官會丟出什麼問題而不安吧？面談結束後，又開始因「眞不該那樣說」「如果有說那件事就好了」「應該這麼回答才對」覺得懊悔。在這種沒有簡單解答的情況下，要能在結束面試後確實感到一切進行得很順利，其實是相當困難的事。

這一點，取材過程中的敘述者（受訪者）也一樣。再怎麼習慣接受採訪、笑容不斷、會機靈地說些笑話緩和氣氛的人，一旦處於名爲取材現場的空間，就不可能保持完全如常的狀態；儘管不覺緊張，卻也多少有些拘束。如同參加面試的你，會盡量說些正面的事、注意不要說錯話，想藉由這樣的表現獲得高度評價。這就是身為敘述者（受訪者）不得不做作的心境，對取材現場這種非日常生活的空間嚴陣以待；但其實對方也一樣。

請各位記得，不論是取材、協商，還是與家人朋友聊天，塑造場面氣氛的永遠是提問者，也就是取材者。不論對方是什麼大人物，或是難搞的問題人物，原則都是一樣的。如果你是位優秀的提問者，對方就會心情愉悅，再多話都願意講；倘若你是個不太高明的提問者，簡直就像面試官似的，對方就會感到拘束、情緒不佳、三緘其口，或說些八竿子打不著的事情。請記得：對話的主導權，向來都在提問者手中。

那麼，該怎麼做才能成為優秀的提問者？

為此，首先必須重新思考有關「提問」這個詞語的意義。

聆聽的三個面向

對話這件事，經常被比喻成互相傳接球。

也就是將對話內容當成一顆球，並將對話「拋出」「接收」「拋回」的過程以傳接球來比喻。彼此投出的球可到達的距離、對方接得到球的速度，當然還有控球能力等等，對話中需要注意的重點確實和傳接球非常類似。

只不過，我在取材時所做的事，完全不是傳接球；不如說，我認爲不要刻意意識到這件事比較好。

傳接球時，我們的身分基本上是投手，也就是完全只想著「要怎麼投球」的那個人。往哪個方向？用多快的速度？投出什麼球？如果球可以強勁快速地投進對方的手套，就會感覺很爽快。「好，下一球要調整出更棒的動作！」「從更遠處投出更快的速度吧！」像這樣，出現更多關於投球的欲念。

如果將這些代換爲對話過程，這個人腦袋裡便淨是想著：「接下來要說些什麼？」老想著「接下來要說些什麼？」的人，幾乎不會聽對方說話。光想自己的事就很忙了，甚至還會冒出「趕快換我投球！」的念頭。儘管形式上是傳接球，實際上卻完全沒接到對方的球（所說的內容）。

因此，我不會用傳接球的概念去思考取材這件事。

身爲一名捕手，要穩穩地戴牢手套、準備好，全心全意接住投手投出來的球；當然，自己也會將球拋回去，但不會變成投手。

這件事和「聆聽」這個詞的用法有關。如同在口語溝通中經常提到的，聆聽大致上可分爲兩種。

一種是一般的「聽見」，與英語的 hear 意思相近。

一種是專注地用耳朵「傾聽」，以英語來說是 listen。

但還有一種，表面上與聆聽無關，實際上卻密不可分的，也就是向對方「提問」。

比方說，突然「聽見」窗外傳來聲響，用的是 hear；聽著喜愛的音樂或「傾聽」對方說話的時候，用的是 listen。

這兩者的差異在於「主動性」。

積極地、出於自己的意願側耳聆聽，甚至想捕捉隱含於其中的意義時，被動的「聽見」就會轉變爲主動的「傾聽」。

到這部分都能理解的話，相信上一章的內容應該就能融會貫通了吧。

沒錯，就「主動」這層意義而言，「傾聽」與「閱讀」幾乎是同義詞。傾聽某人的話語，就是閱讀他所說的話。

因此我認爲，取材有七成取決於傾聽的能力。

剩餘的三成，才是提問的能力。

不論工作或私生活，我們幾乎所有時間都在「（被動）聽見」中度過。只想著自己要說些什麼，持續進行草率的傳接球動作。但相反的，我們全都渴望身邊能有位眞誠的「傾聽者＝捕手」。人們其實並沒有多想說話，也不是因爲心裡有什麼想大聲控訴，更不是希望獲得他人理解或誇讚。相較於那些，人們最想要的是「獲得傾聽」。不受干擾地發言，並獲得他人傾聽，這就是受到尊重與認同最有力的明證。

我們可以先在家人或朋友身上試試看。即使用「嗯——」或是「喔～」回應也無所謂。只要你能讓對方看見自己主動傾聽的姿態，他必定能自然而然地娓娓道來。以下，本書將分別從聆聽所代表的各種涵義進行說明。

如何建構傾聽的基礎？

取材時，不能只是曖昧模糊地「聽見」，必須主動地「傾聽」。這不是技巧的問題，而是一名寫手要成爲取材者的心態問題。

只是一牽扯到心態，往往會流於唯心論。比方說，我在這裡建議：「不是曖昧模糊地『聽見』，而要態度積極熱忱地去『傾聽』。」儘管各位都明白這句話的意思，但老實說，這種建議完全只是精神喊話；至於究竟該怎麼做，實在摸不著頭緒。

在這本書中，我希望盡可能不要用這種唯心論去搖旗吶喊，因爲這種論點多半是那些「無法以語言描述」和「只以單一標準評斷」對方的人用來逃避的藉口。關於該怎樣才能做到主動式的「傾聽取材」，就讓我用更具體的方式來說明吧。

請各位暫時拋下取材這件事，回想一下與朋友聊天的畫面。

聊天時，我們既會漫不經心（被動）地聽著，也會態度積極、充滿熱忱去傾聽。至於其中的分界線，以下列舉幾項：

一、**對方說的話很有趣**。
二、**你很喜歡對方**。
三、**對自己而言，這段話非常重要**。

以上三項條件中，至少有兩項符合時，大部分的人應該都會以積極、充滿熱忱的態度去傾聽吧？就算對方持續講了十分鐘或二十分鐘以上，也不以爲苦，甚至還想再多聽一點，是吧？

反過來說，我們對不是那麼喜歡的人所說的無聊話題，則會左耳進右耳出，把事不關己的內容當成耳邊風。我自己也一樣，一定有些內容漫不經心聽著聽著就過去了。和熟人或朋友聊天當然不用說，即使是取材，只要遇上無聊的主題，同樣會出現這種狀況。希望一個小時的取材全部都是「有趣的內容」？這件事發生的機率實在小到令人吃驚的地步。

話說回來，要求受訪者說些「有趣的內容」這件事本身就是錯誤的。要是有「因爲對方沒能提供有趣的內容，所以寫不出好文章」這種心態，根本沒資格當什麼專業人士。讓我們重新再看一次這三項條件。

第一項「對方說的話很有趣」是我們無法控制的變數。敘述者的人品、知識、說話技巧、人生經驗和幽默感等表現，都會受當天的身體和心理狀態影響，是不確定性非常高的因素。

另一方面，第二項「你很喜歡對方」和第三項「對自己而言，這段話非常重要」，則是自己可以控制的因素。喜歡對方，並抱持強烈興趣的主體，通常都是「我」。

所以取材前，我一定會先仔細調查。

對方的著作、錄音、影像、過去的訪談報導、社群媒體、部落格，還有介紹對方所屬專業領域的相關書籍與網頁等等，我都盡可能先認眞讀過。不是當成取材用的資料去讀，而是爲了喜歡這個人、爲了找出讓自己喜歡這個人的線索，才將所有能到手的資料全都讀過一遍。

當然，也有可能因此對這個人感到幻滅。例如比想像中還要老古板、言談中充滿歧視觀點、說出口的人生觀實在很膚淺，甚至讓你覺得「不知道還好一點」也說不定。

即便如此，不論怎樣的人都必然有他的優點。

儘管無法喜歡這個人、不願和他共事、完全不想跟他成爲朋友，「但是在這方面，這個人是值得尊敬的」，或是「關於他的這種想法，我打從心底認同」，像這樣的特點必然會有；如果找不到的話，那麼就是調查的一方，也就是取材者的怠惰了。

接著，就算只有一項也好，只要發現了優點，就讓它盡情在心中膨脹，培養出喜歡的感覺，讓自己能在見到對方前變得喜歡他。如此一來，應該自然而然就能展現出傾聽的姿態。

那麼，萬一遇上無法事先調查的對象，該怎麼做呢？

如果既沒有著作和訪談報導，也沒有部落格或社群媒體資料可供參考的話，取材時該如何是好？

我向來都會擬出幾種類型，發揮自己的想像力。

想必是這樣的人吧？說不定有過這樣的經歷？可能因爲這樣的理由才從事現在這份工作……任憑自己馳騁在想像中。就算猜錯也無所謂，重要的是花多少時間思考有關這個人的事。一小時也好，三十分鐘也罷，事先想想關於這個人的事：從對方的頭銜、年齡，以及從接洽到答應受訪的過程中找出線索去思考。即使只是充滿期待，希望「如果是這樣的人就好了」

「要是願意聊聊這樣的話題就太棒了」也無所謂。只需要花這麼一點工夫，便能建立起「喜歡」的基礎。

傾聽的準備工作，在面對面之前就已經開始。

將身為取材者與寫手的自己切割開來

在取材現場中要徹底執行傾聽者的工作，超乎想像的難。

寫手或編輯的資歷累積得越多，越沒辦法傾聽。不是因爲不懂得取材，也不是因爲身爲寫手的能力不足，或是取材時偷懶；倒不如說，正因爲太想寫出很棒的稿子，才無法認眞傾聽。

爲什麼會這樣？

不論是怎樣的取材，都會有個主題；因應這樣的主題，取材者心中會預設「希望對方務必提及的內容」。一定有些話題是原稿中不可或缺的因素。比方說，以「恩師」爲主題採訪奧運代表隊選手時，一定會希望對方聊聊「與恩師的邂逅」「記憶中的小故事」「難以忘懷的話語」等等。

可是取材時間有限，而且很多時候對方可能會偏離主題、不了解問題重點、岔開話題之類的。爲了順利寫出採訪稿，只好出手干預、控制場面。於是中斷傾聽，將偏離主題的內容拉回，丟出事先擬好的題目給對方。寫手的資歷越豐富，越擅長處理這樣的事——不如說，認為能夠指揮若定，才是一流傾聽者與寫手的人，搞不好比想像中更多。

不過，我要說句話：這些做法全都是「以寫手的方便為考量」。

「不想寫稿寫得很辛苦。」

「希望確實蒐集好寫作時必要的資料。」

「希望在既定時間內順利結束工作。」

然而這麼做，不過是單方面憑這些理由決定取材的流程、不允許脫稿演出，也就是剝奪對方的自由，進行場面控管。就職業寫手的立場來想，那也許是一條捷徑，但身為一名取材者，這種態度能說是正確的嗎？

這是一個很大的分歧點。即使有人持不同意見也無所謂。

我個人會將身為寫手的自己，與身為採訪者的自己切割開來思考。

在現場與取材對象面對面的，不是寫手古賀史健，而是取材者古賀史健。當然，取材者的工作並不是蒐集寫作的素材；把握人生中難得的機會，使它成為「對彼此而言」有收穫的事，這才是取材者要做的工作。至於當下蒐集到的內容要如何整理成原稿，之後再交給身為寫手的古賀史健去思考就行了。取材時將對方視爲寫稿素材，也就是當成物品看待的態度，應該盡量避免。

所以即使是採訪中的脫稿演出，我也很歡迎。

就算談話內容朝著意想不到的方向發展，我也同樣享受這個過程。

不要打斷對方說話、不要拘泥於自己的計畫、避免過度操控、讓情勢順應現場氣氛發展，徹底當個優秀的傾聽者，即使進入與主題無關的閒聊也無妨。認眞說來，所謂的閒聊只會出現在彼此友好與互相信賴的情況下。與心理上有距離的對象談話時，雖然會聊聊天氣或彼此近況之類的話題，卻很難繼續發展爲閒聊。要是眞的進入了閒聊階段，那反倒是雙方親近的展現。

最後，我心目中最理想的取材，是傾聽者與敘述者都覺得「原本並沒有打算說這些」的狀態。至於後續工作，相信身爲寫手的自己會好好善後。

事實上，將身爲寫手與取材者的自己切割開來再進行的取材工作，最終將對身爲寫手的自己有所助益。

不容許偏離主題、只依照原定計畫發問完就結束的取材，是不踰越企畫書的採訪；更進一步來說，是不踰越自我（寫手）的採訪。

寫手的手中什麼都沒有，是種空空如也的存在。要打比方的話，就是對這片土地一無所知的旅客。

像這樣初來乍到的旅客事前訂定的計畫（企畫書），有可能成為一趟有趣的旅行嗎？只是逛逛觀光景點和知名餐廳的行程，究竟能有多少魅力？倒不如認眞傾聽詳知這片土地的人（受訪者）說明、丟出完全是外行人才會問的問題、興之所至地探訪完全陌生的地方，這或許才是旅行眞正的樂趣？才是所謂的取材？

所謂的取材現場，並不是配合計畫回答問題的地方，也不是依著企畫書照本宣科、朗讀題目清單的場合。

「回過神來，竟已經來到了這個地方。」

「託你的福，讓我頭一次有辦法說出來。」

讓彼此都有這樣的想法，就是一次最棒的取材。

不評價對方的話

將取材當成蒐集寫作資料的寫手，會在不知不覺中變得傲慢。聆聽對方說話的同時，不斷在心裡評價、做出判斷：「這段話能用……那段話不能用……」對於不能用的部分，眞的就像「耳邊風」字面上所呈現的漠不關心，結果讓對方感受到宛如參加面試般的痛苦。

請回想一下自己參加面試時的狀況。

爲什麼面試時會感到緊張？

爲什麼一見到面試官就沒辦法表現得很自在？

答案很簡單。因爲自己的一舉一動都將成爲評估的對象。認爲說話不可漫不經心、非說出正確解答不可、必須讓人家覺得我很優秀……於是變得很緊張。

取材也一樣。如果你以評價者的身分出現在現場，完全只在意資料的蒐集量，你們的溝通應該不會太順利吧？

取材時，寫手既不是面試官，也不是法官或偵訊室的警察。眞要打比方的話，是接見客戶時的律師，也就是以「即使全世界與你爲敵，我也會是唯一挺你的人」爲前提的那個人。如果不是這樣，對方不會敞開心胸，只會像個參加求職面試的應徵者一樣，複誦標準答案。

我認爲，這是關乎「敬意」的問題。

評價向來都是以「上對下」的高姿態所給予的。不是只有「不錄用」或「不合格」的評估會採取這種姿態，即使面對優秀、有能力，或評論業界翹楚之類的正面評價，事實上也都是以上對下的機制在運作。

許多藝術家或運動員之所以討厭被媒體稱爲「天才」，正是這個原因。不是因爲他們很謙慮，而是他們拒絕接受這種完全不打算深入了解，或不經大腦思考的態度，完全漠視他們一路上如何奮鬥的過程，只憑一句「天才」就想居高臨下做出評價（結論）的無禮對待。

取材時，滿腦子只想著資料蒐集量的你，就一名取材者而言，可說失去了最重要的敬意：不願認眞傾聽對方的話，只以「能用／不能用」的角度評斷所有的言論，將對方視爲物品般的存在。無比的傲慢，讓自己淪爲任性的人。用這種態度，即使順利寫出稿子，也不過就是「整理出標準答案」。在其中，受訪者沒有存在的必然性，簡直就跟匿名人士一樣。更進一步來說，這樣的取材做得再多，想必也很難與對方建立眞正的信任，因爲對方同樣只會以「能用／不能用」的觀點來評斷你這個人。

所謂的評價，是順著自己方便做出輕鬆省事的結論。對他人做出評價，就等於片面論斷他人的價值、能力、職業觀、人生觀和可能性。

請不要評價對方。

因爲這是持續分析思考有關對方的一切、爲了更深入理解對方而認眞投入，以及傾聽與閱讀的大前提。

切換提問的主詞

接下來，思考一下有關「提問」這件事。

儘管傾聽非常重要，但沒有提問的話，取材就無法進行。在取材現場，我們要問些什麼？又該如何去問？什麼樣的提問能豐富取材內容？什麼樣的提問會把採訪搞砸？

讓我先說明一項簡單的原則。

取材時，事先將「該問」和「想問」分清楚很重要。該問的事沒問，無法寫成內容；沒有想問的問題，則會讓取材變得無趣。

如同前面說明過的，不論是什麼樣的取材都有主題。以「由誰以什麼方式說些什麼」的三角形來說，這裡就相當於「說些什麼」的部分。只要這場取材有主題，必然有應該提出的問題。

假設以「能提升記憶力的生活習慣」爲主題採訪腦科學家。首先應該提問的當然是和生活習慣有關的問題。此外，爲了解釋「這麼做可以提升記憶力」的理由，應該也要提出「腦部如何記憶資訊？」「理應記住的資訊爲何會消失？」「記性好與記性差的人，哪裡不一樣？」「記憶究竟是什麼？」之類的問題吧？

我們可以說，這是為了讀者提問。

你代替讀者，以讀者代表的身分向對方提問，提出閱讀時必然會出現的相關疑問。換句話說，不論進行取材的是你或其他寫手，身為讀者代表，該問的事並沒有什麼不同。好比要上二樓，就必須要有樓梯，而樓梯要有扶手那樣，這些提問都是絕對必要的存在。

相對的，「想問」則是僅屬於自己的部分。

如果說「該問」的主詞是「讀者」，那麼「想問」則是以「我」為主詞。無關讀者，只因為我想知道，所以提出來問。其他寫手或許不會問，但我就是要問。雖然與採訪主題沒有直接關聯，甚至有可能根本不會寫進稿子裡，卻無論如何都想藉這個機會問，所以提出來。

擁有想問之事的取材過程將是扎實又有趣的，受訪者也會積極回應，使得談話內容更為深入。

之所以會如此，因為那是一種「好感」的展現。

我想問的事情，是基於仔細調查、經過多方考量後，因欣賞並喜歡對方而產生的；當然，這樣的意念也會即刻傳達給受訪者。用不著五分鐘，受訪者馬上就能了解，眼前的寫手心裡不但有想問的事，也十分盡力了解取材對象；當然，一個事前毫無準備、兩手空空的寫手，也會立刻露出馬腳。

提問時，明確帶出主詞也無妨。

也就是說，「身爲一名讀者，我想問的是……雖然如此……」「您現在所說的這段話，我想應該有很多讀者都覺得……」像這樣以讀者的立場提問，或是「這是我無論如何都想藉這個機會請教您的……」像這樣表明自己的立場也可以。重要的是明確區分「該問」和「想問」，兩者都應該做好準備。

分辨出取材時該問的事，並具備整理步驟流程與優先順序的能力，是職業寫手絕對必備的。可是寫手光憑這個，終將遇上瓶頸——說難聽一點，寫出來的東西會變得一板一眼且毫無趣味。要讓採訪內容更寬廣、更深入，必須要將取材者自己想問的問題納入其中。

老套的可怕之處

接下來，暫且以受訪者的立場來想想看。

假設你出了一本書，有家媒體想採訪你。對你來說，有人對自己感興趣是值得慶幸的事，而且還會幫忙介紹這本書，更是再好不過。於是你欣然答應。

取材當天，有名年輕的寫手來訪。對方即刻展開訪談，卻總讓人覺得有些不得要領。是因爲緊張嗎？還是經驗不足？應對上也不太俐落，而且對方提的淨是些讓人覺得他應該沒讀過那本書的問題。繼續依這名寫手的步調進行取材，實在很難想像能寫出多精采的訪談稿。

如果是你，會決定怎麼做？

恐怕大多數人都會選擇由自己來主導，開始滔滔不絕地說起自己「希望對方寫進文章裡的官方說法」「經常提起的重要小故事」「不論到哪裡都很受歡迎，而且是自己最招牌的哏」吧？如果是習慣接受採訪的人，說不定還會主動加上「適合當成文章標題的個人經典臺詞」。

確實，有了這些素材，不論寫手有沒有能力，都可以寫出具有一定水準的採訪稿。甚至可以說，如果不出手到這種程度，誰知道會寫出什麼東西？畢竟寫手的實力是個未知數，盡可能降低風險還是比較好吧？

好。接下來從取材者的立場來看看上述過程。

取材的事前準備做得不夠完善，簡直就跟臨場發揮沒兩樣。雖然一開始有些地方的節奏合不太起來，但過沒多久，作者開始滔滔不絕，採訪因此進行得很順利，也聽了很多有趣的事，可說是一場資料「蒐集量」很充足的取材，應該能寫出不錯的稿子。原來如此，說不定自己在這方面開始看得到進步了。所謂的取材，或許只要這麼做就行了。

……有沒有可能產生這樣的錯覺呢？

事實上，不只聽到了一些有趣的內容，現場氣氛還很熱絡。只要好好統整一下，相信會是一篇不錯的訪談稿。

但那種熱絡的氣氛完全是誤會一場。正因爲受訪者對身爲取材者的你，還有你的能耐感到不安，才會開始說些「老套」，用幾經證實「絕不會出錯的內容」以避免訪談稿變得平凡無奇。正因爲不相信你，對方才滔滔不絕，全力展現服務精神。

以老套的內容寫出的稿子，完全失去資訊的稀有性。讀者一讀之下，只會說句「喔～又是這些東西」便不了了之。當然，身爲取材者的你也不可能有所成長。

取材超乎預期地進行得很順利。

條理分明、侃侃而談的內容。

這些對受訪者來說，有極大的可能是「老套」。

如果想創造眞正有趣、富價值的內容，就必須對受訪者的「老套」保持高度敏感。雖然有很多寫手不喜歡偏離主題或閒聊的內容，但比這些更麻煩的，其實是早就被說到膩的老套。

不要將真心話與祕密混為一談

為了提高內容的價值，「資訊的稀有性」是必要的。

在其他地方也會談論的內容、完全不用勞煩對方來說的普遍觀點，還有虛有其表的標準答案……從本質上來說，這些光憑已知資訊構成的內容，不具任何價值。讀者總是不斷在尋找邂逅、探求新發現；簡單來說，就是尋求「只有在這裡才讀得到的內容」。傑出的電影或戲劇表演、音樂會、遊樂園等，在背後支撐這些事物的，都是「只有在這裡才能體驗到的什麼」。能在取材過程中問出對方頭一次提及的內容，是最理想不過的。

不過也有不少寫手誤解了這一點，以至於犯下致命的錯誤。

「就來問一些好像從沒在其他地方說過的事吧。」

「試著大膽提出其他人絕對不會問的問題。」

「根本不用客套。尖銳一點，讓他說出眞心話。」

「取材的時候如果太客氣，就永遠無法逼出對方的肺腑之言。」

結果因為一頭熱，反倒提出了不合常理的問題，變成既失禮又讓人不愉快的取材者。

的確，讓對方吐露眞心話很重要，不需要客套也是對的。太過客氣或緊張並不好，當然也需要一些直指問題核心的提問，可是不能將「眞心話」與「祕密」混爲一談。我們寫手並不是爲了想讓對方的祕密曝光而取材的。再怎麼有必要，迫使對方說出不想說之事的那種取材是新聞記者的工作。寫手要問的是眞心話，而不是人家的祕密。

要是誤解了這一點，就會得意洋洋地不斷丟出失禮的問題，「應該沒有人問過這樣的問題吧？」「我跟其他寫手不一樣，就是要逼問到這種程度讓你瞧瞧」，變成一個沾沾自喜的取材者。甚至有寫手會故意惹對方生氣，還自認爲是高招，企圖藉此讓對方說出眞心話。

身爲一名寫手，我不會連對方不想說的事都試圖挖出來。我不想透過揭穿與他人隱私有關的祕密來邀功炫耀，也不想用所謂的問話技巧故意惹怒對方、提出具脅迫性的問題，甚至彷彿套話質問似的。我既不想失去對受訪者的敬意，更不認爲那種做法能問出眞心話。

並非他人逼迫下，而是不知不覺間透露的一段話。

摻雜在閒聊中，不經意的搭腔。

提問後，才頭一次說出心中一直深思的那些事。

所謂的眞心話，本來應該是這種樣貌。換句話說，不是耍花招「挖掘出來」，而是在輕鬆的對談中自然掉落，再由你「拾起」的東西。

到這裡，各位是否能明白我在取材中歡迎受訪者脫稿演出的原因？

對方的真心話，往往要到偏離主題後，處在介於採訪與閒談之間、氣氛和緩的時刻裡，才會顯露出來。神經緊繃的狀況下，真心話絕對不會出現。

鍛鍊提問力的連接詞

再次說明，我並不是個擅長說話的取材者。

臨機應變或唇槍舌戰這種機靈的對話向來與我無關，取材的過程中有時也會陷入沉默；基本上只會用「咦~」「原來如此」「好厲害啊」「真有趣呢」這些話來回應，是個專注於傾聽的取材者。而且老實說，我並沒有意願再磨練自己的說話技巧。我既不是靠說話工作，也覺得現在這樣已經夠了。

可是一說到「提問」，那又是另一回事。

不打算磨練說話技巧的我，唯獨想更進一步鍛鍊並加強的，是取材時的「提問力」。不論看電視、讀書或瀏覽網路文章、看到廣告、觀看現場直播記者會、聽著某人說話的時候，我都差不多像養成習慣似的，會思考應該向他們提出什麼問題。

該如何思考提問？怎麼做才能讓問題浮現出來？

我的答案是「連接詞」。

人類的腦部設計得很巧妙，只要在開頭放上連接詞，就不得不去想接續的內容。

最容易理解的就是「可是」這個詞。

對於上司或前輩的忠告，有些人一概使用「可是，不是○○嗎？」「可是，因爲我○○」的話去回應。只要開頭一放上「可是」，好像就會出現一些能用來反駁的話（即使是捏造的）。是因爲固執？不認輸？怯懦的反撲？總而言之，這樣的人已經習慣加上「可是」，並從否定的角度切入事情。

如果把開頭換成「也就是說」，會變成如何呢？

比方說，朋友向你抱怨工作上的事。聽完後，你試著在回應的開頭加上「也就是說」。如此一來，「也就是說，是○○嗎？」「也就是說，你想做○○？」之類的提問很自然就會浮現出來了，對吧？並非表示自己對這些抱怨有同感，也不是提供意見或說什麼大道理，純粹只是浮現出一些探詢對方想法的問題而已。

不過，實際取材時，相較於隱含有總結與認定意味的「也就是說」，使用「意思是說」應該會比較好。

聽完對方的話，馬上用「意思是說」來想想接下來的提問。

「意思是說，同時也是◯◯嗎？」

「意思是說，您今後將以◯◯爲目標嗎？」

「意思是說，原本不是◯◯，對嗎？」

「意思是說，◯◯先生既是夥伴也是對手，是嗎？」

「意思是說，您的本意並非如此？」

不論哪項提問，都是從對方所說的內容接續發展而來。

其他像是「如此一來」「如果是這樣的話」「儘管如此」「就算是那樣」「換句話說」「相對的」「即使那麼說」「反過來說」……可以引申出好問題的連接詞還有很多。請將各式各樣的連接詞放進自己的詞彙庫、思考能接續各個語詞的提問，並反覆訓練自己能即時說出這些詞語。要做到不必刻意也能自然反應的程度，只能仰賴平時養成習慣了。

據說，英語使用者之所以擅長邏輯思考，就是因爲習慣在句子當中加入 because（因爲）這個連接詞的關係。以「because」爲接續，思考下面要說的話，並用語言表達因果關係，是他們從小就透過教育養成的習慣。這也是與習慣以 and（而且/然後）來當連接詞的我們之間的決定性差異。

提問的能力也一樣。什麼時候該提出什麼樣的問題才好，既不是光憑思考就能明白，在此也無法一概而論。唯一能做的，就是巧妙地利用幾個連接詞去接續對方的話，進一步挖掘與發展。唯有養成這個習慣而已。

連接詞，其實就是「延續之詞」。

打斷對方的發言，用事前準備好的問題一題接一題進行取材，什麼事也不會發生。接起對方的發言，延續下去，讓它繼續向前方延伸滾動，這樣的對話才能達到「一回過神來，竟已來到這裡」的境界。

如何撼動自己的心？

本章最後，我想以「關於提問，最重要的事」來結尾。

這部分與下一章要說明的內容有關，而且是與再下一章、甚至是與整本書都有根本共通性的重要之事。也就是能讓取材、文稿（內容）變得有趣的「提問應有的樣貌」。

推理或懸疑電影的奧妙之一，就是「大逆轉」。

明明覺得他一定就是犯人，沒想到真正的犯人竟是令人意想不到的人物；故事結尾，與主角身世有關的驚人事實眞相大白；自己愛上的人，竟然是敵方派來的間諜……這些大逆轉，都是利用「推翻與認同」營造出來的。

事先的推測，或對於故事原貌「應該是這樣」的認知徹底被推翻。接著，「原來是這麼回事」，打從心底認同並讚嘆推翻後呈現在眼前的全新風景。

正因爲有這兩者的存在，大逆轉才得以實現。翻轉的幅度越大越紓壓；認同的程度越深，讀完後的感動越持久。大逆轉中的「震驚」，可說是娛樂的基本條件。

我個人會將這種「震驚」帶入取材裡。爲了在取材時盡可能多安排一些這類狀況，我會自我操控。至於這究竟是怎麼回事，接下來以一些具體場景來說明。

比方說，「學生時代，你最熱衷的是哪些事？」你提出問題。

對方回答：「讀大學的時候，我都忙著打工呢。」

這樣的回答，一般除了「喔～」之外，很難有其他的感想，頂多就是接著問：「都做些什麼工作呢？」差不多就是這種程度吧。

不過若在一開始丟出問題前就先預設：「這個人當年求學的時候，一定整天都在閱讀或看電影吧？因爲有那段時光，才具備今天的修養和學識。」情況會是如何呢？

對受訪者「都忙著打工」的回答，你應該會覺得：「咦？竟然是那樣？」或至少受到震撼。一旦情緒產生波動，就會再接著問：「那麼，什麼時候閱讀或看電影呢？」或是腦中浮現追溯至對方小學時代的提問等等，應該都會讓你想更深入了解對方，取材也應該會因此變得更有趣。

又或者，當自己的假設——也就是「他可能會這麼回答」的想法正好與對方的回答一致時，你也會因爲「果然沒錯！」而牽動情緒，自然浮現出「如此說來，應該是因爲這樣而看了那本書」之類的新推論。

我稱那種沒設立假說的提問方式爲「丟了就跑」。

全都丟給對方自由發揮，完全不動自己的腦，就算要偷懶也該有個分寸。當然，即使面對那樣的提問，許多受訪者還是會回以精采的答覆，只不過這種做法並無法撼動自己（取材者）的心。當自己的心處於被動模式下，最多就是在「原來如此啊～」「說得眞好」這樣的感嘆下結束。身爲取材者，必須更主動地提問、更主動地讓自己的心被撼動，否則取材不可能精采，內容也會缺乏趣味性。

下一章會再詳細解說這部分。文稿（內容）有趣的關鍵在於「自己的心受到多少震撼」。那些無論聽到什麼都「喔」一聲就結束，不論接觸到任何事都不會感動的人，其實是因爲太習慣接受他人的付出。我們不該被動等待他人給予。要撼動自己的心，只能靠你自己。

第3章 調查、思考

取材的三個階段

我將取材分為三個階段來思考。

恐怕很多寫手都在未意識到這三個階段的情況下，就直接去做了。我將它們按步驟一一命名，提醒自己注意各階段應進行的事項。

第一個階段是在與取材對象見面，或接觸作品和商品前，也就是安排直接會面前要進行的「事先取材」。

這個階段包括詳讀受訪者相關資料、蒐集和調查受訪者所服務的業界資訊、構思訪談流程等事前預備工作。偶爾聽到有些寫手表示：「為了不要有先入為主的想法，乾脆不做事前調查。」儘管對談者可以用這種態度，取材者卻不行。我們並不是與對方進行對談，而是去取材。不同於我和你面對面談話，取材現場中的寫手還必須對讀者負責。寫手在身爲「我」的同時，也代表讀者的「我們」，不該因爲「我」一個人的不用心，剝奪了讀者求知的機會——一無所知（空白）與不用心完全是兩回事。

第二個階段是進行「正式取材」。

面對面的形式當然不用說，聽演講、參加記者會或座談會也都算是正式取材；此外，還有些採訪不必直接與特定人士見面，像是爲了撰寫書評而閱讀某本書、爲了寫影評前往試映會、爲了新產品的評論報導而試用該產品等，也都算是正式取材。這部分可說是取材的主軸。

在這裡，請各位想像一下「接力賽跑」。

取材的對象是接力賽的第一位跑者，你從他手上接過棒子後，用盡全力向前跑，然後傳遞給最後一位跑者，也就是讀者手上。可惜的是，最後一位跑者（讀者）無緣見到第一位，不能直接從他手中接下棒子；而在第一位跑者和最後一位之間，必然有你擔任傳遞者。所謂的「正式取材」，即是寫手與第一位跑者之間的連結；這項任務不但只能交付給寫手，也是接棒最初和最後的機會，絕對不能發生棒子（訊息）掉落的情況。

最後一個階段則是「後續取材」。

如果是訪談的話，就是在訪談結束後，進一步調查當場無法理解的部分，不斷思考到自認爲「完全明白」的程度爲止；如果在研擬文章架構、打算開始寫作時，還有疑問浮現的話，就繼續搜尋和查找。持續調查、思考，直到自己完全明白爲止，這樣的自問自答就是後續取材。

當然，實際開始寫稿後，還是會出現一些需要釐清和整理的部分；至少我自己在寫作過程中，總是不斷查資料，不斷思考，並自我反問，這幾項行動可說始終與「寫作」結合在一起。不過，正因爲「後續取材」往往與寫作融爲一體，所以很少被單獨提出來討論，讓人容易忽略它的重要性。

「後續取材」究竟是什麼？

爲什麼需要這個步驟？

訪談結束後，首先應該做的是什麼？

——這些提問的答案，我想可以用下面這句話來總結。

也就是「淘洗出不明白的事物」。

這是怎麼回事？我們一起來看看。

為什麼會寫出難懂的文章？

寫手只能寫下「自己已理解的事物」。

這是不論再怎麼大聲疾呼也嫌不夠的重要基本原則。

世界上存在著許多「晦澀難懂的文章」。

就算是那些以寫作維生、理當具備一定技能的寫手，他們寫出來的東西還是很難懂。雖然盡力將所知道的字彙、專業術語或華麗的詞藻全都用上，結果還是讓人無法理解文章到底想說什麼。狀況好的時候能寫出風趣文章的人，一旦寫得不順手，文章就變得很不好讀。光是看看自己身邊，應該就有很多這樣的人和文章。

但究竟爲什麼會變成這樣？

我先從結論說起。

所謂很難懂的文章，就是連寫作者自己也沒有眞正理解的文章。

單就取材者（寫手）的文章來說，這不是技巧的問題，也跟話題的難度無關，而是對不懂的事物不求甚解，就這樣直接寫下來，才會變成很難理解的文章。就是這麼回事。

比方說，有一場以「我喜歡的電影」爲主題的訪談。

你邀請一位以「電影通」聞名的演員，談談他這輩子所看過最棒的三部作品。不愧是電影狂熱分子的首選，那三部都是你沒聽過的作品。取材結束後，你以片名去搜尋，透過維基百科之類的網站找出導演、主要演員、故事概要等，再以這些為基礎，統整受訪者的口述內容後，寫成文稿。

我想，這篇文章恐怕會讓人抓不到重點、難以理解。

因為你在不懂電影的狀況下就那麼動筆了。既沒有親自觀看，對於超出個人理解的部分也只是人云亦云。

如果是認眞的寫手，確實觀看那三部作品自是不在話下，想必也會找出這幾位導演的其他作品來看吧！即使是以前看過的電影，應該也會再看一次吧？用取材者的眼光重看，必定會產生新的詮釋；訪談中所聽到的內容，也會具體呈現在眼前。

以我自己來說，還會額外再查找有關導演與演員的評論報導。可以的話，找出上映當時的電影雜誌，將有助於了解當時受歡迎的是哪些類型的電影，與電影圈的潮流。光是思考這些事情，相信就會浮現出「這位演員選出這三部作品，應該是因為他有這樣的人生觀、家庭觀與事業觀」之類的假說。有了假說，就能以不同的角度審視受訪者，用不同的觀點解讀他所談論的內容；而重新解讀，想必也能帶來新發現。

有一件事經常遭到誤解：所謂「淺顯易懂的文章」，並不是指「降低寫作水準的文章」。

寫作者自己確實理解，也在通盤了解對方後才下筆，而且用來捕捉對方樣貌的那層鏡片絲毫沒有模糊不清。所謂「淺顯易懂的文章」，指的就是這種「沒有薄霧籠罩的文章」。

到這邊，相信各位都能了解「後續取材」的重要性才是。

不論是我、你，還是身邊的許多人，大家知道的事情多不勝數；不論是第一次世界大戰、千利休、里約熱內盧嘉年華，或是貓王艾維斯・普里斯萊——上面這些我都知道，相信你一定也知道，甚至還能附加一些簡單的注解。

但有多少人能明確表示自己「懂得」這些事？

至少我不行。我不曾用自己的腦袋，分別針對以上所提到的每一項進行思考。記憶中，我不曾對這些事做過深入調查、深度思考，並歸納出自己的一套結論。不做任何評斷、只是輸入他人給予的資訊，頂多算是「知道」；而就知識層面來說，即使知道，也稱不上理解。

取材也一樣。

透過取材，寫手輸入了很多資訊：閱讀資料、前往取材、傾聽對方的言談、提出疑問……在「我」這個空無一物的容器裡，裝滿了許多新資訊。

只不過，最好把這些資訊界定在「知道」的範疇內比較好。因為還沒徹底思考過這些內容，也尚未完全理解，如果不進一步調查和思考，就無法轉化成話語，也就無法去除文章裡的那層「薄霧」。

那麼，該如何思考哪些事才對呢？

所謂的「思考」究竟是指什麼樣的行動？

要討論的議題即將開始變得抽象，範圍也將擴大。不過這部分很重要，我們繼續往下。

用自己的話語去思考

「用自己的大腦去思考。」

從商場到教育界、創意工作最前線，幾乎各領域都會提到這項建議。對於來自外界的資訊不要囫圇吞棗、不受制於常識、不被大眾媒體牽著鼻子走，也不要過分依賴搜尋引擎……相信一般都是這樣解釋「用自己的大腦去思考」。

只不過，我們在思考什麼的時候，必然是用自己的大腦。沒有人是用肚臍或腳底思考；進行思考的部位，一定是自己的腦袋。

再來，我們也無法用他人的大腦思考。借用他別人的腦袋，遠距操控對方思考後，再將答案傳進自己的腦袋，能做到這一點的，只有那些天馬行空的科幻小說人物。

到頭來，這項「用自己的大腦去思考」的建議讓人似懂非懂，感覺曖昧不清。怎麼做才算用自己的大腦思考過？「用自己的大腦思考」和用一般方式又有何不同？眞是難以理解。

因此，我改用另外一種說法。

所謂用自己的大腦思考，就是用自己的「話語」思考。

借用他人的說法進行思考，無法達致眞正的理解；即使刻意要這麼做，終究會功虧一簣。

比方 innovation 這個字。

已經變得很常見的這個字，即使不透過翻譯，大家也約略知道意思：通常被譯爲「技術革新」「刷新」「新方案」等等。然而我所感受到的「innovation」和「技術革新」之間是有相當差距的，總覺得這個字似乎還隱含了其他意義在其中。

要我來說的話，應該是顛覆常識的意思，並能藉著這類行動，達到像是將整個社會往前推進的效果；是再往上一層、推上另一個層次的感覺。並非以單一事件告終，而是從中發展出無限可能性。與其說是革新，更近似於革命。包含在這個字之中的這些意象，究竟要如何表達，才能讓人更容易理解？

幾番思考後，我想到了將棋中的「成金」。

原本每次只能向前走一格的「步兵」，一旦滿足升級條件、翻身爲「成金」後，就具備與「金將」同樣強大的力量，能瞬間扭轉局勢。我認爲這才是我思考所及 innovation 的樣貌。

被他人問到「innovation 是什麼?」時，如果單純回答「技術革新」，那就只是轉述他人的說法，是沒有任何個人思考在內、單方面輸入腦中的知識。

相對的，「innovation 是如同『成金』般開創新天地」就是自己的話語，可說是用自己的大腦思考出來的答案。當然，「成金」不會是唯一的正解，應該還有更貼切的說法，又或者「技術革新」才是最適合的答案也說不定。即使如此，用自己的話語、自己的腦袋去思考，並經過評斷後得到的答案，才是最確實的。所謂用自己的大腦去思考，就是一場「用自己的話語」去捕捉目標的戰鬥。

所謂的取材，並不是完成閱讀與傾聽就結束了。

要用自己的腦袋（話語）將過程中獲得的資訊想個透澈。不論在公司、臥室、洗手間、行駛中的電車裡，以及其他所有場合，都要深入思考。包括擦去籠罩在目標外頭的那層薄霧，也是取材的一部分。

擴張自由活動的範圍

在「後續取材」階段，我會閱讀非常大量的資料。

書本、報紙、雜誌、網頁、社群媒體、CD或DVD等等，各種類型都有。只要是看起來有助於理解的，全都找來研究。爲了寫一本書，閱讀一百本以上書籍（報章雜誌不算在內）一點也不稀奇。

爲什麼需要研讀那麼多資料呢？

打個比方，爲了撰寫某位經營者的書，要讀五十本書。

當然，這五十本書不可能全部寫進稿子裡，其中想必也有很多重複的內容，或是這本和那本的內容有矛盾之處；甚至還有幾本說不定根本不值得一讀，讓人覺得買書的錢花得有點冤枉。在這五十本書裡，眞正值得參考的書（也就是能列入參考文獻清單裡的）只要有四到五本，應該就能讓人覺得很滿足了。

儘管如此，相較於只讀十本，還是讀過五十本比較好；比起五十本，一百本當然更好。即使你曾與經營者本人進行過非常成功的訪談（正式取材）也一樣。

如果連一本都沒讀過就開始下筆，那麼大概只能寫出一些「聽過的內容」；頂多就是修改一些文字、刪除多餘的部分、整理一下內容的先後順序這種程度。

不過，要是讀完了五十本資料，那些內容自然而然就會出現並開始運作。

那是在什麼脈絡下提及的內容？那段小故事的歷史、文化和社會背景隱含了哪些東西？就企業經營來說，那是多新潮（或平庸）的言論？其他經營者或學者對未來的經營有何觀點、目前的經營學主流又是什麼？他們的論點有確實依據嗎？還是誇大其詞？有沒有可能記錯了呢……必須基於這許多事項（當然還有其他），才能將聽過的內容寫成文章。

再說得更具體一點。假設訪談中出現了「經營最重要的就是『利他』精神」的說法，而這項說法也是涵蓋訪談整體最重要的關鍵。

接著，查閱好幾本有關「利他」的書籍資料。其中有些書會直接說明「利他」，像是介紹佛陀的慈悲、耶穌的博愛；或是解說「貴族義務」（noblesse oblige）③精神及其由來、從社會學的角度討論贈與和交換、談論共享經濟現狀的書籍。凡是關於最重要關鍵字「利他」的一切，都要盡可能深入去了解。

文章的主軸依然是「聽過的內容」，也就是「經營最重要的就是『利他』精神」這句話。但隨著相關知識增加，「可論及的範圍」不但會擴張，界線也會變得更清晰；反過來說，可以清楚知道「從哪裡開始是不能觸碰的」或「這部分在其他書裡已經提過」的分界線。如此一來，對於可談論的事項便能堂堂正正、自由且自信地發揮。同樣是寫出聽過的內容，語句的力道卻大不相同。

我在查閱大量資料時，會想像一座虛擬的牧場。

小小的牧場裡有幾頭羊互相依偎著在吃草。每當我讀完十本資料，牧場就會擴大成十本書的範圍；讀了五十本，就會擴大成五十本書的範圍。當擴大成一百本書的範圍時，已經算是一座大牧場了。羊的數量（聽過的內容）並沒有改變，但隨著知道的事情與讀過的書籍越多，牧場占地就越廣，羊隻活動的範圍就越開闊。這些羊——也就是主要的論點，便能自由自在地跳起舞來。

想爲主要論點爭取自由活動的範圍、增加語句的力道，就應該盡最大可能，多閱讀相關資料才是。

掌握對方特有的風格

閱讀那些根據訪談資料寫作的文章，有時候會覺得不太協調。對談式的文章尤其明顯。對談雙方不論語氣、語尾、節奏……幾乎都一樣，順著讀下來的

③ 簡單來說，就是「地位越高，責任越大」，也可引申為一個人的舉止風範必須與其地位相符。

時候，根本分不清到底這句話是A還是B說的。這有可能是爲了想以流暢簡潔、宛如教科書般平實無誤的詞語書寫所導致的結果吧？難得對方願意接受取材與對談，結果卻抹去了他個人的特色，變成一篇「隱姓埋名」的文章。

這樣的文章，我稱之爲「聽不到聲音的文章」。

這不只是一種比喻。

所謂的「聲音」就是風格。聽不到聲音的文章，意即不具備那個人的風格或個人特質，才會變成一篇隱姓埋名、單調無味的文章。雖然可以從這種文章獲得一些資訊，卻讀取不到關於個人的訊息；讀不到個人訊息的文章，就很難讓人投入其中。

那麼，怎麼做才能將「聲音」融入文章裡呢？

要如何才能捕捉到不同於自己的他人風格（聲音）呢？

一、比起「說了什麼」，更重要的是「用什麼方式說」

寫手在取材時，除非有什麼特別狀況，否則大多都在操控錄音機。這是爲了錄下受訪者所說的話。只要有錄音機，就能保存談話內容；之後重複聽取時，也能確認對方在現場說了什麼，並解讀話中眞正的意思。

不過要是認爲整個取材現場都有辦法保存下來，那可就大錯特錯了。存在於現場的資訊不只有談話內容。

例如對方的表情、視線、動作、雙手抱胸或換邊翹腳的頻率，甚至是穿著打扮。穿什麼樣的衣服和鞋子？繫什麼樣的領帶？戴什麼樣的首飾？或是他使用的文具、佩戴的手表、指甲的長度等等，都是只能在現場取得的寶貴資訊——這些非語言資訊反而更能呈現關於「這個人」的特質。

因此，取材者必須用與處理「說了什麼」相同、甚至更謹慎的態度，有意識地面對「用什麼方式說」的問題。因爲這些資訊是無論如何都沒辦法靠機器，也就是錄音所擷取的。

即使很緊張，也不能移開目光；不要只顧著記錄抄寫，要仔細觀察對方；牢牢記住對方的表情，觀察他的一舉一動。這種時候，以影像來輔助也不錯。如果有攝影師隨行採訪，可以請他先傳送幾張相片給你，再將列印出來的相片放在桌上，一邊看一邊寫稿，有意識地觀察「這個人是用這種神情說話」後再下筆。看似小事一樁，但這種做法對於重現「聲音＝風格」是相當有用的。

你能回想起受訪者當天的服裝嗎？髮型呢？放在桌上的那杯是水，是茶，還是咖啡？對方說話時，是否有觸摸哪些地方的習慣？如果這些都忘得差不多了，那麼關於對方「用什麼方式說」的記憶，應該也很模糊了吧。所謂的取材，不是光靠耳朵，也要用眼睛觀察。

二、錄音檔一定要自己整理

錄下來的採訪音檔要整理成文字，也就是一般稱爲「音檔轉錄文字」或「聽打逐字稿」的步驟。過去在報社或雜誌社，這項工作經常以「學習如何取材」的名目交給新進員工去做，近來則多半外包給專門業者去處理。

不過，音檔的整理最好自己做；至少要親自聽過比較好。原因大致可分爲以下兩點。

首先，音檔裡塞滿了許多無法文字化的資訊，像是聲調、語氣，或是從聽見提問到開始回答之間的過程。什麼地方說得很急？哪裡又會慢慢講？答覆怎樣的提問時會有所遲疑？如果只是閱讀他人整理好的內容，幾乎無法讀到這些訊息；除非自己整理，或反覆重聽好幾次，才有辦法捕捉得到。聲音裡必然有情感流露，因此，不聽聲音而想理解情感，可說是一件非常困難的事。

另外還有一點。

反覆重聽音檔的我，就像一個以第三者身分出現在取材現場的外人，有點像是從背後觀察當天在現場擔任傾聽者的自己。聆聽的過程中，也一定會出現「啊～這邊如果提出這個問題就好了！」或「現在說的這句話，不該就這樣放過才對吧！不是可以再進一步深入了解嗎？」等忍不住想吐槽自己的地方。

這正是自己在訪談中沒問到的那些「讀者想知道的事」。儘管沒辦法再向對方提問，不過還是能透過相關資料的查閱與思考，找出自己的解答。接著，成長爲下次採訪其他對象時，不會錯失重要提問的自己。

三、閉上眼睛，聽得到對方的聲音嗎？

在這裡，請你回想一下自己熟識的朋友或工作夥伴的模樣。想像一下，每天都見面的人、好幾年沒見到的人、勉強只記得名字的人、印象模糊得連名字和臉都想不出來的人。

我很重視「聲音的記憶」，將它當成測量自己與他人心理距離的一把尺。想得起來那個人的聲音嗎？不只是他的樣貌、姓名和頭銜，而是有辦法想起他的聲音嗎？比方說，國中畢業後就沒再見過的押井，他的聲音我可是記得一清二楚。換言之，在我心中，他至今仍是很重要的朋友。反過來說，也有些人儘管見過好幾次，可能上個月就曾見過面，你卻想不太起來他的聲音是如何。雖然你們兩個人互相認識，但可惜的是，心的距離很遠。

取材對象也一樣，要仔細將音檔「聽進去」，把對方的聲音牢牢記住。必須一再反覆重聽，必須熟悉到就算閉上眼睛，也隨時能在耳邊聽到對方聲音的程度；當然，對方的語氣和口頭禪也包括在內。下筆時，也要按下腦中的「播放」鍵，一邊聽著對方的聲音，一邊回想。聲音的記憶對文章中的個人風格再現，必定大有幫助。

掌握以上重要因素後，應該就能更貼近「聽得到聲音的文章」。比起技術，聲音再現的關鍵其實在於接觸的次數。儘管許多寫手並不是很在乎取材時的錄音檔，但我卻認為，沒有比這座寶山更重要的東西了。

真的有可能像被附身般寫作嗎？

我經常被稱為「附身型」的寫手。

意思可能是說我動筆的時候，宛如靈媒被取材對象（受訪者）附身似的吧。對於這樣的評語，或許我應該感到開心——當然，實際上我並沒有那樣的特殊能力，也從來沒想過要讓誰來上我的身；順帶一提，我是一個對所有靈異現象都感到害怕的人。

我所做的，不過就是解讀「那個人固有的風格」，並將它重現而已。不是讓對方上我的身，認眞說起來，比較接近我跳進對方腦中的感覺；不是被動，而是主動的。

在這裡想讓各位做爲參考的，是模仿藝人。

模仿是一門非常有趣的技藝。光是複製對方的外貌，還不算完成；外貌的完美複製雖然令人讚嘆，卻達不到感動與爆笑的境界。那些傑出的模仿藝人展現在觀眾眼前的是「說出簡直就像那個人會說的話」「做出簡直就像那個人會做的事」。也就是說，儘管表演上較爲誇張，但不只是複製聲音和表情，包括性格或想法，甚至是行爲模式，統統都要擷取出來，並在舞臺上重現。

寫手也一樣。不只是重現受訪者所說的內容，也要思考「如果是這個人，此刻會基於什麼樣的邏輯說出什麼樣的話」。如果河裡出現手拿金斧頭和銀斧頭的女神，他會對女神說些什麼？選擇哪一把斧頭？對這個人而言，眞、善、美的意義爲何？他對於人間百態的哪些部分感興趣，又對哪些地方毫不在乎？他的工作與人生以什麼做爲行動準則……不是模仿文章，而是看清楚這個人的特質、價值觀、想法與邏輯，加深自己對他的了解，直到可以判斷「如果是他，一定會這麼做」「如果是他，一定會這麼說」爲止。我認爲，這麼做的結果足以讓我們充分掌握這個人固有的風格。

附身式的寫作是無稽之談，模仿他人的用字遣詞也不算風格再現。所謂的風格並非只有語言的使用，而是包括人格特質在內的一切，這些都要在取材過程中細細解讀。

最後留下來的受訪者

作家的處女作裡，承載了他所有的一切。

這是文學界經常提及的一句話。處女作之中，凝聚了「作家最想提筆寫下的事物」，即使技巧上顯得稚嫩不成熟，但那種最早的衝動與渴望卻在其中開花結果。這句話指的應該是這個概念吧。

不過我想從其他角度來思考這件事。

作家在出道前，不會有任何編輯向他們邀稿；換句話說，他們並非處於有人會提議「要不要寫寫看這種題材？」的環境裡。一切依從自己的興趣，由自身經驗中選擇題材去撰寫、說故事，因此許多作家的出道作品都是在未經「取材」的狀況下寫成的。硬要列舉取材對象的話，那就是過去的自己、當時的經驗與眼中所見的景色。

這種以自己爲取材對象寫成的處女作，當然會反映出濃郁的「我」。從故事舞臺設定到人物角色，大多充滿自傳式要素，與之後經過取材再寫成的作品有著極大差異，其實是再自然不過的事情。

照理說，這種「以自身爲取材對象」的發想，是完全反映出作家極爲個人的、內心深處的一種行爲，然而這正是身爲取材者的寫手必須執行的步驟。

我們再一次想想寫手存在的意義。

前面說過，寫手是個「空」的存在。正因爲什麼都沒有，所以要仔細且認眞地反覆取材，並有如回信給對方似地撰寫文稿。如同我一再說明的，寫手的本質就是一名「取材者」。

但寫手並不是連結水源與讀者的水管。

寫手不只是個空洞（水管），而是將來自源頭的水透過「我」這部濾水器送到讀者手上，這才是寫手眞實的樣貌。因此，即使來自相同的源頭，「我」所撰寫的文章與其他人所寫出來的完全不同。在論及技巧的差異之前，原因其實在於過濾器的不同。

取材過程中的「我」感受到什麼、想到什麼，又思考了些什麼？覺得哪些有趣？哪些又是雜訊？就像讀同一本書，每個人貼標籤標重點的位置都不一樣；身爲主體的「我」一旦不同，撰寫的文章樣貌也會改變。

因此，寫手在寫作時，必須再採訪一位關鍵人物。也就是將麥克風遞向結束取材後的「我」，問問他：「『你』對這次取材有什麼想法？」

「你覺得這次的取材如何？」

「爲什麼這樣想？」

「具體來說呢？」

「其他有趣的部分呢？」

「爲什麼覺得有趣？」

「印象最深刻的內容是什麼？」

「如果要換個說法，你會怎麼表達？」

「取材前後的印象有何轉變？還是完全一樣？」

「爲何有那種先入爲主的觀點？」

「如果還有沒辦法完全接受的地方，會是哪個部分？」

「能再與對方見面的話，想問些什麼？」

「有沒有哪些部分讓你覺得對方和自己一樣？」

「無論如何都想傳達給讀者的是什麼？」

只要是當下想到的，什麼問題都可以。正式取材結束後，接下來就是找出各種問題來問自己。趁著記憶還沒模糊前，逼自己非說點什麼不可，就算只是在腦中回答也沒關係，等到獲得結論後再做筆記就行了。

將問題丟給自己，由自己來回答，說穿了就是自問自答。換言之，自問自答的本質就是「一個人的訪談」，是「以自己爲對象的取材」。

用自己的說法去思考。

採訪自己。

後續取材中，「自己」是很重要的一點。所謂的文章，不是由某個不明所以的寫手來寫，而是由具備個人意志、情感與說法的「我」來撰寫。

依循理解與情感探究的四個步驟

說起來，寫手是個沉默寡言的角色。

我從國中起就一直很想成爲電影導演；到了大學時代，又多了一個小說家的夢想。在拍過獨立電影、寫過幾本水準跟習作沒兩樣的小說後，我領悟到自己既不適合拍電影，也不適合寫小說。

簡單一句話，我就是一個「眞的沒什麼特別想說」的人。諸如想大聲疾呼的事、想建構的世界、想描寫的瞬間、想向世人提問的主題等，一個都沒有。即使有辦法照著電影或小說的形式依樣畫葫蘆，卻沒什麼內容。實際寫（拍）過馬上就知道了，還眞是個大發現。

而現在，我身邊有好幾位優秀的寫手也都異口同聲地表示：「眞的沒什麼想說的。」儘管我們應該都是喜歡寫東西的人，不過在自我表現、創作欲或出風頭等方面幾乎都不感興趣。越是一流的寫手，這種傾向越明顯。

如此說來，寫手爲何要書寫？

是因爲取材。原本沒有想說的事，但透過取材獲得一些無論如何都想傳達出去的事。想讓那個人知道；想告訴五年前、十年前的自己；希望盡可能分享給更多人知道；希望大家一起讚嘆、驚訝、討論。在這些渴望的驅使下，寫手們下筆寫作。沒什麼特別想說的，單純只是想傳達出去，想分享自己內心的感動而已。

也因爲這樣，我才稱呼寫手爲「取材者」。寫手不是會自體發光的恆星，必須經歷採訪恆星的過程，才會成爲「書寫者＝writer」，就像行星一樣。

結束取材的你，現在心裡有多少事情想告訴大家？

該怎麼做，才能將那些全都傳達出去？

你想告訴大家的事和讀者想知道的事是否一致？

話又說回來，你是否掌握了對方的核心思想？

下筆之前，我會回顧取材過程，仔細循著自己的情感往下深究，直到原本對受訪者一無所知的自己遇上了「想傳達出去！」的那個點為止，也就是依循理解與情感探究的四個步驟去探討。具體來說，有下列四項。

一、動機：好像很有趣！

開始取材前，即使你對受訪者一無所知，應該還是會覺得「好像很有趣」吧？即使是受到編輯委託才開始的企畫案，應該也是因爲「好像很有趣」才會接案、進行取材吧？是因爲這個人嗎？是因爲他的職業？思想？產品？還是因爲他的研究？學說？或是所屬團體？認眞思考一下，自己究竟對受訪者的哪部分感覺「好像很有趣」？

由此，再進一步探究「好像很有趣」的原因。也許因爲對方是你一直很想見到的人，或者那是你向來關注的領域也說不定；也可能因爲那剛好是最近的話題焦點，讓你覺得這是個學習的好機會。工作上的自己、享受嗜好興趣的自己、生活中的自己、愛好美食的自己、喜歡新事物的自己……到底是哪一個自己覺得「好像很有趣」？認眞再想一想，因爲這是設定目標讀者群時的重要參考因素。

二、驚訝：我竟然不知道！

一旦開始進行取材，寫手必定會遇上「自己不知道的事」。原來有這樣的人？有這種想法？已經有這樣的研究數據了？竟然有這段歷史？在那個國家、那座城市裡有這樣的制度？最先進的醫療技術竟然已經發展到這個地步了？一心一意以為是A，沒想到其實是B？

這些自己竟然不知道的事，讀者也不知道的可能性非常高，因此你至少應該先具備這項認知：如果把這些當成「眾所周知的事實」去說明，就什麼訊息也傳達不出去。取材前要先冷靜思考：自己了解多少？從哪個部分開始不懂？哪些是一般常識，哪些又是專業領域？

接著，還有伴隨「我竟然不知道」而來的驚訝。

不要忘記當時驚訝的程度（情感波動的幅度）。那些讓你感到驚訝的內容，相信也會為讀者帶來同樣的感受。凡事無所不知、對任何事都不覺得有什麼好奇怪的專家所撰寫的文章，很難貼近讀者的心。正因為是才疏學淺、一片空白的寫手，才會大為訝異並充滿感動；而這樣的感動，也才能傳達給讀者。不要擺出彷彿一切了然於胸的表情，不要當個凡事冷眼旁觀或不屑一顧的取材者，讓自己保持隨時都能感受驚訝的態度吧。

三、理解：我懂了！

結束訪談、重聽錄音檔、查找補充資料、深入思考……到了某個階段，自己覺得「我懂了！」的那一刻就會來臨。我終於明白這個人所說的話了。訪談時無法理解的那句話，現在終於懂了。多虧了這些資料，這下可眞是茅塞頓開。因爲他的那句話，我明白了。

懂了的瞬間會有種撥雲見日，或像是解開幾何問題那樣妙不可言的快感。而且正如幾何題，一旦懂得怎麼解，反而會疑惑「爲什麼當時看不懂」，當初那個看著題目苦惱不已的自己，簡直就像毫不相干的陌生人。

當時爲何不懂？現在又爲什麼明白了？那個搞不懂的自己究竟卡在哪個環節？因爲什麼樣的誤解和先入爲主的觀念讓自己繞了遠路？在哪個時間打開了哪扇門、爬了幾層階梯、怎樣來到理解的境界？過程中哪些指標對自己有所助益？希望對方當時能用什麼方式來說明？

仔細追溯自己在理解過程中走過的路徑，有如描繪地圖般重現那條道路。「只要走這條路，就連自己這種才疏學淺的人都能理解」，若能建構起這條通道（邏輯），相信讀者必然也能融會貫通。

四、衝動：太可惜了！

儘管對目標已有一定程度的認知，但就這麼開始著手撰寫，恐怕還有些言之過早。越喜愛與了解對方，你內心想必越會感到心焦：明明是這麼傑出的人，卻沒什麼人知道他；明明是這麼了不起的活動，卻因為遭到誤解導致評價過低；明明是這麼棒的思想，卻被排擠成為非主流；明明是這麼好的產品，市面上竟然充斥著劣等仿冒貨。

用簡單一句話來描述讓你心焦的眞正原因，就是：「太可惜了！」

那個人、那個團體、那家店、那場活動，究竟是哪裡令人感到「太可惜」？什麼東西不足？哪些部分多餘？因爲什麼事遭到誤解？如果是自己，打算如何化解誤會？怎麼樣傳達眞正的心意？

要知道，透過漫長的取材過程所發現「太可惜！」的部分，才是內容的核心所在。正因爲有「太可惜！」的衝動，才寫得出雄辯滔滔、心意滿滿的文章。

好的取材始於「動機」，過程中有「驚訝」，最後終於能夠「理解」，並引發「衝動」。沒有動機的文章、寫手自己不以爲奇的文章、不求甚解下所寫的文章、沒有衝動激情的文章，都是欠缺力道的內容。從動機、驚訝、理解，再到衝動，當寫手能將這完整的敘事結構與讀者共享時，才會是一篇極為出眾而有趣的文章。

探尋最佳的反對意見

就某種意義來說，取材者（寫手）的工作，是一份「喜愛目標對象的工作」。一心一意貼近對方、一個勁地喜歡他。如同前面說過的那句話，以「即使全世界與你為敵，我也會是唯一挺你的人」為前提的，就是寫手。因為喜歡到這種程度，才會產生「太可惜！」的感覺。

不過，只要大家想想戀愛這回事就知道，喜歡總是伴隨著憂慮。因為太喜歡對方，因此眼中完全看不見其他事物的存在。由喜愛來主導的結果，很可能會寫出自說自話的內容。

接下來具體來為各位說明一下。

過於喜歡對方時，很容易變成只蒐集對自己說法有利的資料。凡是「與自己立場相同的意見」或「幫自己護航的意見」，都會認眞傾聽、大表贊同，甚至找出更多類似說法來助陣：那位大學教授也這麼說、那位經營者也說過一樣的話、那位偉大的哲學家也如此闡述……不斷找尋更強而有力的援軍，來支持自己的論點。

但另一方面，對自己說法不利的意見又會如何處理？聽起來刺耳的反面言論又怎麼對待呢？

「墜入情網」的寫手會視而不見。更傷腦筋的是，他們會緊咬著敵方所說「最支離破碎的反對意見」不放。

也就是說，「也有人反對這樣的想法」「他們的主張根本就是亂搞，是一群亂七八糟的人」「所以不必聽他們的意見」……以此為由，將所有反面觀點一概歸結為胡說八道的謬論。幾乎沒有人會試圖了解更尖銳、更一針見血且條理分明的反對意見，這便是一般所說「單方論證」（cherry picking）的謬誤。

太喜歡對方完全不是個問題。不論是睡著或醒著都想著那個人，才是稱職的取材者。只不過，正因為非常喜歡對方，才更要找出「最佳的反對意見」。

找出那種尖銳到令人膽怯、幾乎要推翻自己說法的優秀反對意見，好好正視自己這套說詞裡有什麼陷阱。了解討厭對方的那些人，到底是討厭他的哪些言論？對這項論點提出異議的人，又是根據哪些論證，才態度強硬地說「不」？這個人的主張無法成為標準，背後的緣由又是什麼？要舉出哪些例子來說明，才能化解這樣的誤解？

我所謂「明白後再寫」，當然也包括反對意見在內。

有什麼樣的批評、反對意見和誤解，都要全部理解後再下筆。不只是深入了解自己取材的對象，對於**所有投注在他身上的犀利目光**，也都必須事先全盤掌握才行。

接著，要是找到能駁倒「最佳反對意見」的素材，就可以高枕無憂了，因爲已確實達到「明白後再寫」的目標。

而所謂最佳的反對意見，正是我們應該誠懇面對的最佳讀者。

名為取材的知識冒險

到這邊，我們進行了許多關於第一部分「取材」的思考。對於那些期待能讀到即刻見效的「寫作方法」而拿起本書的諸位而言，這樣的安排或許會令你有些意外。讓我們簡單回顧一下各章的重點。

所謂的取材，就是閱讀。

對寫手而言，只要身爲取材者，閱讀就是基本功。世界就像一本攤開的書，寫手必須經常閱讀日常生活的一切，磨練身爲讀者的自己（第1章）。

所謂的取材，是傾聽，也是提問。

聽見、傾聽和提問是三個完全不同的面向。不要處於被動的「聽見」，而要當一名主動「傾聽」的取材者，一名提問時不忘保持敬意的取材者（第2章）。

所謂的取材，是調查和思考。

寫手只能寫下自己腦袋已經理解的事物。因此必須認眞有毅力地查找資料、徹底思考，直到自認已經「完全懂」取材對象爲止（第3章）。

取材這兩個字總是被矮化成找資料或訪談，常常讓人誤以爲是蒐集寫作的資料。但如同各位閱讀完前三章之後所了解的，我所認爲的取材完全不是這麼回事。

撰寫文稿時，寫手絕不能做的一件事情就是「說謊」。

不只是把黑的說成白的那種擺明了胡謅瞎掰的內容，還包括在對受訪者一知半解的情況下糊里糊塗地下筆，或是覺得氣氛對了就寫，疏於調查和思考也寫。這樣寫出來的內容，其中必然會摻雜一些謊言。說它是敷衍了事也好，狡辯也罷，總之就是混入了一些對讀者不誠實的內容。

對我而言，取材是以「認識」對象爲起點，以「了解」爲終點的一場知識冒險。

如同「冒險」這個詞的意思，再沒有比這更讓人覺得刺激的了。對寫手來說，這是至高無上的喜悅。用最簡單的譬喻來說，每增加一本參考資料，就像多了一層地牢，冒險的範圍擴大，對目標對象的了解也更深入。而且「懂了！」時帶來的快感，是很難在其他事物上獲得的體驗；如同找到地牢出口、逃到地面上，發現眼前是一片寬廣遼闊新大陸時的快感。

本書說明有關取材的第一部，正是以到達「理解」爲終點。

爲了不寫下謊言、不敷衍了事、不誠實，也不會寫出艱澀難懂的文章，請不斷調查、思考，直到自己「懂了！」爲止。明白後再寫。

接下來的第二部，我們終於要朝著「執筆」進攻了。

第二部 執筆

難以想像的是，許多寫作入門書籍與其說像是國語教科書，風格上更像是現學現賣的英文會話參考書。意思是說，不是為了讓讀者在閱讀後進行思考，而是以背誦知識、技巧或句法結構為主的書。這麼做確實能學到一些技巧，但光靠背誦而來的東西欠缺靈活度，難以應用。第二部除了會避免成為這種背誦式的技巧大全，也會專注在思考上，希望帶領讀者深究關於「寫作這件事」與「創作內容」的意義和實際狀況。

第4章
文章的基本架構

思考寫手的功能

寫文章究竟是怎麼一回事？

所謂的文章，是爲了什麼目的而寫？

寫作時要專注於哪一部分？從何寫起才好？

——這些讓人思考到最後，多半只能兩手一攤的問題，只要從「取材者」的角度切入，就會看見應該前進的方向。

取材者（寫手）撰寫自己的作品時，往往被寄予某種專業角色上的期待——角色也可以用「功能」來取代。寫手是爲了接受他人委託、爲了寫些什麼而存在的嗎？或是這樣問：寫手的功能是什麼？

首先，就從這一點開始往下看吧（請見圖4）。

一、錄音機

第一項是「錄音機」。

我們所說的話，從口中發出的同時就會消失不見，像是一陣風似的。昨天你與某人交談時所說的話，早已經流逝在時間的彼岸；到了明天早上，也必定也會從記憶中消逝。

該如何將含括在這些話語裡的想法和重要資訊保留下來？爲了解決這個難題，讓話語容易留存在記憶中，人類書寫詩歌、創造文字，各種語言也分別整理出自己的文字符號與使用規則，將它們記錄在紙張或木簡上。更意外的是，愛迪生的留聲機原來也是由此概念延伸而來的作品。他不是爲了聽音樂才發明留聲機，而是爲了留下聲音，並以圓筒型錄音器材記錄口述信件。

寫手的功能也在於此。

寫手是記錄言論話語的「錄音機」。

卻不只是像眞正的錄音機那樣「原封不動」地保存。

而是去蕪存菁後，整理消化爲容易閱讀理解的文章，再以文字保留下來。與其說是爲了留

圖4　所謂寫手的功能

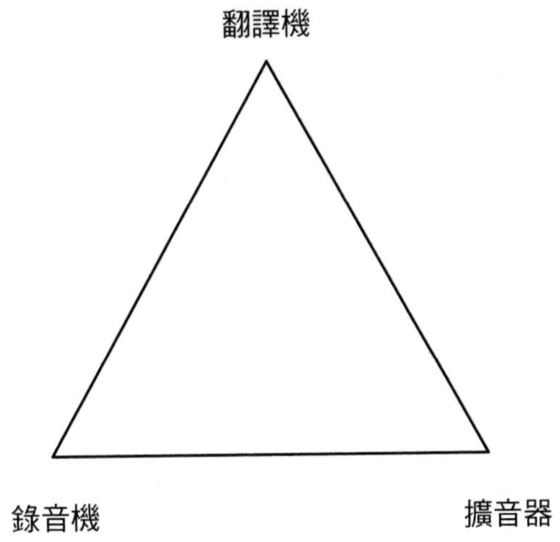

對寫手的期許是成為話語的錄音機、言論的擴音器、思想的翻譯機

下紀錄，不如說是爲了傳達。以文字訊息來記錄原本隨風而逝的話語，這就是寫手被賦予的重大任務。

二、擴音器

第二項功能是「擴音器」。

這個社會上，有聲音很大的人，也有聲音很小的人。研究人員、經營者、社會運動者、運動家、政治家、藝術家還有市井小民，他們在各自的專業領域持續表現傑出的同時，卻有些人只因爲「聲音很小＝缺乏意見傳達力」而不爲世人所知，甚至遭到誤解，讓那些原本若能廣爲傳播，便可改變世界的重要言論就此停滯不前。

寫手就是助這種微弱聲音一臂之力的「擴音器」。

微弱的聲音透過擴音器，藉著文章脈絡的建立與呈現方式的琢磨，提高聲波的振幅，讓思想或言論傳送到更遠的地方，讓原本只有一點點音量的重要話語得以振聾發聵。這就是身爲擴音器的寫手被賦予的任務。

只不過以人爲方式增幅時，可能導致失眞。

說不定會變得不容易聽懂、與本人的聲音有差距，或完全就像噪音。身爲擴音器的寫手在

「將聲音傳送到更遠處」的同時，也必須意識到「要盡可能保持聲音的原貌」。如果讓發言者原本的音質與魅力受到損傷，那就毫無意義了。

三、翻譯機

根據上述錄音與擴音的功能去思考，另一個答案說不定已昭然若揭。也就是寫手所具備的「翻譯機」功能。

比方說，將某人所說的話（錄音）轉換爲書寫的字句（文字）記錄下來，或是把專業人士艱深的說法轉換成易懂的內容，以傳達給更多人。這些都算是「翻譯」。

更進一步來說，給自己腦中那些亂糟糟、不著邊際的情緒一個貼切的說法，或是將自己的想法化成言語傳達給他人，也都是很棒的翻譯。不論是日記、信件、讀書心得、與朋友的閒聊……在語言化或文字化的過程中，全都有「翻譯」這層濾網的存在。

寫手就是要達成正確（信）與明瞭（達）這兩項目標的「翻譯機」。

沒有正確的翻譯，就不能確實記錄人們述說的話語；若非簡單明瞭的翻譯，也不可能將微弱的聲音傳遞到遠方。

所謂的寫作，也是翻譯。翻譯即是寫手的核心功能。

坦白說，寫手這項職業的樣貌日後將如何轉變，我也不太清楚。例如像網際網路問世之前與之後，職業寫手的樣態已大不相同；社群媒體誕生前後，也同樣帶來相當程度的變化。不論是哪方面的改變，都有我可預測與不可預測的部分，未來應該也有類似的巨大轉變在等待我們。

然而關於寫手所擁有的「功能」，此後並不會有變化。

所謂的寫手，是錄音機，是擴音器，更是翻譯機。

這一章將以「翻譯」爲依歸，思考有關寫作的基礎。

不是書寫，而是翻譯

一般所謂的翻譯，是指「將以某種語言書寫的文章轉換爲其他語言」。說得更簡單一點，是指「將外語文章轉換成國語文章」，或反過來（例如譯成英語）。

不過我想從更寬廣的角度來使用「翻譯」這個詞。

舉例來說，剛出生的嬰兒藉由哭泣表達自己的想法。肚子餓了、尿布濕了不舒服、覺得不安的時候，都會用哭聲來表達感受。可是這種溝通的效率實在很差。大人既不知道孩子哭泣的訴求，寶寶自己恐怕也是越哭越焦急。

過了一段時間，當孩子再大一點，漸漸記住一些單字、一些意義更完整的詞彙，就能將自己的意思傳達得更準確。

以溝通（意思的相互傳達）的脈絡來說，與其說孩子記住了詞彙，不如用「取得翻譯工具」更貼切。換句話說，能以比哭聲或表情更正確幾十倍的方式來傳達，就是翻譯。他掌握了自己所處的狀況、想分享的資訊，以及翻譯的工具——我認為這樣的思考更接近事實。在使用語言進行溝通的當下，我們已然是「自己」的譯者。

而且翻譯不只限於與他人的溝通。

試著想像一下這樣的畫面。

假設你正走在一條狹窄的人行道上，後方傳來腳踏車鈴聲。回頭一看，騎車的大叔正一邊摁著鈴，一邊往你這裡衝過來。腳踏車大剌剌地飛馳在人行道正中央，似乎沒有要往馬路騎的打算。不得已，你只好讓他先過。沒想到這位大叔連聲招呼也沒打，一副理所當然的模樣揚長而去。

這個場景，光是用想的就夠讓人生氣了吧？說不定你還會用力咂嘴，心裡咒罵著：「這個臭老頭！」

不過，請冷靜地想一想：這時候的你在對誰發脾氣？

憤怒的對象當然是那位「大叔」。

大叔在不該騎腳踏車的人行道上騎車（表示他違法了），還一直按鈴要人讓路。

那麼，你是從遵守法令的觀點對大叔發火嗎？

應該不只這樣吧？在論及違法或合法的問題前，大叔那種傲慢蠻橫的態度就已經讓你一肚子火了。刺耳的金屬鈴聲讓你生氣，就連他那張臉都讓你不爽，你甚至有可能對那個不自覺就讓路的自己感到不滿，或是對那個因膽怯而不敢當場叫住大叔、訓他一頓的自己感到懊惱。你憤怒的對象或許不是那位大叔，而是你自己。

像這樣的內省，就是所謂「情感的翻譯」。憤怒、傷心、喜悅……將未伴隨語言的情緒轉化成語言去思考。比如說，在美術館裡看著梵谷或塞尚的畫，覺得內心有所感動固然是很棒的體驗，不過難得感受到這樣的震撼，將它「翻譯」出來會更好。就算沒有寫下來也沒關係，不告訴任何人也無所謂，但最好還是能習慣將情感的波動與震撼轉化（翻譯）成語言。這是了解自己、認知語言極限，以及提升自己這部翻譯機能力的一場戰鬥。

我認爲，學習如何寫文章其實就等於學習「翻譯的方法」。所謂的文章，並不是從零開始，必須將既有的素材（想法、情感或外界資訊）仔細地翻譯、編寫才稱得上。

我們都必須是自己的譯者。

寫手都必須是「取材內容」的譯者。

所有文章都是翻譯的產物，凡傑出的寫手都是優秀的譯者。

在言文尚未一致的世界裡

寫手是取材者，寫作就是「翻譯取材內容」。

我心目中的寫手樣貌可以簡化成這句話。

文章的寫作方式與所謂的寫作技巧，其實全都是「翻譯的方法」，也就是「翻譯術」；尤其在語言使用上，「從口語轉爲文字」的翻譯，正是寫作的關鍵。

以日語爲例，一直以來，日本人都是分別使用「書面用語」（文言）和「口語」的。自十一世紀後半到十九世紀末（即平安時代後期到明治時代初期），「書面用語」和「口語」很明顯是分開使用的，兩者的距離也隨著時代演進越來越遙遠。因爲相較於迎合時代而能自由變化的口語，書面用語有著保守且討厭變化的性格。

到了十九世紀後半，認爲現況必須有所突破，並因之興起的就是「言文一致運動」。

這項國民運動是由坪內逍遙、二葉亭四迷、山田美妙、尾崎紅葉等文學家帶領，再加上政府的推波助瀾，目的是爲了使「書面用語」和「口語」能夠一致。這些年輕的文學家參考國外小說或落語（類似單口相聲）的速記文，經過各種嘗試，想創造新文體。做爲這些年輕人的後盾，一九〇〇年，在帝國教育會（全國性的教育團體）中成立了「言文一致會」，言文一致這項國民運動因此變得十分興盛。一九〇四年，在日本首次由國家編訂的教科書《尋常小學讀本》中採用了口語文（依言文一致的規則寫成的文章），言文一致運動終於開花結果——以上是在日本歷史課中所學到的「言文一致運動」。

儘管在那之後，司法界與軍方的各種公文仍使用書面用語，但是到二戰之後，終於改用口語文體了。想必現在幾乎所有人都認爲自己生活在言文一致的世界吧。

事實上呢？

報紙也好、陳列在書店裡的書籍也罷，甚至是國高中生所寫的作文和讀書心得，幾乎沒有直接以「口語」書寫的文章，差不多都以「書面用語」來撰寫。

比方說，學習日語時，大家都會學到「有些用法是只限書面使用的」，而且幾乎沒有人會使用在口語上。凡是僅限於文章中使用的字句，很顯然就是書面用語；即使是一些看起來沒那麼拘謹的句式，在口語使用上也大多會有所省略。這種情況很多，要一一舉例的話可是沒完沒了。總而言之，我們就像這樣，依然活在一個尚未達成言文一致的雙重語言環境裡。

另一方面，英語則是「書面用語」與「口語」非常接近的語言。英文學者外山滋比古曾舉過一個很恰當的例子，來解釋言文不一致的情形。他是這麼說的：

在國外，一般演講的內容幾乎可以照原樣編成書刊，而且也禁得起專家的討論。不過在我國，彙整演講內容速記的文章與從頭開始編寫的原稿，在文體上卻有所差異，這自是不在話下，但簡直就像換了另一種風格似的。相較於外國語言，日語究竟有多「言文不一致」，已經非常清楚了。

——外山滋比古，《日語的邏輯》

就我個人來說，我非常能理解這段話。

之前我在撰寫介紹阿爾弗雷德．阿德勒思想的《被討厭的勇氣》（與岸見一郎合著）時，將手邊所有能找到的阿德勒著作全都找來讀。有譯本的就不用說了，就算是沒有譯本的英文書也都（一邊盯著字典）讀過了。雖然阿德勒留下許多論文，但是以一般讀者爲對象所出版的著作當中，直接用演講稿編著的作品並不在少數——當然，這是經過阿德勒同意的，至今也依然有許多根據他當年的講稿整理而成的著作繼續流傳。

再舉個身邊有趣的例子好了。

你是否曾有這樣的經驗：看了一部電影或電視劇之後，因爲劇中的臺詞表現方式而覺得很掃興？

編劇給演員的臺詞可能是那種說明式的、刻意的、有著濃厚的「演戲」意味。我認爲這也是因爲書面用語與口語的背離所導致的。

一旦把劇本當成文章來寫，必定會趨向書面用語；即使是臺詞，也無法完全像口語。因爲純粹以口語寫成的臺詞，在語意上反而有可能變得模糊不清。如果要描述劇中人物的情感、當下的狀況，書面用語是怎麼樣都很難完全避免的。

於是演員們按照劇本，說出與平時說話方式不同的「書面用語式臺詞」。他們站在攝影機前，揣摩心中的「戲劇形象＝說著書面用語的演員模樣」，結果與自然的舉止動作相去甚遠；還被要求必須口齒清晰，以避免觀眾聽錯或產生誤解，臺詞會變得不自然也是理所當然的。

我認爲，與其說是劇本拙劣，不如說是因爲對言文一致的幻想，或是對書面用語與口語的背離毫無自覺所導致的結果。

閱讀寫作指南之類的書籍時，或多或少都會遇上「像說話般書寫」這樣的建議。學校也會跟你說「照自己心中所想的去寫」或「直接寫出自己的感受」。每個人想法不同，指導方法也各有不同，其實都沒有關係。但我認爲必須時時意識到「翻譯」這件事，以排除對言文一致的幻想，並希望各位能深入思考這方面的技巧。

話語的透視法

關於翻譯的必要性，這裡再提出一個根本上的原因。

一般情況下，我們會同時透過語言和非語言兩種溝通方式進行意見交流，以取得共識。所謂的語言溝通，就是使用「話語」；非語言的溝通，則是「話語之外的所有方式」，具體來說包括音量、音調、肢體動作、手勢、目光、表情、姿勢……

比方說，文章裡出現了用引號框起來的「爲什麼」三個字。

這幾個字被引號框起來，表示這是某人所說的話；如果在句尾加上問號，我們就能明白這是一句向對方提問的話。

可是，只有「爲什麼?」的話，我們無法得知包含在其中的情緒。

搞不好說這句話的人在生氣，語氣中帶有「別開玩笑了！我都說明得這麼仔細了，你還有什麼不滿？」的意思，所以才會反問：「為什麼？」

又或是為了出乎意料的消息而開心。說不定是接到好消息，卻因為難以置信，想知道更進一步的原因，才不由得反問對方。這兩種情緒向量正好相反，用的卻是同一句話。光憑「為什麼？」這幾個字，即使加上了引號和問號，還是讓人難以斷定真正的意思，必須伴隨著聲音和表情，由眼前的某人口中說出來，才能讓人馬上了解話中所帶的情緒。

換言之，口語原本就是以聲音或表情的補充為前提，一開始所傳達的資訊其實是不完整的。事實上，只要錄下日常生活中的對話再抄錄成文字，應該就可以了解這一點。沒有聲音或表情的「文字化的口語」，不過就是一些冗長且支離破碎的片段。

如此說來，「從口語到書面用語」的翻譯，不可或缺的是什麼？

文字本身是沒有情感的。說到能表達情感的符號，頂多只有問號（？）和驚嘆號（！）而已。沒有聲音，沒有味道，沒有觸感，也沒有影像，文字就是個沒有生命、扁平的工具。

那麼，聲音或表情所乘載的豐富的資訊，要如何補足？

是要多用感性方式去呈現嗎？還是要增添詩意之類的情緒描寫？該多用問號、驚嘆號或是像「（笑）」這樣的標示嗎？

我的答案是不用。

要翻譯爲書面用語，需要的是「邏輯」，以貫通文章前後的脈絡。

請各位想像一下。

打個比方，將口語翻譯成書面用語這件事，就像把眼前開闊的風景畫在一小塊畫布上。現場的聲音、吹拂而來的風，還有香氣等事物當然無法重現，因爲就原理來說，要將三度空間的資訊置換到二度空間的平面，本來就是不可能的。

那麼畫家們怎麼做呢？

他們發明了透視法。距離近的東西畫得比較大，遠的東西就畫得小一點，這是直線透視法。距離近的東西用較濃重的顏色、畫得清晰一點；遠的東西就畫得淡一點、模糊一點，這是空氣透視法。畫家們藉由這兩種（或其中一種）方法，成功地將三度空間的世界重新建構於二度空間裡。這是極具邏輯性、科學性與數學性的處理方式。

要將口語翻譯成爲書面用語也一樣。

想把聲音加上表情的三度空間資訊（面對面談論的口語用語）畫在二度空間的畫布上（書面用語），需要的不是繪畫功力（豐富的藝術表現），而是透視法，是邏輯。不是原封不動寫出所見、所聞和感受，而是要先思考透視圖，也就是邏輯上的架構。各位要知道，想寫出有趣的文章或力求豐富表現什麼的，都是在邏輯基礎建構好之後才要考慮的問題。邏輯的軸心貫通了，讀者才不會迷惘，也才能在深受感動的同時抵達終點。

建構邏輯的主張、理由、事實

所謂合乎邏輯，到底是怎麼回事？

要用一句話來表示的話，就是「論點合於道理」。

這裡所說的「論點」，是基於個人主觀的想法總稱。凡是能以一套系統進行闡述的個人想法、主張或感受，就可姑且稱它爲一種論點。例如工作論、戀愛論、人生論、流行音樂論、作家論……還有各式各樣的「〇〇論」，總之就是「我這麼想」的內容，是論述者的主觀看法。本書所談論的「文章論」或「寫手論」，同樣是我個人的主觀意見。

相對的，「道理」是客觀的。不論由誰來看，顯然都是客觀的事實、實例、史實，以及這些事項的總和。

也就是說，雖是基於個人主觀的論點，但若有某些客觀條件（道理）從旁支持佐證的話，這樣的論述就能成爲「合乎邏輯」的文章。

這種說法或許會給人一種詭辯、玩弄事理的感覺，但並非如此。合乎邏輯的文章，其基本架構是主觀與客觀的組合，就只是這樣。如同一枚硬幣的正面是主觀，反面是客觀；不光是闡述主觀意見，也不是堆砌客觀事實就結束，而是將主觀與客觀結合起來，使彼此密不可分，這才是言之有理的文章眞正的樣貌。

我們再把這部分說得更具體一點。

各位可以將主觀與客觀的組合想像成如下頁的三層構造（請見圖5）。

一、主張

這個三角形構造的最上層，就是你的「主張」。

也就是你想說、想傳達、希望別人知道與贊同的事情。自己想透過這樣的文章說些什麼？想傳達什麼給讀者？自己是否因爲想做些什麼，或是有什麼目的而寫下這篇文章？這方面的說明若是曖昧模糊，就不足以成爲合乎邏輯的文章，無法傳達任何訊息給讀者。

此外，這裡所說的主張，不必是道德倫理上的「正確」。即使是像「我國也應開放合法擁有槍械」或「應贊成體罰」等言論，也能有邏輯地進行論述（所以才有辦法進行辯論）。道德上與邏輯上的正確完全是兩回事。

圖5　合乎邏輯的文章基本架構

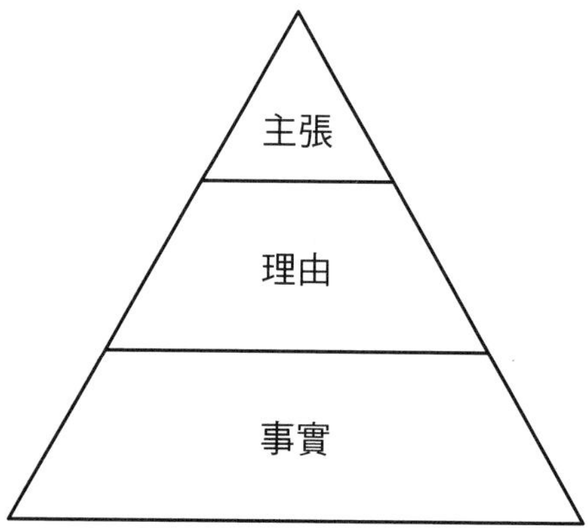

合乎邏輯的文章是由「主張」、如此論述的「理由」，
還有支持佐證的「事實」所構成

二、理由

三角形構造的第二層是「理由」。

舉例來說，你主張「所有公司都應該週休三日」。這雖然是個挺有意思的提案，但想必身邊的人會問你：「爲什麼？」

提出訴求、徵求他人同意時，必須要有「如此提議的理由」。毫無意外的，提出任何主張時，一定會被要求做出「所有公司都應該週休三日，因爲……」的說明。自己爲什麼那麼想？什麼原因或理由讓你提出這樣的建議？毫無理由的主張，不過是一時興起；只有在說明「爲什麼」之後，主張才會成爲「論點」。所謂的論述，指的就是主張背後所具備的理由。

三、事實

位於三角形構造最下方、支撐主張與理由的就是「事實」。

闡明自己的想法，說明論述的理由，說穿了不過就是表達自己的主觀意見而已。就算說出「所有公司都應該週休三日，是因爲大家都過度勞動」之類的意見，也只顯得自以爲是。若想表明自己的主張並非那種自說自話的看法，就必須加入一些客觀說明（例如與先進國家勞動時間和年假使用率的數據進行比較等等）；而所謂的客觀，指的就是「事實」。舉個例子，就像下面這段話：

國會應研議改採夜間會議制度（主張）。平日雖然有國會直播，但那些有工作或要上學的青壯年都沒辦法看，很難對政治產生參與感（理由）。事實上，許多在平日進行的職業運動賽事，也都選在夜間舉行（事實）。如果能更常讓問政的經過展示在全國民眾面前，相信議事的進行也會更積極有活力（結論）。

從主張到理由的部分，只是陳述主觀意見，讀者也可以說：「只有你自己那麼想。」可是加上客觀事實後，就不再只是主觀意見，變成一項具備某些依據而值得考慮的論點。先提出理由與事實，再陳述主張的「結論」也是不錯的做法。

再舉個更實際的例子做為應用上的參考。以下文字來自於由我負責統籌撰稿的書：崛江貴文的《0：歸零，重新出發》。

儲蓄這件事不需要動腦，甚至也可以像定存那樣自動存入。但相對的，如果是投資，就非動腦不可；不論是投資股票，還是投資自己以提升技能，都必須要有目標和策略才行得通。

因此，我認爲，那些努力儲蓄，連自己的孩子或學生都極力鼓吹他們儲蓄的人，只是不想動腦去想些麻煩事而已。

——堀江貴文，《0：歸零，重新出發》

這一段的主張是「鼓吹儲蓄這件事的人，其實只是不想動腦去想麻煩事而已」。「儲蓄這件事不需要動腦」這句話是理由，至於支持理由的事實則是「（儲蓄）也可以像定存那樣自動存入」，並進一步延續到與（動腦筋）投資這件事的對比。

就像這樣，移動主張、理由和事實的先後順序也無所謂。既有支持主張的理由，也有支撐理由的事實（立論根據）；用客觀的「道理」爲主觀的「論點」撐腰。

我們將上述的三層構造做爲「透視法」的基礎，繼續往下看。

以什麼為立論根據？

我登上寫手講座的講臺，爲聽講的同學說明「主張＋理由＋事實」的範本。接著，再讓他們依範本寫一段例句。

這種時候，最讓他們傷腦筋的似乎是事實的部分，很可能是因爲他們過於拘泥在「事實」

這兩個字的緣故吧。爲了要安插一些數據之類的東西而絞盡腦汁。比方說下面這段文字。

> 咖哩早已算是日本的國民美食（主張）。來自西方的食物中，沒有比它更受日本人喜愛的了（理由）。證據之所在，根據二〇一六年全國咖哩工業同業公會的調查，日本人一年大約食用咖哩七十三次，也就是每週一次以上（事實）。「國民美食」的稱號，當之無愧（結論）。

文章裡確實舉出數據資料。原則上，道理（看起來）是說得通沒錯，但總覺得是段有些牽強、無趣的文字。

這是因爲選錯了「事實」——或許是因爲「事實」這個說法其實不是很恰當。總之，就算不是數據資料，也可以當成支持主張與理由的立論根據；例如實例或類似的例子，一樣可以確保邏輯性。我們把前面那段修改一下：

> 咖哩早已算是日本的國民美食（主張）。來自西方的食物中，沒有比它更受日本人喜愛的了（理由）。舉個例子，請各位想想麵店。咖哩烏龍麵或咖哩鴨肉蕎麥麵都是很常見的菜色，應該也有很多店家會同時販賣咖哩飯。另外在高檔的天婦羅專賣店，附上咖哩粉當佐料也已是相當普遍的事（實例）。「國民美食」的稱號，當之無愧（結論）。

這麼寫不但更自然有趣，讀者的接受度也會更高。再加入類似事例也不錯。

咖哩早已算是日本的國民美食（主張）。來自西方的食物中，沒有比它更受日本人喜愛的了（理由）。舉個例子，請各位想想麵店。咖哩烏龍麵或咖哩鴨肉蕎麥麵都是很常見的菜色，應該也有很多店家會同時販賣咖哩飯。另外在高檔的天婦羅專賣店，附上咖哩粉當佐料也已是相當普遍的事（實例）。如同源自中國的漢字變成了平假名與片假名、從美國引進的棒球變成了野球，異國文化的本土化、在地化事例不勝枚舉（類似的例子）。在日本獲得獨立發展的咖哩，已經算是日式餐點了（結論）。

既沒有列出數據，也不局限於食物的範疇內，而是將論述向外延伸到「異國文化的本土化」；跳脫對食物的討論，從文化的角度來談論咖哩。就「使讀者愉悅滿足」這一點來說，這種寫法想必更有意思吧？

指出調查過的數據當然也可以，需要用到數據的情況其實也很多。只不過光是加入那些東西，根本和粗糙的簡報資料沒什麼兩樣。不只如此，要能提出讓所有人恍然大悟的事例（高明的譬喻），這才稱得上是寫手。文中結合了咖哩、平假名及野球，這種大膽、驚奇、跳躍式的類似事例，能讓文章更具趣味性（前面所舉的「國會夜間會議制度」，也是以類似事例爲立論根據）。

請各位別受限於「事實」二字而使思考變得僵化。所謂的立論根據，不是只能在圖書館或資料庫裡找，也可以從「自己的腦袋」取出。

從說服到接納

如果一本書因爲「合乎邏輯」而硬邦邦的，讀者一定讀得很累吧？累也就算了，說不定根本不想讀完它，甚至還會產生「雖然書裡寫的都是對的，但很愛掰一些道理，讓人倒胃口」「只是列出一堆資訊，無聊」「好像在說教似的，眞讓人不舒服」之類的感想。

言之有理的文章，有時候會變成「以盔甲護身的文章」。

確實很堅固、無懈可擊沒錯，但沒有可乘之機，反倒成了缺點。如同「得理不饒人」是項負面陳述，太過偏重於邏輯和道理，反而會讓文章變得沉悶。秉持著「使顧客愉悅滿足」爲目的，本書並不打算推薦大家寫這種以盔甲護身、硬是要講道理的文章。

這部分，請各位從「說服」與「接納」的差異來思考。

很多人認爲，文章有邏輯，就可收「增加說服力」的效果；我們也常聽到有人建議文章或用字遣詞應該要有說服力之類的。可是看看字典上對說服的解釋：「以言詞遊說，使人接受其意見。」有說服力的文章，主要是以「不管他人想法，強行說理」爲武器，試圖讓讀者接受。就像一輛以「講道理」爲名的大卡車，不顧一切想強行闖關一樣。

這麼一來，讀者當然會反彈。讀者要反彈的不是寫作者的主張，而是那種以講道理爲由，強迫推銷似的強硬態度。

請各位記得，這種情況不只限於寫作。

人類的內心有「作用力與反作用力定律」在運作。

所謂「作用力與反作用力定律」，就是物理課學到的牛頓第三運動定律：以多大力量推牆壁，牆壁就會還給你多大的反作用力。

當你試圖以十分的力氣去說服某人時，對方也會用差不多一樣的力氣反彈。這與主張或邏輯的正確性無關，也不是對方性格或脾氣的問題，單純只是因爲被施了力，而產生反作用力，是一種反射性的心理作用。不論你試圖列舉多少正確的論點，對方就是很難表示贊同；甚至可以說，越是正確的論點，越想反彈。說服，必然會伴隨心理上的暴力。

那麼要如何才能導引出讀者的贊同呢？

是「接納」。

對讀者而言，說服是「他人加諸在自己身上的行爲」，接納則是「自己願意從事的行爲」；前者是無可奈何的被動狀態，後者則是主動的。

不可以想著要說服讀者，更別說想駁倒讀者。文章裡需要的東西，還有讀者所追尋的，不是說服力，而是「接納感」。

具備哪些條件就能接納？

接下來，我們思考一下內容與接納的關係。

如同前面說明《時間簡史：從大霹靂到黑洞》的例子時所理解的，作品會設定某個主題。即使「什麼主題也沒訂，與之所至就這麼寫了」，事實上仍存在「什麼主題也沒訂」這樣的主題。

於是，凡是訂出某種主題，內容就必須朝著「解決」主題的方向進行。如果是論文的話，就應該要導出結論；即使是對談或散文式的作品，還是需要一些能讓讀者對主題產生「說不定是那樣啊」「這是個有趣的想法」等想法的內容。就算說不上結論，至少也要提供與主題有關的觀察結果或發現。

把主題代換爲「課題」來思考一下。

一旦設定好課題，作品本身的存在就等同於「解決課題」的過程。首先，從「現在起，要談論與這個主題相關的事物」開始，展開各種不同的討論之後，到達了課題解決的最後階段（提出結論）。從「設定課題」到「解決課題」，這就是作品的基本形式。

可是不論展開多精采的討論，或是歸結出不可能更完美的結論，讀者還是難以接受。光是「設定課題」和「解決課題」仍然不夠充分，其中依然飄散著說服的味道。爲什麼會這樣？因爲課題是依照書寫者的喜好所設定，可以說毫無脈絡可循，與自己（讀者）沒有任何關係，不過是「他人」的課題罷了。

請回想一下說服與接納的差異。

所謂的接納，必須在讀者自動朝著書寫者走來的那一刻才會成立。那種一廂情願的課題設定——例如前面所提到「國會夜間會議制度」的贊成與否——根本不具任何吸引人靠近的動機，終歸是別人的事。

那麼，該如何讓讀者接納？

要具備什麼條件，讀者才會自己走向前來？

答案是課題的「共有」。

要讓讀者知道，接下來要談論的課題並非與他毫無關係，甚至要讓他覺得這項課題是自己目前迫切需要解決的。總之，書寫者與讀者要擁有共同的課題，才能建構接納的基礎。因此在「設定課題」和「解決課題」之間，還需要一個步驟，讓課題變成「讀者的事」，也就是「課題共有」。

不知爲何，好像說了一堆大道理，其實架構很簡單。

大致上將內容分爲「設定課題→課題共有→解決課題」的流程去進行。

課題未達到共有、自顧自高談闊論的作品，不過就是「你家的事」，不過就是在說服讀者。只有在成爲共同課題後，才會變成讀者自己的事，才有可能獲得接納。

日常生活中的對話也一樣。

那些把話說得很難懂，或是談話內容讓人感到無趣的人，並不是因爲話題本身無趣，而是缺少了「課題共有」的步驟，才讓聽者感到困惑、乏味。接下來，我們繼續思考該如何達到課題共有。

難以理解的語序與起承轉合

任何語言都有主詞、動詞、受詞（賓語）之分，誰先誰後的順序稱爲語序。最多語言所使用的語序，是把動詞放在最後面的「SOV型」（主賓動語序），例如日語、韓語、土耳其語等；次多的則是把受詞放在最後面的「SVO型」（主動賓語序），如英語、法語、中文等。

舉例來說，在「I think that you should visit Paris.」這句簡單的英文中，依照詞語順序來翻譯是「我想／你應該走訪／巴黎」。在SVO型語序中，主詞「我」和動詞「想」的距離並不遠；相對的，SOV型語序的主詞後面會接著一大串語詞，最後才看到動詞。

事實上，不論使用的是哪一種語序，主詞和動詞的距離一旦變得很遙遠，讀者就必須看到後面，才會知道對方究竟是「想」，還是「希望」或「斷言」，甚至是「不想」。

也因此，幾乎像定律似的，許多寫作指南都會提出「句子要簡短」的建議。但爲什麼要簡短呢？

因爲寫短一點，主詞和動詞的距離就會比較近；換句話說，更容易判斷主詞和動詞的關係，文意也更容易解讀，就是這樣。然而儘管許多書都把「句子要簡短」當成經驗法則來建議寫作者，但會解釋原因，或是有正確認知的人竟然出乎意料地少。

例如下面這段不易理解的內容，只要把句子切得短一點，文意就清楚多了。

╳　政府爲供給持續不斷增加的社會保險費用，順應顧問會議「徹底改革稅務制度不可或缺」的諮詢答覆內容，表示將在本期國會會期結束後，讓致力於社會保障改革的專案團隊開始運作。

○　政府表示，要讓致力於社會保險改革的專案團隊開始運作，最快預計於國會本會期結束後採取行動。此決議乃根據顧問會議的諮詢答覆內容而來，回覆中做出以下結論：「爲供給持續不斷增加的社會保險費用，徹底改革稅務制度不可或缺。」

句子要簡短，藉此讓主詞和動詞更靠近，意思表達得更清楚。

這確實是很重要的事，幾乎所有關於寫作的書都會提到。但我希望大家思考的其實是另外一部分，也就是文章結構的「理解難度」。

「起承轉合」是大家都很熟悉的文章結構。

也幾乎可說是我們唯一學過的文章結構。不論是學校教育，或視爲創作技法的一種，甚至就連婚禮致詞，都建議依循起承轉合的規則。這樣的結構幾乎已烙印在我們的潛意識中。請各位看看如圖6的四格漫畫。

圖6　典型的四格漫畫

【起】 在自己房間準備昆蟲捕捉工具的少年

【承】 在草原上揮動網子，追著蝴蝶的少年

【轉】 跌落大坑洞裡的少年

【合】 停在動彈不得的少年頭上，略作休息的蝴蝶

以故事來說是有趣的。有驚奇，也有鋪陳用的哏，在「使人愉悅滿足」這部分似乎沒什麼問題。不過我們再仔細思考一下有關起承轉合的結構。

相信大家都看得很清楚，故事的意外發展就出現在「轉」這個階段。

前半段（起與承）所敘述的內容透過「轉」翻盤，除了引發讀者驚訝的反應，也帶出意外的（從前半段無法想像的）結論。這就是以起承轉合建立的架構。

比方說，新郎的上司在婚禮上致詞，絮叨地從新郎當初被派到自己部門時對他的第一印象說起，接著聊起新郎還無法獨當一面的菜鳥時期，再說到他有些冒失的趣聞等等。就在全場聽到笑翻之後，才話鋒一轉：

「不過，他早已不可同日而語了。如今的他，是我們業務部未來最受期待與矚目的一名大將。」

起承轉合的「轉」。接著，談到新郎活躍的模樣後，進入尾聲：「能得到像新娘這麼優秀的伴侶，相信往後的日子必將更幸福燦爛。」

如果是像婚禮致詞這種「預定和諧」（pre-established harmony，一切將如預期有美好發展）的狀況，這樣的鋪陳當然可以。大家會笑著聽完前半段「菜鳥員工的冒失行徑」，因爲所有人都帶著「話題一定會有轉折，到最後會出現符合這個喜慶場合的結尾」的預期心理。

但如果不是在「預定和諧」的狀況下，又將如何呢？講者最想要傳達的部分（結論），是新郎目前在工作上活躍的模樣、婚禮的祝賀詞，以及對新郎的期待；至於前面那段菜鳥員工的小故事，不過就是用來鋪陳的。

只是這麼一來，「起」和「承」就變得太冗長。假設把一本兩百頁的書依「起承轉合」的順序分成四等分，等於有大約一百頁的篇幅都用在鋪哏，讀者被迫聽著菜鳥員工的小故事。在閱讀前半部的過程中，對於爲什麼要聽這些故事、爲什麼介紹這樣的人等等，根本一頭霧水。到了後半，總算進入主題，最後才恍然大悟：「原來是想說那件事啊！」這就是起承轉合的故事情節發展。

說明到這裡，各位應該明白了吧？

「起承轉合」的文章結構，就像「主詞和動詞相隔遙遠的SOV型語序」。除了不讀到最後無法理解之外，還無端讓讀者（聽者）感到困惑。

另一方面，美式教育裡嚴格要求學生撰寫的小論文，則是完全不同的結構。他們用的不是「起承轉合」，而是透過「序論」「本文」「結論」三段式架構進行自己的論述。一開始（序論）就先說明自己的論點，接著（本文）列舉能導向結論的理由，最後（結論）再用不同的方式，陳述自己論點的正確性。

簡單來說，就像這樣：

我認爲，必須對高所得者大幅加稅（序論）。理由有三：一是〇〇、第二項是〇〇，還有一個理由是〇〇（本文）。要求高所得者負擔更多稅金，是爲了避免社會分裂所必須採取的行動（結論）。

姑且不論文章本身是否具備趣味性，總之是非常合乎邏輯的。由於一開始就先闡述結論，讀者不至於摸不著頭緒——至少不會處於「不知道在說什麼」的狀況下。

好。我們再回想一下說服和接納的差異。

這種三段式架構確實合乎邏輯沒錯，但這種寫法不免帶有說服的意味。我們並不是想寫出證明個人論點的論文，也不是想要強行推銷商品，而是希望創作出使讀者感到愉悅的作品內容，所以不可以硬要說服讀者。

另一方面，儘管頗受推崇的「起承轉合」結構具有內容發展上的趣味性，卻容易引起誤解。一篇寫得很棒的文章，如果眞的能讀到最後，應該可以獲得讀者接納，只是無法保證大家都會讀完。因此，似乎有必要避免將起承轉合當成唯一的準則。

我想提出的建議，是分別擷取三段式架構與起承轉合的優點。

只要結合這兩者的優點，建構出與語言邏輯契合的架構就行了。我將這樣的模式稱爲「起轉承合」。

從起承轉合到「起轉承合」

首先，我想先確認一下起承轉合的缺點。事實上，這個架構比起大家想像中更不合邏輯，並因此感到難以理解。理由有以下幾項：

一、不到最後不見分曉

起承轉合的架構中，要到第三部分的「轉」才開始導向結論。以日本的落語或漫才（類似對口相聲）爲例，「包袱（笑點）＝結論」直到最後的瞬間才會出現。如果笑點事先就被看穿了，便失去「轉」的驚奇點，也糟蹋了這個哏。因此，起承轉合不容許破哏，前半部那些「不知道在說些什麼的內容」，也才成了架構中理所當然的部分。

二、前後是分離的

請各位再回想一下圖6的四格漫畫。

起承轉合的過程中，前半部「起」和「承」的內容是連貫的；接過了開端的「起」，自然就會進入「承」的階段。

後半部的「轉」和「合」也是連貫的。

但第二部分的「承」和第三部分的「轉」看似相連，邏輯上卻不連貫。要顛覆前半部的發展才叫「轉」，因此照理說，既不可能順暢地連貫，也不允許這麼做。

換言之，起承轉合的前半與後半是分離的。

如果是虛構故事、傳統說唱藝術或婚禮致詞等，用這樣的架構應該沒問題——前半部繞點遠路，想必有其樂趣所在。但在論述某些事情時，這樣的架構絕對是不利的。因爲前半部是鋪陳，是伏筆，同時也是「無關緊要的內容」，眞正想表達的事（本文）變得只能在「轉」與「合」裡論述。受限於篇幅，本文的陳述與發展當然會顯得勉強而生硬。

三、需要相當程度的寫作功力

起承轉合的轉折點在第三部分的「轉」。這部分所安排的驚奇，是使讀者愉悅的核心所在。只是，爲了讓讀者打從心底感到驚訝，非得先讓他們徹底沉浸在前半部（起和承）不可：要先讓讀者完全進入狀況，一邊覺得「原來是這樣啊」或「沒錯，就是這樣」，一邊讀得津津有味的同時，突然遇上令人驚訝的情節，「轉」的部分才會有意思。「轉」的強度完全取決於前半部如何引人入勝，以及讀者的接受度。

因此，以起承轉合這種結構寫成的文章，需要相當程度的寫作功力。除非能讓讀者完全察覺不出鋪陳的痕跡，並能在與主題無關的部分使讀者感受到閱讀的樂趣，否則很難用起承轉合的結構創作出好作品。

當然，起承轉合這種形式也有自己獨特的優點。

比方說「轉」帶來的驚奇（大逆轉）就是最具代表性的，而且能在這部分安插一個全新的話題，也是起承轉合才有的長處。此外，起承轉合在時間與思考的進展上容易同步，適合散文或長篇故事型的文章，也是它的特徵。

我們稍做整理吧。

三段式架構（序論、本文、結論）雖然合乎邏輯，卻有硬是要說服他人的感覺。對於不習慣爭辯立論正確性的人來說，特別容易感受到說服的壓力，而且在做爲讀物的趣味性方面，似乎不是那麼足夠。

相較於此，起承轉合的架構則具備大逆轉的趣味性與魅力，但邏輯性不足，也需要相當程度的寫作功力。

那麼該怎麼做，才能彌補二者的缺點並擷取優點呢？

我的答案是「起轉承合」。

同樣從「起」開始敘述，但很快就進入「轉」，經過「承」之後再到達「合」。比如以「起轉承合」的架構來整理前述的說明，就像這樣：

・起　一般都建議我們依循「起承轉合」的結構去寫作。
・轉　可是這麼一來就無法寫出合乎邏輯的文章。
・承　之所以如此，是因爲「起承轉合」○○而且△△。
・合　想寫出合乎邏輯的文章，應選擇與「起承轉合」不同的架構。

當然，光這四行並不算寫完文章。必須再擴充各個部分，寫得詳盡又有趣。在第二部分的

「轉」陳述自己的主張後，在第三部分的「承」慢慢展開論述，爲主觀的論點附加一些客觀的道理，進一步導向自己特有的結論，也就是「合」。

或是像下面這樣，在「轉」的部分提出假說也可以。

- 起　一般都建議我們依循「起承轉合」的結構去寫作。
- 轉　但我想推薦「起轉承合」的方式。
- 承　之所以如此，是因爲「起承轉合」◇◇，而「起轉承合」是□□。
- 合　既能讓讀者接納，也符合邏輯的是「起轉承合」。

這裡要再一次──其實已經是第三次──回想有關接納的架構。

不要費力去說服或駁倒讀者。讀者一旦感受到來自說服的壓力，必然會反彈。說服式的文章，即使能證明論述的正確性，也無法喚起讀者閱讀的喜悅。

想要讀者跨出接納的第一步，需要一些讓他認爲「與自己相關」的因素。因此，在「設定課題」和「解決課題」之間，還需要「課題共有」。

如何才能做到課題共有？答案就在「起轉承合」的「轉」。將一般社會上認定的常識（起）突然來個大逆轉，驟然推翻前提，論述自己的主張。震驚的讀者將不由得發出「爲什麼?」「這是在說些什麼?」的疑問，等同於「這是怎麼一回事?你說說看」的邀請，也意味著讀者感興趣、主動傾聽的態度。而課題，即在此刻達到共有。

・起　社會上被認定爲常識的事。
・轉　推翻它，提出自己的主張（或假說）。
・承　如此主張的理由，還有爲理由佐證的事實或類似的例子。
・合　經過論證的結論。

自己的主張原創性越強，「轉」的效力就越強。採用三段式架構當然也可以；對自己的文筆有自信的話，用傳統「起承轉合」的架構也無所謂。不過，一旦學會了「起轉承合」這種寫作形式，應該更能大大提升文章的邏輯性與接納程度。即使是本書，同樣分別採用三段式架構、起承轉合和起轉承合這三種形式撰寫。請各位用自己的方式，找些題材，試著用「起轉承合」這種架構書寫文章吧。

再回到翻譯

我們從翻譯這個主題談到了很多東西。書寫就是翻譯；翻譯時，確立邏輯性（透視法）是必不可少的。從這一點開始，我們一路討論到這裡。在本章進入總結前，將以稍微不同的角度思考有關翻譯與邏輯的關係。

日常會話中，我們幾乎很少以「有邏輯的方式」表達。只要撿拾對話中的字句，就知道自己說話的方式有多不合邏輯，甚至很多時候只有單字的排列堆砌。由於有聲音和表情的輔助，日常溝通倒不會有什麼問題。由此可知，在對話中，比起意思，情感的傳達更爲重要。

不合邏輯的談話內容多半源於跳躍與交錯。

也就是說，原本應該從1按順序說到10，卻只說了「1→6→10」就結束了（跳躍）；或像以「6→3→1→10」的順序說（交錯）。不論是哪一種，內容都不至於無法理解，只是在論述的建構上有問題而已。

至於寫手，就是要從「1」到「10」仔細地化爲語言（翻譯），讓論述的軸心得以貫通談話者所說的內容，整理原本跳躍或交錯的情況。當然，這裡還需要更進一步，就算是「對方的言下之意」也都要翻譯出來；即使對方只說了「1」和「10」，仍必須連「2」到「9」都予以語言化。

不過，這裡會遇上一個大問題。

連對方沒說出口的事都寫出來，這樣好嗎？

深入到這種地步，已經算是僭越了，難道不會變成寫手的創作嗎？

在說明我的結論前，想請各位先思考一下本國語和外語的翻譯。

例如這一句：「尋尋覓覓，冷冷清清，悽悽慘慘戚戚。」有辦法翻譯成其他語言嗎？有辦法不只是直譯文意，連節奏、音韻，還有其中抒發的情緒都翻譯出來，讓不管使用哪種語言的讀者擁有同樣的感受嗎？

恐怕大多數人都會回答「沒辦法」吧。關於「翻譯的不可能性」，日本近代詩之父萩原朔太郎的說明如下——我稍稍修改了一些舊式的語法和難懂的措辭，介紹給各位。

由於詩的思緒與意境包含於詩中文字所帶有的聯想、意象與韻律之中，並以一種無法進行化學分析的有機體形式存在，僅只譯出原詩的文學架構，根本難以傳達這首詩的意思。爲了傳達，除了解讀原詩的每一個字句、附加繁瑣的注解外，終歸還是只能依靠譯者自身的編寫創作，別無他法。

所有的翻譯詩，都必須有譯者自己的編寫創作，才算有價值。換言之，詩的翻譯者唯有將原作融入自己體內、化爲自己藝術上的肉身，使它深入每一個細胞，才開始擁有身爲譯者的著作權。（中略）所有的傑出譯作，必然是譯者的創作，是確確實實由譯者編寫的作品。

——萩原朔太郎，〈關於詩的翻譯〉

萩原朔太郎表示，不論再怎樣精準地依照字典去翻譯，都無法完全譯出詩中的思緒與意境。詩作的翻譯，除了透過譯者本身去編寫創作外，沒有其他方法。將原作融入自己體內，也就是讓自己藝術上的肉身有血有肉，才能成爲眞正的譯者。所有傑出的譯作也都是來自譯者的創作和〈超越翻譯的〉編寫。

此外，在同樣的論述中，他也說明了翻譯的不可能性並不只限於詩作。

翻譯之不可能，做爲更廣泛而根本的問題來論究，不見得只限於詩作，它既關係到所有文學，進一步來說，在本質上也關係到外國文化的移植。舉個例子，real 這個字，一般譯爲「現實」，由此，將 realism 譯爲「現實主義」。可是 real 這個字在外文裡並不專指「現實」，還有更深刻的哲學涵義，亦即意謂著某項「眞實的東西」「確實的事物」；不是虛擬的幻象或假象，而是「實在的」。然而只因爲將它譯爲「現實」，於是所謂的現實主義文學變成了只書寫日常生活中的事實，停留在扁平記述無意義現實的層次，也就是變成了「個人小說」（帶有自傳性質的小說）。

（同前文）

我曾在本章開頭說明過。

寫手是「取材內容」的譯者。寫手是取材者，書寫文稿就是翻譯取材內容。

如果你希望自己是個眞誠的寫手，希望能成爲取材內容的譯者，就必須具備勇氣踏入「編寫」的領域。只是從左到右直接翻譯，取材就是死的，而你也失去了存在的意義。

爲了進入「編寫」的領域，必須將目標對象融入自己內心，要讓自己與受訪者融爲一體。若能合而爲一，就有可能將「2」到「9」那段「未提及的論述」表達出來。

更進一步，要讓自己成爲一名可斷言「這不是誤譯」的寫手。在擁有足夠的自信斷定自己並未誤譯之前，必須不斷調查與思考到極致。磨練身爲取材者的自己，就是奠定「編寫」的根基。

身爲寫手的我，總是深入「編寫」的領域，進而從事「創作」。包括邏輯的建構在內，進行各種撰寫修改，也將取材時「未提及的部分」納入其中。即使做到這種程度，也從來不曾因此遭受訪者抱怨：「我可沒說過這種話喔。」反倒常常有人表示感謝：「這正是我想說的！」我認爲，這不是因爲自己的寫作功力有多好，而是來自於身爲取材者的毅力與自負。

所謂的寫手，不光只是一部錄音機。既不是抄寫記錄的人，也不是速記員。寫手必須踏入「編寫」的領域，是一名創作者。

而且爲了自由創作，必須將取材做得非常徹底。取材者與創作者的身分完全沒有衝突，因爲這兩者正如同硬幣正反面的概念。

第5章

如何思考文章的組成？

在字句接觸到外界之前

一打算寫文章，手就停了下來。

該寫什麼才好？從哪裡開始寫才對？

根本不知道。

腦袋一片空白，寫不出東西來。

從某種角度來說，這是非常自然的心理狀態。不只很自然，還是幾乎讓我想說「這樣很棒」的一種現象。因爲連想都沒想就迅速下筆的人，才最讓人捏把冷汗。

字句，尤其是文章，就像木工使用的黏著劑。

將白色的木工膠擠在木板上，黏膠表面很快就會因接觸空氣而形成一層薄膜。原本呈膠狀的黏著劑漸漸失去可塑性，不久後便成爲乾硬的透明固體。到了這種階段，就無法再黏著或變形了。

文章也一樣。在腦中反覆斟酌時，字句尚未成形，具有千變萬化的黏性、可塑性與可能性。

可是一旦化爲文字與外界接觸的瞬間，它們便開始硬化。隨著時間過去，變成幾乎無法挪動的東西固著在原稿中。並不是字句本身僵化了，變硬的，是寫作者的思慮。定型爲文字前，原本應該變幻自如的想法，一接觸到外界（寫成文章），就會漸漸失去彈性。即使是不經意寫下的粗糙作品，寫作者自己也心裡有數，除了這個模樣，已無法再有其他的想像空間。

正因爲如此，文章不該輕易下筆，應該經過類似繪製草圖的安排後再寫比較好；而且越不習慣寫作的人，越建議這樣做。什麼都沒思考就開始動筆，完全就像沒打草稿便開始作畫，除了極少數的天才，沒人做得到這種事（當然，我也是辦不到的那種人）。

那麼，該畫出什麼樣的草稿、繪製什麼樣的設計圖才好呢？

該以什麼爲基準來決定「下筆」？

我的答案很簡單。不是思考「該寫什麼」，而是想想「不寫什麼」。

如果你是畫家，「要畫什麼」應該是很重要的問題吧，想必會為了思考第一筆的位置而傷腦筋。不過比起畫家，寫手準備動筆時的情況更接近雕刻家：用手中的鑿子與木槌挖去不要的部分，大概的雛型（要寫的東西）便會浮現出來。至於實際「下筆」，則是之後的事了。

若你寫稿寫到厭世且不順手，我想可以先從丟棄一些東西開始。在字句接觸到外界之前，用「不寫什麼」的角度審視自己的取材內容，這才是建構文章整體組成的第一步。

本章將以「不寫什麼」為切入點，來思考文章的構成。

丟棄什麼？留下什麼？

所謂的寫手，就是取材者。

寫手基於取材過程中的各項見聞寫成文章。

而所謂的取材，我認為就是專注於「增加分母」的過程。分母指的是「取材中的見聞」，分子則是「寫入原稿的內容」。對寫手而言，這才是「原稿」（請見圖7）。

比如我在取材過程中獲得了一百項見聞，寫出其中十項。另一方面，你在取材中獲得了一千項見聞，同樣寫出了十項。就資訊的確實度、精準度和稀有度來看，你所撰寫的稿子可能有更高的價值。就原理上來說，分母（透過取材獲得的見聞基數）越大，內容的價值越高。

圖7　從取材的角度看內容的價值

$$\text{價值} = \frac{\text{寫入原稿的內容}}{\text{取材中獲得的見聞}}$$

只不過，這裡有個陷阱。

比方說，法蘭西斯·柯波拉所執導的《現代啓示錄》。這部電影於一九七九年公開上映，同年獲得坎城影展最高榮譽金棕櫚獎。

以剪輯與音效設計師身分參與該電影製作的沃爾特·默奇（Walter Murch）在自己的著作《眨眼之間》中表示，這部作品拍攝完成後的膠卷總長度爲三百八十一公里（一百二十五萬英尺）；以時間來說，長約兩百三十小時。以默奇爲首的這些剪輯師花了差不多兩年時間（影像剪輯一年、混音一年），將數量龐大的膠卷剪輯成大約兩小時二十五分的作品。

一般的電影製作，大約會以四十小時左右的分量剪輯成一個半小時到兩小時的作品。這個兩百三十小時的「分母」，可說大到近乎瘋狂的程度。

那麼《現代啓示錄》會因爲這個壓倒性的「分母」而足以稱爲傑作嗎？

應該不是吧。要是照這樣說，豈不是只要拍出三百小時分量的膠卷，就能製作出超越《現代啓示錄》的作品嗎？

比起分母的大小，重要的是分母的品質，也就是所拍攝的（長達兩百三十小時的膠卷）影像品質夠高；更重要的是對於「丟棄哪些、留下哪些、如何連結」的選擇眼光非常銳利。所以應該說，因爲同時具備了上述二者，《現代啓示錄》才得以誕生。

好，請各位回想一下第1章所說明「好文章的條件」。

我所列舉好文章的條件是「整篇文章見不到斧鑿的痕跡」或「一篇讓人以爲最初便是以這種模樣存在的文章」。

電影也一樣。在事先不知道相關資訊的情況下觀看《現代啓示錄》的觀眾，怎麼也想不到幕後竟然還有「被丟棄的兩百二十七小時」。對觀眾而言，眼前的兩小時二十五分鐘就是全部，是打從一開始就以這種樣貌存在並放映的影片。製作者「丟棄哪些、留下哪些、如何連結」的取捨與選擇，就那麼隱藏在黑盒子裡，只要手中沒拿到這兩百三十小時的膠卷，便不知道來龍去脈。

我們稍做整理。

文稿的價值，取決於透過取材獲得的分母大小。

然而並非分母夠大就好，還必須能從龐大的分母中篩選出「要寫」與「不要寫」的內容。

只是，我們無法猜測那些優秀前輩是以什麼基準進行篩選。不論是小說、散文、電影，呈現在我們眼前的向來只有成品。「丟棄哪些、留下哪些、如何連結」的眞相，始終隱藏在黑盒子裡。

那麼，該以什麼爲參考？

難道只能自己看著辦，設法去分辨嗎？

我認爲，「丟棄哪些、留下哪些、如何連結」可說是繪製內容設計圖時最大的關卡。

在這裡，我想介紹幾乎最好，也可說是唯一的參考範本。

就是繪本。是我們從小就很熟悉的繪本。

寫手可以藉由繪本來學習「丟棄哪些、留下哪些、如何連結」，鍛鍊建構組織的能力。

鍛鍊建構能力的繪本思考訓練

首先，我們來想想繪本這種媒體的特性。

第一，繪本是有故事的媒體。如果只是把圖畫任意編排在其中，這種書稱爲畫冊、繪畫集。在圖畫之前，要先有主題和故事，並將故事化爲文字，這種文字與圖畫的組合才能稱爲繪本。

第二，繪本是有插圖的媒體。它幾乎很少像漫畫那樣分格，或是將狀聲詞寫成文字穿插其中。書中一頁頁的插圖，也可以成爲一張張單獨的畫作。

第三，繪本是精簡的媒體。繪本作家將高潮迭起的故事用十張或二十張圖畫說明。從故事當中擷取「絕對要有的場景」「寫實而有趣的畫面」，以及「不用圖畫呈現就無法傳達的內容」，畫出令人印象深刻的圖繪。繪本不可能將故事的所有內容都畫出來，因爲就算眞的那麼做了，反而會變成一本看不出精采之處、顯得拖沓鬆散的書。

從以上三點來思考，想必就能理解繪本是多特別的媒體了。

就像電影，觀眾無法見到「被捨棄的膠卷」，只看得到被挑選出來並經過編輯後的成品。

但在繪本中，故事的文本會依原有的樣貌留存下來。

繪本作家根據**與讀者眼中所見完全相同的文字**，思考「丟棄哪些、留下哪些、如何連結」，以畫出十張或二十張圖畫。換句話說，讀者手持繪本時，不只可以見到繪製成圖畫的場景，還可以見到其他沒被畫出來（即電影中「被捨棄的膠卷」）的部分。

從取材者的角度來思考這件事，更是讓人感到無比驚訝。能讓「畫出來的東西」和「沒畫出來的東西」同時並列的媒體，恐怕只有繪本了。

了解這一點後，「丟棄哪些、留下哪些、如何連結」的訓練就能變得更簡單。只要實際上做做看繪本就可以明白這一點；不需要從頭開始編故事，只要根據大家都熟知的故事去嘗試就可以了。我們就先以「桃太郎」這個故事爲課題，相信應該不會有什麼太大的問題。

爲了那些不記得詳細故事情節的讀者，我自己整理了一下文本，當做大致上的共通內容。以下是全書唯一的「作業」，希望大家不要嫌麻煩，試著做做看。我們將根據這篇文章來思考如何選擇（張數受到限定的）圖畫。

桃太郎

從前從前，有個地方住了一對老公公和老婆婆。

老公公到山裡砍柴，老婆婆去河邊洗衣服。當老婆婆正在河邊洗著衣服時，一顆大桃子「咕咚、咕咚」從上游載浮載沉地漂了過來。

「哎呀呀，這顆桃子真是不得了呀。我把它帶回去給老頭子當禮物吧。」

老婆婆撈起漂過來的桃子後，馬不停蹄地將它帶回了家裡。到了晚上，老公公下山回家，老婆婆對他說：

「老頭子，你看。你看看這顆桃子。」

「喔喔，這麼一顆漂亮的大桃子。妳是在哪兒買的呀？」

「這可不是買的，是我洗衣服的時候，從上游漂過來的。」

「那就更神奇了。我們快點切開來吃吃看吧！」

老婆婆從廚房裡拿了把菜刀，切開桃子。結果，「哇～哇～」桃子裡出現了一個散發著寶石般光采的小男嬰。

「哎呀，這下不得了啦！」

「太嚇人了！太嚇人了！老太婆，這孩子是老天爺賜的。既然是從桃子裡生出來的，就叫他桃太郎吧！」

老公公和老婆婆非常細心地呵護、養育桃太郎。

桃太郎每吃一碗飯，就長大一點：一碗、兩碗、三碗，就這樣越長越大。他的力氣也很大，和村子裡其他小孩比相撲時，沒人贏得過桃太郎。儘管如此，桃太郎卻是個性情溫和的孩子，時時不忘感謝老公公和老婆婆的養育之恩，心裡總想著有一天要報答他們。

日子就這麼樣過著。有一天，一隻烏鴉飛來對桃太郎說：

「嘎嘎～桃太郎、桃太郎！出門時小心一點，因為有一群惡鬼要來。」

「一群惡鬼？」

「嘎嘎～大海的另一邊有座鬼島，住了一群惡鬼，他們偷偷藏著從鄰近國家搶來的金銀財寶。」

聽完烏鴉的話，桃太郎一回到家就對老公公和老婆婆說：

「爺爺、奶奶，剛才我從烏鴉那裡聽到鬼島上那群惡鬼的事。我也已經長大了，我想去剷除他們。」

老公公和老婆婆非常震驚，雖然阻止了桃太郎，但桃太郎依然表示要去懲治惡鬼，不願聽從。

「既然你那麼堅持，就去吧。去的路上一定會肚子餓。老太婆，妳就做點全日本最棒的糯米糰子給他帶去吧。」

老婆婆做了很多自己引以為傲的糯米糰子，讓桃太郎帶在身上。老公公給了桃太郎新的衣裳、頭巾和刀。

「路上小心，平安回來！」

桃太郎元氣十足地對老公公和老婆婆說：「只要有了全日本最棒的糯米糰子，我就有百倍的力氣和膽量。我會剷除惡鬼平安回來的。」說完便出發了。

桃太郎走在山路上，有一隻小狗「汪汪」地叫著對他說：

「桃太郎、桃太郎！你這麼精神抖擻，要去哪裡呢？」

「我要去鬼島剷除惡鬼！」

「你掛在腰上的是什麼東西？」

「是全日本最棒的糯米糰子。」

「分我一顆吧。我陪你一起去！」

「那就給你一顆吧。」

小狗拿到了一顆全日本最棒的糯米糰子，跟在桃太郎身後上路了。

下了山，這次換樹上的猴子「吱吱」叫著跟他搭話。

「桃太郎、桃太郎！你這麼精神抖擻，要去哪裡呢？」

「我要去鬼島剷除惡鬼！」

「你掛在腰上的是什麼東西？」

「是全日本最棒的糯米糰子。」

「分我一顆吧。我陪你一起去！」

「那就給你一顆吧。」

猴子拿到一顆全日本最棒的糯米糰子，和小狗一起跟在桃太郎身後上路了。

桃太郎他們在原野上走著，空中飛來一隻雉雞「咕咕」叫著對他說：

「桃太郎、桃太郎！你這麼精神抖擻，要去哪裡呢？」

「我要去鬼島剷除惡鬼！」

「你掛在腰上的是什麼東西？」

「是全日本最棒的糯米糰子。」

「分我一顆吧。我陪你一起去！」

「那就給你一顆吧。」

雉雞拿到一顆全日本最棒的糯米糰子，和小狗、猴子一起跟在桃太郎身後上路了。

桃太郎、小狗、猴子和雉雞，他們穿過原野、翻越山崗、走過河谷，終於來到廣闊的大海。他們找到一艘船，看準了大海另一邊的鬼島方向，開始划了出去。

「桃太郎、桃太郎！」

在船的上方飛行、負責瞭望的雉雞大聲叫著。

「看見一座黑漆漆的島了！是鬼島。」

桃太郎站在船頭定睛一看，遠處薄霧籠罩，那頭隱約可以看見一座島。

「喂，喂，那就是鬼島！來吧各位！要小心準備好囉。」

配合桃太郎的吆喝聲，大家一起登上了鬼島。鬼島的城堡上有扇巨大的城門，小狗馬上站到門前，「碰碰碰」地敲著門。

「來吧！鬼怪們，日本第一的桃太郎親自駕到，要來懲治你們了。安分地把門打開！」

負責看守的鬼怪們嚇了一跳，連忙逃進城堡裡。於是猴子俐落地爬過城牆，從裡面開了門。

「喂！你們這些傢伙，死期到了！」

桃太郎拔出刀子，朝鬼怪撲了過去。小狗張嘴就咬、猴子往他們臉上抓、雉雞從空中啄他們的眼珠。即使是一臉凶惡的鬼怪，也敵不過桃太郎他們的氣勢，紛紛丟棄武器逃跑了。

「喂！你就是桃太郎嗎？」

一進入城堡深處，一個身材非常巨大的鬼怪首領在那裡等著。不過桃太郎他們吃了很多糯米糰子，可是有著百倍的力氣和膽量呢。大家同時撲向鬼怪首領，一下子就把他打倒了。

「來，乖乖地投降吧！」

桃太郎制伏了鬼怪首領，高舉著刀子對他說。

「對不起，對不起！我投降。城裡的寶物我統統都會還回去。」

鬼怪首領雙手按在地上，號啕大哭，低頭認錯。

桃太郎他們將那些被鬼怪奪走的寶物裝上船，離開了鬼島。大家一邊唱歌，一邊穿過原野、翻越山崗、走過河谷，回到了老公公和老婆婆那裡。

「爺爺！奶奶！」

懷念的聲音傳進始終擔心掛念的老公公和老婆婆耳裡。他們一走出家門，看到桃太郎正帶著三名優秀的隨從，拉著堆滿寶物的車回來。

「不愧是日本第一的桃太郎！」

老公公和老婆婆非常高興地迎接了桃太郎。

於是，桃太郎與老公公、老婆婆三人一起過著幸福的日子。

以上就是古賀史健版的「桃太郎」文本。

可以的話，希望各位不要因爲「桃太郎這個故事我知道啊～」而自動跳過，請仔細讀過後，再進入下一個章節。

用十張圖畫說明桃太郎

複習過桃太郎的故事後，接著請思考一下「要畫些什麼」的備選圖案。故事中覺得有趣的部分、覺得應該製作成圖畫的部分，或是浮現在自己腦海的畫面……什麼都可以，想得到的就先寫下來看看。在這裡，我先試著列出三十個場景。

① 從遠處眺望山林的景色，其中有著老公公和老婆婆的家

② 分別要去砍柴和洗衣服的老公公和老婆婆

③ 洗衣服的老婆婆和從上游漂來的桃子

④ 大桃子讓老婆婆嚇了一跳

⑤ 抱著大桃子回家的老婆婆

⑥ 看到大桃子也嚇了一跳的老公公

⑦ 切開大桃子的老公公和老婆婆

⑧ 桃太郎活力十足地從桃子裡蹦了出來

⑨ 開心地抱著桃太郎的老公公和老婆婆

⑩ 每吃一碗飯就長大一點的桃太郎

⑪ 桃太郎和村裡的孩子比賽相撲，把對方拋了出去

⑫ 聽烏鴉說話的桃太郎

⑬ 胡作非為、奪走寶物的鬼怪們

⑭ 對老公公和老婆婆表明決心的桃太郎

⑮ 捏著糯米糰子的老婆婆

⑯ 將新衣裳、頭巾和刀子穿戴在身上的桃太郎

⑰ 在老公公和老婆婆目送下出發的桃太郎

⑱ 給小狗糯米糰子的桃太郎

⑲ 給猴子糯米糰子的桃太郎

⑳ 給雉雞糯米糰子的桃太郎

㉑ 桃太郎與隨從穿過原野、翻越山崗、走過河谷

㉒ 划船朝向鬼島前去的桃太郎與隨從

㉓ 漂浮在大海另一頭的漆黑鬼島

㉔ 站在大門前要鬼怪開門的桃太郎與隨從

㉕ 桃太郎他們制伏了紅鬼、青鬼和許多鬼怪

㉖ 在城堡深處等待的鬼怪首領

㉗ 與鬼怪首領打鬥的桃太郎和隨從

㉘ 哭著認錯的鬼怪首領

㉙ 桃太郎與隨從搭上裝滿寶物的船返航

㉚ 和老公公老婆婆重逢的桃太郎與隨從

如果是漫畫版的《桃太郎》，相信不但會將這三十張圖全都畫出來，甚至還會再加上三十張吧。

不過一般來說，以兒童爲對象的繪本，頁數大約控制在二十到四十頁之間，是以簡潔爲前提的媒體。假設每一個對頁（跨頁）放一張圖的話，整本書需要用十到二十張圖畫來完成。

接下來，請從這三十張圖裡試著挑出「自己要編入《桃太郎》繪本的十張圖」。要選出讓孩子們開心、沉醉其中，並能完整理解故事內容的十張圖。

這裡沒有那種嚴格定義下的正確解答；然而正因爲沒有正確解答，我們才更需要認眞思考「丟棄哪些、留下哪些、如何連結」，還要能有自信地說出「捨棄這張圖畫」或「留下這張圖畫」的理由。

我明白各位急著想知道答案的心情，不過請務必利用隨書附上的「桃太郎故事圖卡」實際操作一下，選出你自己想用的十張圖畫。除非眞的親自練習過，否則即使讀了下面的解說，可能也不會有收穫。

考量結構的強韌性

接下來要開始的解說，是以你已選好十張圖畫爲前提所進行的。

要從三十張圖畫中鎖定十張，應該比想像中更困難。我認爲，在不考慮張數的情況下，一般大概會留下二十張左右吧（沒有張數限制時，我自己會選二十三張）；就算再怎樣刪減，應該還是會留下十五張。

你是以什麼爲基準挑選這十張的呢？

其中有什麼明確的方向嗎？

還是憑感覺從故事開頭到結尾去選？

結果到了後半段，發現張數不夠而慌了起來？

該捨棄哪些才對？是不是讓你感到不知所措？

這種狀況，就是未經深思熟慮便下筆、導致架構紊亂的原稿典型。

如同前面說明過的，字句在接觸到外界的瞬間便開始僵化。如果不經思考，便「這個也要」「那個也要」地，把字句或文章中的小橋段（在這裡則是要選擇的圖畫）塞得滿滿的話，立刻就會凝固、變得動彈不得——不考慮後果而一味疊加，就是讓文章生鏽的鹽水。

那麼，該如何思考架構呢？

這裡想請各位回想一下〈序章〉裡所說的「內容三角形」，尤其是談到寫手要編輯的部分時所提出的「價値三角形」（請見圖2）。

思考文章架構時，以「資訊的稀有性」「課題的鏡射性」與「結構的強韌性」爲指標就對了。在〈序章〉提及這些部分時，或許各位還感覺難以捉摸，但經過桃太郎故事的練習，相信各位更能確實理解。

我們先從「結構的強韌性」開始說明。

講到文章的結構，一般會以語句（sentence）或段落（paragraph）爲單位進行各種說明，像是「一個段落只談論一個話題。如果塞入多個話題，將變得難以閱讀」或「將整個段落要傳達的內容摘要（主題）放在段落最前面」之類的。這是在英文寫作（尤其是報告或論文）中被稱爲「段落寫作法」（paragraph writing）的論述方法。

可是不論段落也好，語句也罷，聽起來都像是學術性的教條式文法論，讓人興趣缺缺。而且這是歐美的寫作法，無法完全套用在其他語言。

例如段落。

所謂的段落，是指文章裡大的節點，可用分段當成辨識的指標。然而相對於英文的分段是文意上的明確節點，國語的分段則大多以視覺性或易讀性爲優先考量，稱爲「形式段落」；而由一個以上形式段落所組成、在文意上有明確分別的即爲「意義段落」。換言之，與英文「paragraph」相應的，不是形式段落，而是意義段落——就算如此對各位說明，恐怕只會讓人感覺更混亂吧？即使是我，寫作時也不會刻意去意識到什麼形式段落或意義段落之類的東西。

相對的，在思考文章架構時，我所參考的不是文法用語，而是影像編輯用語。

在電影圈，稱呼影片的最小單位爲「鏡頭」（cut，英文的正規說法爲「shot」）。當導演下令「action」時，攝影機就開始拍攝，當他喊「cut」，便停止拍攝。像這樣，影片從開始拍攝到停止拍攝的一小段就稱爲一個「鏡頭」。以文章來說，就是從第一個字到句點爲止的「句子」。

接著，結合幾個鏡頭，就能成爲一個「場景」（scene）。

比方說，棒球隊教練擊球讓球員練習守備的場景。不斷擊球的教練、全身泥濘追著白球的隊員們、教練大聲嘶吼指揮隊員的表情、夕陽西下。拍攝好幾個鏡頭後，再組合成練習守備的場景。以文章來說，這就是一個段落，一個paragraph。

再來，連結多個場景就成爲「場景序列」（sequence）。

其實要貼切地翻譯這些英文有點難度，不過簡單來說，場景序列就是連續好幾個場景所形成的「情境」。例如將守備練習的場景、打擊練習的場景、投球練習的場景、長距離跑步練習的場景、場地維護的場景……組合起來，就能成爲一段「棒球練習的場景序列」。以文章的單位來說就是「章」，或是規模再小一點的「節」。

如此這般累積數段場景序列後，便能完成一部電影或一個故事（請見圖8）。

圖8　藉由影片思考文章結構

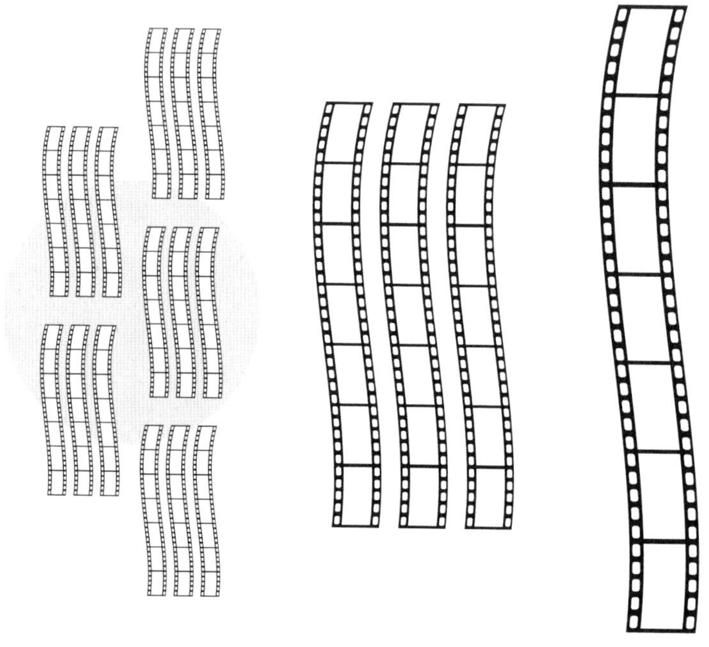

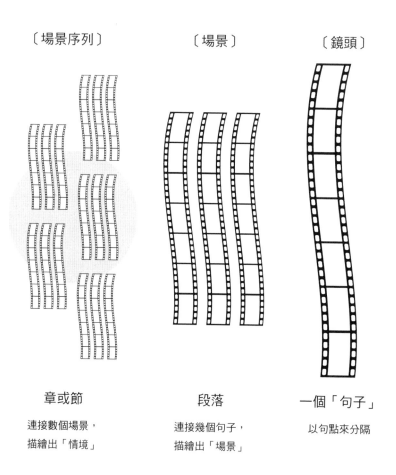

那麼，在挑選「桃太郎的十張圖畫」時，首先要做些什麼呢？就是以場景序列為單位來分割故事。

如果只是憑感覺去挑選十張圖畫，無法順利成為一本好的繪本。對你而言，桃太郎或許是一個不用說都知道的故事，但對孩子們來說卻是完全未知的世界。因此，請先以場景序列為單位去思考「桃太郎」這個故事具有什麼樣的架構。例如下面的分段：

場景序列Ａ　老公公和老婆婆

①眺望遠處的山，其中有著老公公和老婆婆的家
②分別要去砍柴和洗衣服的老公公和老婆婆
③洗衣服的老婆婆和從上游漂來的桃子
④大桃子讓老婆婆嚇了一跳
⑤抱著大桃子回家的老婆婆
⑥見到大桃子也嚇了一跳的老公公

場景序列Ｂ　桃太郎的誕生與成長

⑦切開大桃子的老公公和老婆婆

⑧桃太郎活力十足地從桃子裡蹦了出來
⑨開心地抱著桃太郎的老公公和老婆婆
⑩每吃一碗飯就長大一點的桃太郎
⑪桃太郎和村裡的孩子比賽相撲，把對方拋了出去
⑫聽烏鴉說話的桃太郎
⑬胡作非爲、奪走寶物的鬼怪們

場景序列C　出發懲治鬼怪、遇上隨從們

⑭對老公公和老婆婆表明決心的桃太郎
⑮捏著糯米糰子的老婆婆
⑯將新衣裳、頭巾和刀子穿戴在身上的桃太郎
⑰在老公公和老婆婆目送下出發的桃太郎
⑱給小狗糯米糰子的桃太郎
⑲給猴子糯米糰子的桃太郎
⑳給雉雞糯米糰子的桃太郎

場景序列D　前往鬼島的旅程

㉑桃太郎與隨從穿過原野、翻越山崗、走過河谷

㉒划船朝著鬼島前去的桃太郎與隨從

㉓漂浮在大海另一頭的漆黑鬼島

場景序列E　鬼島上的打鬥

㉔站在大門前要鬼怪開門的桃太郎與隨從

㉕桃太郎他們制伏了紅鬼、青鬼和許多鬼怪

㉖在城堡深處等待的鬼怪首領

㉗與鬼怪首領打鬥的桃太郎和隨從

㉘哭著認錯的鬼怪首領

場景序列F　凱旋與重逢

㉙桃太郎與隨從搭上裝滿寶物的船返航

㉚和老公公老婆婆重逢的桃太郎與隨從

我試著從A到F，分成六個場景序列。

這裡有個重點，是「每段場景序列至少要挑出一張圖畫，否則將難以理解故事內容」。

舉例來說，場景序列D「前往鬼島的旅程」或許會讓人覺得捨棄也沒關係。與其在這個部分著墨，你說不定更想仔細描繪讓小狗、猴子和雉雞當上隨從的場景。不過要是刪除了這一段，感覺就像桃太郎他們組成團隊後，便立刻抵達了鬼島。這會減損冒險的成分，讓人覺得鬼島上的打鬥有如隔壁村子裡發生的小事似的。

首先是思考場景序列，接著是從六個場景序列中至少各挑出一張圖畫來，這就是考量結構強韌性時最確實的步驟。只要根據A到F的場景序列去安排，至少可以保有最基本的耐震度。

各位會從各段場景序列中挑出什麼樣的圖畫呢？

此外，從各場景序列分別挑出一張（共計六張）後，剩下的四張要以什麼爲挑選基準呢？

這時候，應該考量的是三角形中的其他兩項要素，也就是「資訊的稀有性」和「課題的鏡射性」。

分析資訊的稀有性

這次是以桃太郎做爲我們的課題。

我認爲，這個故事是民間故事的代表作，所以才以它爲題材。

爲什麼桃太郎的故事如此有名呢？

例如和浦島太郎、牛郎織女或白鶴報恩這些故事相比，桃太郎的趣味性在哪裡？

老實說，這必須交由個人主觀去判斷。「桃太郎故事的這部分很有意思。」對某些人來說的趣味所在，其他人說不定根本不這麼覺得，甚至還可能有人會反駁說：「說到桃太郎的魅力，應該是那部分才對呀！」

有一次和編輯聊天時，對方找我商量一件跟這個例子極爲相似的事情。

他和寫手一同前往某位受訪者那裡進行取材。取材過程的氣氛非常熱絡，聽到很多令人感興趣的內容。回程路上，和寫手確認過流程進度後，編輯就靜靜等候稿子送來。結果，對方交來的內容實在很無趣。爲什麼？是哪些部分？又是怎樣的無趣呢？

不是文筆的問題。在討論到文筆的問題前，其實是因爲對方沒有將「那件事」寫進去，反而寫了「另一件事」。總之，就是在「寫什麼」和「不寫什麼」的選擇上判斷錯誤，才讓內容變得那麼乏味。

我認爲，稿子裡「要寫什麼」，或在那之前判斷「哪些部分有趣」，終歸還是得依寫手（寫作者）的主觀去決定。若是要寫作者耗費筆墨去寫自己並不認爲有趣的內容，原稿一定會變得乏味。

只是這樣的主觀必須避免自說自話。對你而言有趣的事，對讀者而言也一樣有趣嗎？此外，內容裡的某些部分是否稱得上有趣，還是要依某些標準去思考比較好。

「資訊的稀有性」就是其中一項指標。我們以桃太郎的故事為例來想想看。

姑且先將好惡或是否有趣這種感受上的問題擱在一旁，思考一下「讓桃太郎之所以成為桃太郎的事物」；換句話說，就是想想看「和其他民間故事的相異之處」，這就是思考資訊的稀有性。當然，這裡同時也要下點工夫研究一下其他的民間故事；如果想了解桃太郎，卻只讀了桃太郎，根本無法逼近它的本質。

比方說鬼怪。

說到桃太郎，其實就是一個剷除鬼怪的故事，可是有鬼怪出現的民間故事並不在少數，像是同樣和鬼怪打鬥的一寸法師、誤闖鬼怪宴會的摘瘤爺爺之類的，種類和情節都很豐富。從「資訊的稀有性」這個觀點來考量時，就會發現鬼怪的價值很低。至於「老公公和老婆婆」「主角的成長茁壯」「冒險的旅程」「最後取得寶物」這些片段，應該也都不算是桃太郎特有的情節吧……像這樣一一思考後，我們可以把「讓桃太郎之所以成為桃太郎的事物」縮小到以下四項。

一、桃子

從河川上游漂過來的大桃子、「咕咚、咕咚」滾動的聲音，還有從桃子裡生出來的健壯男嬰，這些設定是其他故事看不到、完全屬於桃太郎故事特有的部分。

二、糯米糰子

似乎有許多人（尤其是觀光客）都是透過「桃太郎」故事而知道糯米糰子這項食物，甚至還因此抱有強烈的憧憬。就連童謠《桃太郎》歌詞裡也有的糯米糰子，毫無疑問是這個故事獨有的物件。

三、成為隨從的動物們

像是浦島太郎或白鶴報恩那樣，描寫人類與動物互動的民間故事很多。但是有小狗、猴子和雉雞登場，還安排牠們成爲隨從的，可說就只有桃太郎故事了。

四、鬼島

出現在民間故事裡的鬼怪，幾乎都是直接現身人類世界（例如村落）的侵略者。但是在桃太郎故事中，鬼怪們卻是住在一座名叫鬼島的孤島上。鬼怪雖是民間故事中司空見慣的存在，但鬼島卻是能展現這個故事特色的戰鬥舞臺。

如果沒有描寫到這四項的話，相信桃太郎的魅力會減半吧？不，甚至可以說那樣就根本不是桃太郎了。正因爲具備了這四項要素，桃太郎才得以成爲桃太郎。

打造作品內容時的思考方式完全一樣。

簡單來說，考量資訊的稀有性就像是思考「裡面有沒有『糯米糰子』」。好的內容必然包含了「只有在這裡才讀得到的東西」，一定會有相當於糯米糰子或鬼島的什麼東西存在，還不只有一、兩項，而是很多項。當然，本書也秉持著同樣的做法，確實存在著專屬於我個人的「糯米糰子」或「鬼島」，而且是用十隻手指頭都數不完的。

請試著以「裡面有沒有『糯米糰子』」的眼光重新審閱自己的企畫案或文稿，並再次思考這些「糯米糰子」是否具備效用與魅力。這也是爲了掌握內容核心的重要提問。

思考課題的鏡射性

接著要思考的是「課題的鏡射性」。

「鏡射」（specularity）原本是金屬加工的專業用語，因此這裡所說的「課題的鏡射性」，其實並不是正確的用法。

當我們讀到精采的小說時，往往會對書中角色產生「這不就是『我』嗎？」的感覺，有那麼一瞬間，覺得作者並非對著其他人，而是在對自己述說。或是覺得書中提出的主題「正是我目前面對的課題」，甚至很單純直接地想要鼓掌叫好：「沒錯！就是這樣，說得眞好！」並打從心底認同：「我太清楚那種感覺了！」不論哪種狀況，都是讀者在作品中找到了「我」；換個說法，就是作品扮演了那面「反映出自我的鏡子」。

有如置身其中、產生移情作用、想爲書中角色加油打氣、解決眼前課題的那種心靈上的抒發，這些我統稱爲「課題的鏡射性」。

我們拿桃太郎故事來想一想。

綜觀故事整體，桃太郎是以「報恩」與「懲惡勸善」（剷除鬼怪）爲主軸。桃太郎爲了報答老公公和老婆婆的養育之恩，打擊惡鬼，讓村裡（世界上）回復寧靜詳和。

發展這條故事線的同時，還能窺見桃太郎「武士修煉」的另一個面向：遠征鬼島既像是志在功勳，也像是一趟前往踢館的旅程。讓小狗、猴子和雉雞以隨從的身分隨侍在側等情節，也十分有騎馬打仗或軍隊角色扮演遊戲的氛圍；以電影或遊戲來比喻的話，顯然會歸類爲「動作／冒險類」。

如此想來，桃太郎故事中最讓讀者感到興奮（產生自我投射）並爲他加油助陣的，應該就是懲治鬼怪那一段吧！也就是小狗張嘴咬、猴子抓臉、雉雞啄眼珠、桃太郎斬殺惡鬼的打鬥場面。尤其是一般認爲不算強壯的雉雞，卻也在故事中大展身手，相信給讀者帶來了既新鮮又驚奇的感受。

接著，爲了將打鬥場面描繪得更有魅力，事先強調「鬼怪的可怕程度」會更有效果。或是像鬼島那種令人驚懼的場景，也是展開打鬥前用來增加緊張感的絕佳素材。

因此，關於「決心立下功勞」「漂浮在大海另一頭的漆黑鬼島」和「與鬼怪的打鬥」等場景，盡可能描繪得更詳細比較好。

再來要注意的一點是，將「報恩」與「剷除鬼怪」結合在一起的要素，正是桃太郎的自立。正因爲桃太郎成爲獨當一面的武士，才會踏上剷除鬼怪的旅程、懲治惡鬼，並達成報恩的心願。從老公公和老婆婆的庇護下自立（宣示要剷除鬼怪，並獲得老人家認可、希望他平安歸來）的這一段，是非常重要的場景序列。

基於「結構的強韌性」「資訊的稀有性」「課題的鏡射性」，我試著選出了自己認爲可說明桃太郎故事的十張圖畫。這並不是唯一絕對的「正確解答」，但我有辦法自豪且自信地說明選出這十張的理由。

場景序列C

（出發懲治鬼怪、遇上隨從們）

⑭ 對老公公和老婆婆表明決心的桃太郎

⑰ 在老公公和老婆婆目送下出發的桃太郎

⑳ 給雉雞糯米糰子的桃太郎

場景序列A

（老公公和老婆婆）

② 分別要去砍柴和洗衣服的老公公和老婆婆

③ 洗衣服的老婆婆和從上游漂來的桃子

場景序列B

（桃太郎的誕生與成長）

⑧ 桃太郎活力十足地從桃子裡蹦了出來

場景序列 F
（凱旋與重逢）

㉚ 和老公公老婆婆重逢的桃太郎與隨從

場景序列 D
（前往鬼島的旅程）

㉓ 漂浮在大海另一頭的漆黑鬼島

場景序列 E
（鬼島上的打鬥）

㉕ 桃太郎他們制伏了紅鬼、青鬼和許多鬼怪

㉘ 哭著認錯的鬼怪首領

當然，我苦思許久才選出這十張。比方說，給小狗、猴子和雉雞糯米糰子讓他們成為隨從的場景，分別各用一張圖畫來說明會比較詳細，但要因此刪減其他畫面，又覺得很可惜。這樣的話……給雉雞糯米糰子的那張畫裡，也畫了已當上隨從的小狗和猴子。既然如此，用「桃太郎給雉雞糯米糰子」這張圖，將小狗和猴子含括在內，這就是我的分析判斷。這樣一來，鬼島上的打鬥場面就能描繪得更細膩。

此外，從表明剷除鬼怪的決心到出發為止，之所以用了兩張圖（14和17）仔細描述，是因為那是表現「自立」的場景：擁有個人意志、以口語對大人表明、不依靠大人、踏上自己決定的旅程。做為一篇決心立下功勳的故事，還有以兒童為目標讀者的成長故事，這部分無論如何都要多加著墨，以傳達理念。於是只好犧牲路途上的經過。

當然，這是「古賀史健的桃太郎」，即使你選擇完全不同的十張畫也完全沒問題，重要的是能自豪且自信地說出「為什麼選擇這十張」。

此外，不一定非用桃太郎不可，你也可以用其他故事試著做出「十張圖畫的繪本」。或是在閱讀其他知名傑出的繪本後，試著思考它們「為什麼在這裡安排這張圖」「如果是我，會編排什麼樣的圖」。

不遺漏各場景序列的做法，保障了結構的強韌性；資訊的稀有性，讓「這份原稿之所以成爲這份原稿」；更進一步的話，就是讓讀者實現「有如置身其中」的課題鏡射性。若能以繪本爲出發點，思考自己的取材內容（分母），在建構能力上想必會有長足的進步。

以圖畫思考結構的理由

順便做爲複習，接下來看看以圖畫思考結構的優點。

以我個人的情況來說，結束取材（訪談與查閱資料）準備下筆時，我一向不用太費力就能想好如何建構文章。雖然我從不認爲自己文筆很好，但在建構方面卻有一定的手感與自信；閱讀他人作品時，也是光憑感覺就能察覺到「用這種架構太可惜了」，或「只要這裡更換一下，用這樣的順序去寫，應該會更有趣才對」等等。

舉例來說，擅長數學的人，光是見到幾何題裡的三角形或四邊形，腦袋自然會浮現出應該畫上輔助線的位置，或許就像是這樣的能力、直覺或辨別力也說不定（順帶一提，我極不擅長數學和解謎這方面的東西）。

只是話雖如此，要是以「這是直覺或辨別力的問題」來結束討論，就會變成既無法教導他人，自己也沒辦法用言語解釋爲什麼會是這種架構。再三思考自己不至於爲了建構文章而苦惱的原因，最後終於找到的線索就是圖畫。

對於文章的建構，我極度傾向圖像式思考。

簡單來說，我思考的不是「這段要說什麼」或「如何展開論述才能充分表達」，而是「這個場景要描繪什麼」或「接下來攝影機應該從哪裡拍攝什麼」。幾乎潛意識就是以場景和場景序列為單位去思考架構，將文章當成攝影工作來構思。

這很可能與我從國小到國中一直在畫漫畫、從國中到大學又以電影導演為志向，並觀看很多電影、廣泛閱讀電影相關書籍、致力於獨立電影製作的經驗有關吧。

基於這樣的判斷，有一陣子我會鼓吹年輕寫手：「多看電影！」「用導演的心情觀看，不要錯失電影的每一分每一秒！」「讀很多傑出的漫畫，藉由分鏡技巧學習建構！」也推薦他們閱讀《實用電影編劇技巧》（希德·菲爾德著）、《如何欣賞電影》（詹姆斯·摩納哥著），還有前面提過的《眨眼之間》等電影製作的相關書籍。

可是隨著與年輕寫手交流的機會增加，我得到了「藉由電影學習建構（編輯）文章幾乎不可行」的結論。就算觀看幾百部製作完成的電影，還是接觸不到「被捨棄的膠卷」。而且電影號稱是時間的藝術，要在影片播放時間內仔細記住所有場景和鏡頭非常困難，導致最後不得不靠著微弱模糊的印象在記憶中反芻。做為思考文章結構的教科書來說，電影其實是極不友善的媒體。其中有許多重點，如果不是自己實際上拍攝過（有故事性的）電影並進行剪輯的話，根本難以理解。

經過這般迂迴曲折，我終於明白最棒的教科書就是繪本。

繪本很簡短，用大家都懂的字句內容編寫而成；它不是會流逝消失的時間藝術，而是以印刷品形式固定下來的媒體；輕易就能反覆閱讀，可以揣摩書上的字句，一次次深入思考。繪本還同時保存了「繪製成圖的東西」和「沒畫出來的東西」，將故事文本與精挑細選的圖畫並列。我可以斷言，要學習如何建構文章，沒有其他媒體贏得過繪本。

例如剛才挑選出來的十張桃太郎圖畫。

即使是同樣那十張，光是改變先後順序，就會產生一些有趣的效果。

我自己也一樣，相信大多數人挑選的第一張應該都是「老公公和老婆婆的家」或「分別要去砍柴和洗衣服的老公公和老婆婆」。以時間序列來看，這是極為恰當的選擇。只是這樣的故事開頭實在很平淡，甚至可以說有點無聊。

要是突然將「桃太郎活力十足地從桃子裡蹦了出來」安排在第一張的話，會怎麼樣呢？做為引導讀者進入故事的第一張圖，這是非常具衝擊力的。對於頭一次接觸桃太郎故事的兒童來說，這樣的開頭想必會讓他們大吃一驚。不過要是這麼做，時間序列當然會變得很奇怪，所以有可能得將老婆婆在河邊洗衣服的圖畫安排在第二張，「其實，那天早上，當老婆婆在河邊洗衣服時……」像這樣插入一個回顧的場景。在電影或漫畫的世界裡，也經常能見到將高潮放在開頭（但不提及結局），再由此回顧日常平靜詳和的場景。

將這樣的概念轉換爲寫手的原稿時，將發展出如同以下這段短文的架構。

「當時每天都想著要退出。覺得自己已經完蛋了。」

以日本足球代表隊「永恆的王牌」身分活躍的○○○選手，六年前在日本職業足球聯賽開幕賽中，因對方後衛鏟球，導致他的右膝受到強烈撞擊，當場被送往醫院。經詳細檢查後，診斷爲右膝前十字韌帶斷裂。儘管緊急手術順利成功，接下來要面對的卻是長達一年半孤單且艱苦的復健生活。終於完全康復的現在，他以平靜的口吻述說「噩夢般的一年半」裡幾經挫折絕望的心境。

將具衝擊性、強而有力的心聲放在最前面，接著再說明這是誰的發言、源自什麼樣的脈絡，並依時間序列回溯經過。如果能以「圖畫」或「場景」的概念去思考取材得來的見聞，應該就能像這樣浮現出許多不同的排列組合。反過來說，單純當成一般語句來思考對方所談論的內容時，很難想到什麼大膽創新的架構。

關於前面選出的十張圖，如果現在讓你「再加三張」，又會是什麼狀況？要努力縮小範圍、從三十張圖選出十張，想必是相當痛苦的決定，想必讓你有極度受限、不自由的感覺；像是「這樣沒辦法完整說明故事內容」「至少要二十張才夠」等等。但在選出十張後，又聽到可以再加入三張時，你的感覺如何？是不是覺得可施展的空間變大，不論要將桃太郎的故事說明得多詳細，似乎都不成問題，感到無比「自由」？儘管當初心中的想法是「希望有二十張」，但現在是不是反而覺得十三張圖就足以完整表達這個故事？

這樣的自由，正是先將寫作這件事縮小範圍到極限、鑽出「不自由」的隧道後才能獲得的。先以繪本的概念穩定骨架，接著有如賦予血肉般充實內容並加以塑型。所謂的建構，確實可以用這樣的想法進行。

公車要往哪裡去？

本章的最後，為各位介紹一段有意思的故事。

《桃太郎》是非常有名的兒歌。如同桃太郎的故事，這首歌也可說是大家相當耳熟能詳的童謠之一。不過要是認眞看一看歌詞，就會發現它的架構實在很大膽。

《桃太郎》（作詞・不詳／作曲・岡野貞一）

1

桃太郎　桃太郎
你掛在腰間的　糯米糰子
給我一個吧

給你吧　給你吧
我要出發討伐惡鬼
與我同行　就給你喔

走吧　走吧
跟著你到天涯海角
當你的隨從　一起走吧

2

前進呀　前進呀
一舉攻入　攻破它
徹底擊潰　鬼之島

眞有趣　眞有趣
鬼怪都不留　全部都制伏
戰利品用力搬　嘿咻咻

萬萬歲　萬萬歲
同行的小狗、猴子和雉雞
奮力推車　嘿咻咻

如果剛剛確實進行了「用十張圖說桃太郎故事」的練習，也具備了場景序列與場景的視角，這些歌詞想必會讓你目瞪口呆。這首兒歌裡的桃太郎打從一開始就是以「桃太郎」的身分存在——不提從桃子裡出生的事，單純就是個腰間掛著糯米糰子、要去征服鬼怪的武士。在第二段歌詞中，除了描寫對討伐鬼怪一事直呼「眞有趣、眞有趣」的心理狀態，也有關於掠奪寶物（戰利品）的描述。其好戰的程度，幾乎分不清鬼怪和桃太郎到底誰才是壞蛋，忍不住讓人憂心這首歌會對品德教育帶來不良影響。

只不過，從「應該展示的圖畫」的觀點來看，這首歌是正確的。

桃太郎的故事，就是剷除鬼怪的故事，是一個隨從聽命行事、立下功勳的故事。既不是漂來一顆大桃子的故事，也不是從大桃子裡誕生的故事。終極目標就是要懲治鬼怪與奪回寶物。

至於在故事的陳述上，最好盡早表明「作品的類別與目的地」。這不是我原創的觀點，而是過去採訪過的漫畫家——三田紀房老師（《東大特訓班》作者）所傳授的原則。

三田老師用「公車目的地理論」解釋給我聽。

你在公車站等車，遠方有輛公車開了過來。公車正面的擋風玻璃上方標示著目的地，可能是「往A車站」或「往B車站」。乘客們因此得以安心地搭上自己要搭的車，享受這段乘車時光。相反的，如果被推進一輛沒有標示目的地的公車，一路上想必忐忑不安吧——不知道自己要被載到哪裡去，完全無法安心。

三田老師說，同樣的狀況也適用於剛開始連載的漫畫。

如果是高中棒球漫畫，最好盡早（例如第一集，可以的話在第一篇）就揭示「要參加甲子園」或「要在甲子園取得勝利」的目標。這麼一來，讀者便可安心搭上這班公車。相反的，如果是目標或目的地不明、拖拖拉拉的漫畫（比方說，已經畫了很多集，主角卻一直沒進棒球隊），讀者就不願意上車：「這輛公車真的值得信賴嗎？」「不會把人載到奇怪的地方去吧？」讀者會半信半疑地持觀望態度。這就是「公車目的地理論」

根據這樣的原則去思考，兒歌裡要是沒完沒了地描述桃太郎出生的經過，那就是大錯特錯。要盡快說出主角的名字、標示這部作品的類別、表明「剷除鬼怪」的目標才對。以主角與目標的提示為入口，盡情刻畫打鬥的場景，結尾描述搬運戰利品凱旋歸來的模樣。這樣的歌詞結構可說完全正確。

如同上一章說明的，內容的存在等同於以「解決課題」為目標的過程。

換言之，作品必須具備某些目標（課題解決後的樣貌），而載著我們（寫手與讀者）的公車要開往何處，也應該盡早標示出目的地。儘管這樣的原則未必適用於所有類型的文稿，但還是不要故弄玄虛比較好。因為那種去向不明的公車，誰都不願意搭乘。

第6章

掌握原稿的形式體裁

比爾・蓋茲的心聲

我手邊有一本書。

是比爾・蓋茲於一九九五年出版的《擁抱未來》。書中詳述他自己的成長過程、微軟公司，還有即將到來的資訊革命時代，如今讀來依然十分有趣，充滿新發現。

不過我特別喜歡比爾・蓋茲在〈前言〉提及的內容。對於這本書超過截稿期限一年以上才交稿，他坦承：「思考本書內容，以及撰寫所花的時間，比我想像的還要久。」並回顧：「估算寫作所需要的時間，簡直就和排定大型軟體開發時程表一樣困難。」

究竟是什麼原因讓這件事顯得如此困難？以下就是年輕比爾・蓋茲的說法。

由於我滿喜歡撰寫演講稿的，於是認定寫書應該也差不多是那麼一回事。我天眞地以爲，一章的內容大概就相當於一份講稿吧。這和許多軟體開發者經常做出的誤判完全相同。也就是說，要寫十倍長的程式，就需要複雜百倍的過程與步驟。爲了撰寫這本書，我必須請假，和電腦一起關在避暑別墅裡足不出户。

——《擁抱未來》

的確，很多寫手在雜誌或網路媒體圈有一定的評價，不過一旦換成了「書籍」，卻完全施展不開來。取材應該不成問題，文筆也很好才對，然而一讓他撰寫書籍，就變成一個鬆垮垮的寫手。

其實還不用說到比爾・蓋茲的例子，書籍原本就不是「因爲平日一天能寫五千字，所以十萬字的書只要二十天就寫得完」的東西。如同短跑與長跑的差異、電視廣告和長篇電影的不同、木造房屋與辦公大樓的差距，要運用的肌肉、腦力還有要依循的規則都不一樣。

因此相對來說，也有些寫作者明明可以寫出很有趣的書，短文卻漫無章法；或有些人整理的訪談或對談稿堪稱極品，卻完全沒辦法寫專欄或隨筆文章。不論哪一種，都不是因爲原稿的長度所致，而是擅長的領域不同、形式體裁不一樣的緣故。

目前我將主軸放在書籍，持續著寫手這份工作。

二十幾歲時，我曾以雜誌爲主要工作範疇，也曾從事網路媒體工作；我曾撰寫過訪談稿、對談稿、專欄和隨筆、書評和影評等各種不同形式體裁的文稿，今後想必也會繼續針對不同領域從事寫手的工作。

本章將針對「書籍」「訪談」「對談」「隨筆」這四項，試著整理出我的想法——不是依長度來做區分，而是依形式體裁。

最強大的自有媒體

應該是從二〇一〇年代後半開始的吧。

網際網路相關領域開始提到「自有媒體」這個詞。這是指企業或團體，還有個人所經營（主要在網路上）的媒體。根據說明，經營優質的自有媒體，不但能與顧客有直接連結，也能使顧客產生信賴感、培養回頭客，有助於建立與打造品牌。

的確，相較於電視、報紙或雜誌這些舊有的大眾媒體，自有媒體既自由又直接。而且正因爲是不受任何干擾、由個人或組織自行經營的媒體，才能正確傳達「我」或「我們」的想法。若將個人部落格和社群媒體包括在內的話，「全民皆媒體」的概念將日益發展；不久後，恐怕連「自有媒體」這個詞都將消失。

我是將主軸放在書籍方面的寫手。

過去如此，可以的話，今後我還是想以書籍爲主要工作重心。雜誌或網路媒體雖然也很好，不過還是書籍做起來最有趣。

要問爲什麼的話，那是因爲書籍是最強大的自有媒體，而且擁有無限自由。

不同於雜誌或網路媒體，書籍並沒有必須嚴格遵循的編輯方針；當然還是有編輯人員，只是沒有像雜誌的總編輯那樣，有必須掌握雜誌風格、版面設計和內容的人。換言之，不論是主題、編輯方針、形式體裁、章節架構、文體，甚至連出版的時間點，都可以由寫作者和編輯討論後決定。可以在全書前十頁放進照片，在中間插入漫畫也無所謂，在「書籍」這樣一個完整的包裝中，可以自由地創造一個新世界。如果以雜誌來比喻的話，就像每期都是創刊號一樣。

只不過，若要指明出版業的結構問題，可以說，正因爲「每一本書都像雜誌的創刊號」，反倒顯得編輯部這個組織的功能很薄弱。

以雜誌來說，有它的歷史、特色、編輯方針、應遵守的規範。除了有歷任總編輯和主筆，也有資深老練的編輯，各種知識和觀點以「編輯部」爲單位代代相傳，並能在接受前輩與主管指導的過程中，培養多方面的能力。簡單來說，曾在實力堅強的雜誌編輯部待過的編輯，也會變得很強大。他們已經鍛鍊好身爲編輯的骨幹。

但另一方面，書籍的編輯部卻很難有團隊的傳承。

每位編輯都像獨資企業似的，他們別無選擇，只能模仿自己所看到的方法來製作書籍。前輩與主管也很難用一致的對錯標準，對每個人的做事方法一概而論；因爲書籍的數量有多少，正確解答就有多少，沒辦法硬要其他人只接受唯一解。

由於以上種種原因，每到要製作新書時，許多編輯或寫手就會顯得不知所措。

即使是我，也同樣感到苦惱。因爲我絕不想做出模仿其他書，或只是延續自己過去風格而來的作品。可以的話，我希望每次都能做出眞正的「創刊號」，也總是想破頭：哪裡才能找到這本書最理想的樣貌？事實上，能讓人煞費苦心到這種地步，正好能證明書籍是自由的媒體。

製作書籍時，該以什麼爲指標？

書籍該如何設計才好？

這是一般很少被提及的話題，我們一起來思考吧。

書籍的建構① 如何設計「體驗」？

製作書籍的困難究竟在哪裡？

首先是它的長度和巨大的篇幅。若說書信郵件等日常書寫的文章是畫在圖畫紙上的素描，那麼書籍的原稿簡直就像畫在沙漠上的神祕納斯卡線，連掌握全貌都有困難。既不知該從哪裡著手才好，也可能寫著寫著就不知自己身在何處了。

因此，製作書籍時，先從大綱或目錄這樣的設計圖開始繪製（這裡的「書籍」指的是人文社科、紀實文學、商業財經等「論述某些事項的書籍」）。像是第一章談論這些、第二章介紹這種概念、第三章提出那個話題等等，以這種感覺去規畫。

問題來了。

從塑膠模型到巨大建築物，設計圖可說是作品的命脈。根據草率設計圖製作出來的作品，一定會故障；如果是建築物的話會崩塌，是飛機的話必定會墜落。然而許多寫手或編輯在規畫架構時，卻用「也沒爲什麼，反正就是這樣……」或「總之先這樣吧」的態度，完全交給直覺。像是「反正就先用起承轉合的模式去做做看」「先按時間順序編寫」，或「先講概論，之後再分別展開各個論點」等。

我可以很篤定地說，不論手上有多嶄新的題材、文章表現多傑出，或書中寫著多好多重要的內容，只要設計圖畫得亂七八糟，這本書的魅力就會減半。

這不是寫了什麼的問題，而是「怎麼論述」。如果只重視「寫了什麼」，沒有必要採取書籍的形式，改用論文、社群媒體、雜誌或網路媒體也無所謂。既然採用書籍這種形式，就該以

「只有書籍才能達到的效用」爲目標。

書那麼厚，內容又那麼多，像我這種閱讀速度慢的人，一個晚上連一本書也讀不完是常有的事。書爲什麼要做得這麼厚又長篇大論呢？是資訊量的緣故嗎？要傳達的資訊量就等於書本的厚度嗎？

不是這樣的。書籍的價值不在於資訊量。

不論是資訊的新鮮度、辨識度（易讀性）、複合性（搭配相片或影片、連結至其他文章報導），書籍都比不上雜誌或網路媒體。而且讀完一本書需要相當的時間與體力，就蒐集資訊這一點來說，未免太沒效率。

不過相對的，正因爲全部讀完需要花時間，才可能提供讀者某些東西。

那就是體驗。

而且是貨眞價實、陶醉其中的「沉浸式體驗」。

閱讀有趣的書籍時，我們會長時間投入並沉浸在那個世界裡。外界的雜音就這樣被隔絕，我們看著應該看不見的東西、聽著應該聽不到的聲音。翻頁的手停不下來，讀完的那一刻，覺得自己彷彿已不再是翻開書頁前的那個自己。這不是因爲腦中輸入了有用的知識。「讀完一本書」這件事本身是項不可逆的體驗，也因此，經常誇大地用「讀破」來形容讀通一本書。書籍，就是用這樣的厚度來提供「沉浸式體驗」。

只不過，就算有厚度、擁有書籍的形體，未必都能產生體驗。甚至可以說，大多數書籍都在沒被讀完、沒能提供沉浸式體驗的情況下，就被讀者擱下不讀了。為什麼？

這完全是設計圖的問題。因為在繪製設計圖的階段就已經失誤了：幾乎沒意識到「設計體驗」這件事，關於設計的知識和經驗也都不夠，使得最後完成的並不是一本書，而是大量的文字排列。

該怎麼做才能設計出閱讀體驗？

該以什麼為參考繪製設計圖才好？

仍舊要參考電影、漫畫或小說之類的嗎？

很遺憾的，這些都無法成為參考。不論電影、漫畫還是小說，全都是有人物角色的故事，在體驗的基本結構上並不相同。

比方說，我們閱讀一本以「佐藤」這名男子為主角的戀愛小說。談戀愛的人當然是佐藤，但讀者在閱讀故事時，就像在揣摩他淡淡的戀心似的，讓自己時而心動，時而焦慮，時而欣喜若狂，又時而絕望。

以結構來說，這是「替代體驗」。

讀者藉由情感投射，讓佐藤的戀情變得彷彿就像自己的一樣，透過替代體驗品嘗戀愛的酸甜滋味。而即使站在支持佐藤的立場，也不會搶先他一步採取行動（或者應該說無法這麼做）。在閱讀體驗的結構上，小說是以「替代體驗」爲基礎去設計的。也因爲如此，爲了順利引導讀者投入感情，塑造一個有魅力的角色便成爲最重要的課題。

但相對的，論述型書籍並沒有可讓人投射情感的角色。

論述型書籍的體驗基礎不在於藉由主角經歷過的事獲得替代體驗，而是以讀者自己爲主體去感受某些事（大致上來說，就是獲得知識），與電影、漫畫和小說的基本概念完全不同。

那麼，設計論述型書籍的結構時，要以什麼爲參考才對？要用什麼意象去描繪設計圖？

我想提出的建議，是參考百貨公司的樓層設計。

百貨公司不單單只是大型賣場，其中具備了只有在那裡才能獲得的「體驗」，並基於這樣的體驗去「設計」與安排各樓層中的「內容」。我認爲，只要分析百貨公司的樓層配置、回想自己曾從中獲得的體驗，繪製書籍結構設計圖時，也就不會感到迷惘。所謂的書籍，是幢巨大的建築物，是內容的百貨公司。

書籍的建構②　各章節該如何設計？

請各位回想一下百貨公司。

不是巨大的超級市場，也不是郊外的購物中心，更不是影城或劇場裡附設的複合式商場，而是那種最傳統最典型的百貨公司。或許有許多人認為百貨公司已經退流行了，不過如果要思考書籍的結構設計，百貨公司的樓層設計是最佳範例。為方便起見，這裡將共計六章的書籍比喻為六層樓高的百貨公司，以協助大家進行思考（請見圖9）。

第一章：化妝品與精品

你正站在百貨公司的大門口。

穿過大門進到一樓，眼前是什麼景象呢？

以白色與金色為主調的奢華裝潢，燈光比一般樓層更明亮，全球知名的精品與化妝品專櫃一個接一個，富麗堂皇。映入眼中的除了華麗，還有包圍了整個樓層的香水芬芳。即使是與化妝品或精品扯不上關係的我，站在百貨公司的一樓，精神仍不由得振奮起來。無關乎買不買東西，光是在踏入的一瞬間，一個氣勢強大的異世界就呈現在眼前。

圖9 用百貨公司的概念來建構章節

百貨公司的一樓不只是販售精品或化妝品。比起商品，這裡所販售的其實是「隔絕於日常生活之外的異世界體驗」——事實上，在百貨業界裡，讓那些在一樓深受吸引的顧客能興致高昂地一層層往上、再往上的效果，稱爲「噴泉效應」。

好，現在代換爲書本來想想看。

我認爲，書本的一樓，也就是從前言到第一章的部分，應該要像百貨公司的配置那樣。具體來說，應該要設計出氣勢強大、具衝擊性的效果，邀請翻開第一頁（大門口）的讀者進入「異世界」。

那些出色的遊樂園、美術館或博物館對入口處應該也都有類似的設計，讓讀者（遊客）覺得自己踏入了異世界，瞬間產生「這是什麼地方？」的感受。入口就是作品的門面，是展現這部作品世界觀最初與最後的機會。

另一方面，有些人會把一本書的開場當成「序章」，但其實不是。

沒交代清楚這裡是什麼地方、接下來要展開的是怎樣的內容，反倒故意讓讀者焦急，只顧著自己絮叨地說著最外圍的話題，打算將主菜放在後半場才端出來。這是完全不明示「公車行駛目的地」的開場方式。

即使一樓是最豪華的也無妨，在一樓就闡述結論也不會有什麼問題；倒不如說，就是要這樣。總之，一開始引導讀者進入的時候，就要對他們揭示「異世界」、猛然端出主菜；可以的話，在第一頁就讓人直接體會到「這本書很厲害喔」。所謂的「埋首沉浸」不是慢慢進入狀況，而是在入口處冷不防就開始了。

第二章：仕女服飾用品

接著，想想百貨公司的二樓。

仕女樓層是以百貨公司的主要客群爲對象，同時也是最熱鬧的樓層。在客層與世界觀方面（這部分很重要），也是與一樓有所連接的一個樓層——香水的餘韻說不定還飄散在空氣中。

書本的第二章也應該一樣。

將前一章所提出的主題與世界觀以更具體、更有趣的方式呈現，是全書主要的核心樓層。我認爲，這就是第二章應有的樣貌。不可以故弄玄虛、捨不得展現，而要抱著一吐爲快的心情下筆，才不愧對這個主要樓層。前言、第一章和第二章，必須是一個相互連結的世界。

依循起承轉合這種章節架構，也就是將「最有意思的部分」放在後半段的那種架構，是以四樓或五樓爲主要樓層的百貨公司。一樓展示的是生活用品，二樓是特價品或快時尚商品，三樓總算出現精品與化妝品，四樓開始才是仕女樓層……這樣的百貨公司具備什麼樣的「體驗」嗎？能讓顧客（讀者）沉浸其中嗎？

如果是電影的話，即使從引導觀眾進入情境到前半段的部分有點無聊，還是可以接受。因為觀眾已經買票坐了下來，影片開始放映了，幾乎不會有人因此起身離去；而且到後半段再來一支逆轉全壘打，也不是不可能的事。

但書籍是以店頭翻閱為起點的媒體。

只要在引導讀者進入的部分被判定為「無趣」，比賽就結束了。顧客闔上書本、放回書架，隔天甚至會連自己曾翻過這麼一本書都忘得一乾二淨。就論述型書籍來說，能否順利引導讀者進入就是勝負關鍵，第一章（提出世界觀）和第二章（本文）同樣關係重大。那種從前菜開始上菜的套餐模式，就徹底丟棄了吧。

第三章：男女休閒服飾

等在仕女樓層上面（三樓）的，就是男女休閒服飾與用品，顧客以年輕人為主。因為是不分男女皆可使用的商品，因此常可在此樓層見到情侶的身影；商品價格也較便宜，容易入手，只要花點零用錢或壓歲錢就能買到的商品也很多。相較於二樓，又是一番不同的熱鬧場面。

以書籍來說，這部分應該安排一些「容易上手的話題」。

將前兩章談論的大範圍概念置換成其他例子，像是說明在商業場合將會如何，或試著代換爲個人的人際關係中。也可以嘗試用「在《哆啦A夢》裡看到的◯◯」或「《伊索寓言》中所要思考的◯◯」等大家熟悉的作品來舉例說明。

換個角度來看，這裡就是讓所有人享受購物樂趣的樓層。比起高級華麗的感覺，「自己也買得起＝能力所及」更重要，因此需要一些與讀者密切相關的例證或小故事。從第一、二章延續而來的主旨在此與讀者產生連結，成爲「我自己（讀者）的事」；達到課題共有後，讀起來更是興味盎然。就感覺上而言，到此階段爲「第一部」。

第四章：紳士服飾用品

百貨公司的四樓，是男士樓層。

搭乘手扶梯一上到這層樓，立刻就會發現整個景象完全不同吧？不論是陳列的商品、主要客層、貫穿整個樓層的概念都不一樣。有高級服飾，也有正式的西裝，這個樓層的架構，確確實實是闖入新世界的瞬間。

書本的章節架構也是如此。

到第四章左右，最好切換一下「相機」的拍攝模式——換口氣，從不同視角切入「第二部」，是較適切的做法。

不要只從一個面向觀察目標對象，換個角度的話，會產生什麼變化呢？從歷史、經濟、國際的觀點去看，又會是如何？以不同於第一部的眼光眺望目標對象，展開新的論述。確實面對讀者可能提出的疑問或反駁，並一一給予答覆，也是發生在這個樓層的事。這層樓可說是第二部的起始點，也可說是類似續篇的概念。

第五章：專賣店與室內家居

接著來到百貨公司五樓，是專賣店與室內家居。

既有家具家飾之類的家居用品店，也有高級手表、眼鏡或文具用品之類的專賣店，甚至還有可能出現書店、售票系統櫃點、玩具店等。

專賣店為何會放在高樓層？

成為寫手前，我曾在眼鏡行工作。眼鏡行是個有趣的地方，幾乎很少有客人是無意間晃進來的。根據最保守的估計，至少有七成以上的客人是決定好「今天要配眼鏡/驗光」才入店的：有需要視力複檢的、眼鏡度數不合的、眼鏡框壞掉的……各式各樣的原因。在這些計畫性購物的顧客支持下，眼鏡行才有辦法做生意。

儘管有程度上的差異，但其他專賣店應該大致相同吧。開來無事順路經過，單純因爲看上眼，於是買了只勞力士手表回家的人，就算有，也是極少數。到專賣店購物的人多半是計畫性購物，他們不認爲必須上到高樓層是辛苦的事；百貨公司也很清楚，這些專櫃是「除了計畫性購物的客人之外，會被其他顧客忽略的店家」，因此將它們安排在高樓層。以書籍來說的話，這就是明知會被略過不讀，但仍要安排的章節內容。

寫作一本書，無論如何都會出現涉及專業議題討論的部分。像是佐證的資料、依附在主要訊息（主幹）外面的枝微末節，或是層級稍高的應用與實踐等。

這些內容就放在較高的專賣店樓層吧。能在第四章或第五章論述就很夠了，千萬不要失手放在二樓或三樓；抱著就算被略過不讀也無所謂的心情，將這些安排在高樓層。我認爲，從紳士用品到專賣店樓層就是「第二部」。

如果是從一開始就沉浸在其中、順著章節往下讀的讀者，相信即使這部分的議題論述稍微偏專業，應該還是跟得上——即使是自己無意購買（與自己無關）的高級手表，一樣可以抱著愉悅的心情去欣賞。

以百貨公司的樓層設計來思考書籍的章節架構，我想應該已經呈現出一些意象了才是。

剩下的部分可說是百貨公司的最高潮，也就是餐廳與屋頂。必須到這個階段，才算完成整個閱讀體驗的設計。

書籍的建構③　設計讀後感

第六章：餐廳

關於百貨公司最頂樓是餐廳這件事，我們不會特別覺得有什麼好奇怪的。因爲一直以來所見到的就是這樣，而那裡也讓人覺得是在百貨公司裡享受的「最後一項樂趣」。只不過，關於安排在頂樓的意義，還有顧客因此受惠的部分，且讓我們停下腳步來想想。

比方說，市郊的購物中心裡也會有餐飲店，像是大型美食街、速食店等等。但購物中心在結構上不一定會將餐飲規畫在最高樓層，安排在一樓的情形也很常見。

購物中心的餐飲店是購物的中繼站，是暫時休息的地方。爲了讓顧客能像狩獵般盡情享受購物樂趣，才安排了讓人先塡飽肚子的基地。因此，這裡所提供的餐點主要以速食爲優先，是能快速果腹的東西。

另一方面，百貨公司的頂樓與速食店並不相稱。與其說是價格或客層的問題，不如說是串連所有樓層的整體設計理念的差異。百貨公司的餐廳，不可以是吃飯吃得很匆忙的地方；「果腹」的想法根本太荒謬，在這裡就必須慢慢品嘗美食才行。

這是因爲百貨公司的餐廳在提供「美味餐點」的同時，也提供「談心的時間」；從一樓到二樓，從二樓再到三樓，讓那些在各樓層享受購物樂趣的顧客能一起回味今天的購物時光：「今天眞的好開心喔！」「你在那個專櫃試穿的外套明明就很好看！」「等一下再回去看看那個吧！」這就是最頂樓的餐廳所要提供的服務。

可以的話，希望一本書的最後一章也能是如此樣貌。

彷彿與共度長途旅行的好友對話，在這一章回顧前面種種論述，並再次確認目前爲止所花的時間並非白費，而是有意義的；然後，如同餐廳所呈現的樣貌，在這一章提供與前面其他樓層全然不同的價值。當這一切都兼備了，就是最理想的最後一章。

就寫作者來說，寫到最後一章時，精神與體力都即將到達極限。由於該說的內容似乎都說完了，實在很想快點寫完放鬆一下，於是「總結」很容易流於曖昧模糊，心不在焉地說些有關「未來」或「今後」的建議，草率了事（最後一章很容易以「未來」做總結，這正是受限於時間序列概念的明證）。

可是各位要知道，這種拙劣的做法將糟蹋前面好不容易營造出來的體驗。最後一章應有的樣貌，必須以第一章到第五章的論述爲立足點，才能進入更高層次的討論。百貨公司的格調取決於餐廳樓層，一本書的厲害程度就由最後一章來決定。

後記：屋頂

接著是百貨公司最後一個地方：屋頂。

古早時期，有些百貨公司會把屋頂設計成小型遊樂園，現在則大多做爲綠意盎然的空中庭園，種植一些樹木或草皮，可能還有人工造景，或設置露天咖啡座等等。

百貨公司藉由庭園的設置提供了什麼？

話說回來，百貨公司到底爲什麼要開放屋頂的空間供客人休息呢（我實在不認爲這對銷售額會有多大的貢獻）？

正是爲了「體驗」。

在屋頂上等待著顧客光臨的，有藍天，有微風，還有可以眺望的景觀。百貨公司多半位居各城市的精華地段，是極少數可以感受天空的遼闊、吹吹風的地方。百貨公司的屋頂就是這樣的地方。事實上，逛完全部樓層、一走出屋頂時，那種獲得解放的感覺遠超乎我們的想像。這是讓之前所見的景色煥然一新的地方。

所以一本書的後記，理當是「讓讀者欣賞新景致的場所」。

當一趟閱讀旅程到了最後，回過神來才發現竟已來到這麼高的地方，感到驚訝之餘，一眼望去盡是令人陶醉的美景。讀完最後一頁，闔上書本抬起頭來，才察覺到此刻的世界看來全然不同。這裡是個讓迎面吹拂的風洗滌心靈，讓讀者神清氣爽、繼續前行的地方。這就是理想中的後記。

我認爲，不論是哪一類型的書籍，只要是一本好書，讀完後都會讓人神清氣爽；而一本讓人神清氣爽的書，必定會人人傳誦、廣爲流傳。在設計上，閱讀後的感受（出口）與引導讀者進入的部分（入口）幾乎同等重要。

以上就是我所構思的「百貨公司理論」。

具體上來說，沒辦法像「第一章安排這樣的內容」或「第二章如此發揮」這樣向各位解說，因爲每本書都不一樣，我自己也總是絞盡腦汁。此外，放入各章節的要素也未必都按照百貨公司理論去進行。事實上，連本書也因爲定位爲教科書，在性質上無法完全套用這個理論。

儘管如此，設計書籍架構時，百貨公司的樓層設計應該有相當值得參考的地方。可能的話，也希望各位實際去百貨公司走走，完整體驗一下整幢建築物——用取材者的角度去體驗百貨公司的樣貌。

比方說，搭乘手扶梯再往上一樓時，最先注意到的是什麼樣的櫃位、販售什麼樣的商品？「好的百貨公司」和「不好的百貨公司」在樓層配置上有什麼差異？每個樓層播放的背景音樂又有何不同？讓顧客歇腿休息用的椅子設置在哪些地方？顧客臉上是什麼樣的表情？是否享受購物的樂趣？請各位參閱百貨公司的樓層介紹和平面圖，實地體驗看看吧。

不過，只要一談起百貨公司理論，幾乎一定會被問到的就是「百貨公司地下樓」的定位。雖然這是與本文無關的話題，還是一併爲各位說明。

我認爲以書籍而言，「百貨公司地下樓」是「文宣廣告的內容」，也就是書籍正式販售前後，在報章雜誌、網路媒體等刊載的相關訪談或試讀內容。

這些東西確實會招來很多客人，（看起來）很熱鬧。不過就如同實際上的百貨公司地下樓，顧客從這個樓層往上移動，並到達眞正購物的階段，其實需要跨越相當高的門檻。地下樓層再怎麼樣五花八門（文宣廣告的充實），也塡滿不了整間百貨公司。

訪談稿① 人物描寫比資訊更重要

接下來，思考一下訪談稿的相關事項。

這裡所謂的訪談稿，是寫手的提問與受訪者的回答交互穿插，以問答形式寫成的原稿。由於容易閱讀，可算是雜誌或網路媒體文章的主流。

相較於其他形式（例如「聽寫」或「記錄」這種以受訪者爲第一人稱的書寫方式），訪談稿最大的不同在哪裡？

在於寫手的存在感。

訪談稿中，會寫出身爲聽者（提問者）的寫手所說的話。至於受訪者（以下暫用「山田先生」爲例），並不是只顧著說自己想說的話，而是「回答對方的提問」。問答即是訪談的基本形式，訪談中的山田先生與其說是自主式的論述者，稱他爲「受訪者」更恰當。

正因爲如此，於是許多寫手開始思考。

他們會想，訪談時「問些什麼」是很重要的。此外，提高問題的精確度、確實問出讀者想知道的內容，再將這些整理爲淺顯而簡潔的文章，就是寫手的任務了。

不過很抱歉，這是完全不懂訪談稿眞實樣貌的人才會有的想法。

請站在山田先生的立場想想看。

我再重複一次，山田先生不是「說自己想說的話」，是「回答寫手的提問」。如果用餐點來打比方的話，就像來到一間無菜單料理餐廳：不是自己決定想吃什麼，而是只能吃對方端上來的菜。且不同於正式餐廳，自己很可能明明想吃肉，對方卻一直端魚上來；或是想喝碗熱湯的時候，卻來了冷冰冰的沙拉，甚至出現自己不敢吃的東西等等，各種狀況都有。有時眞會讓人氣得牙癢癢的。

自己根本沒點菜，只是將端上來的菜都吃個精光，還要盡可能將所有的菜吃得津津有味。因爲要是不那麼做的話，難得的這場飯局就會吃得很掃興，一生一次的機會將因此被糟蹋了。這場訪談對山田先生而言，就是「將所有上桌的餐點都吃得津津有味」的飯局。

接著，站在讀者的立場想一想。

基本上，訪談稿是使用口語去寫的。爲了傳達當下的氛圍，常會用到「（笑）」或「！」之類的表現；很多時候還會附上取材時拍攝的照片，可以看到受訪者的表情，使得讀者與山田先生之間的心理距離變得很近，彷彿對方就在眼前說著話似的。比起用條理分明、硬邦邦的敘述句書寫，更能讓人感受到眞心與原有的樣貌。

訪談稿的易讀性，就在於口語的親切感、透過對話形式爲文章進行帶來的奧妙、彷彿共享一段時間與空間的臨場感，以及眞實性。

以上這些無關寫手的能力，而是訪談這件事本身在結構上的特色。明明沒能說出自己眞正想說的話（沒被問到），卻讓讀者誤認爲所說的全都是「肺腑之言」。訪談稿這種形式，一反其易讀性，意外有著複雜與矛盾之處。

如果是這樣的狀況，訪談稿的目標是什麼？

是察覺對方「想說的話」，確實問出個所以然嗎？

不是的。那種事根本辦不到。認爲「辦得到」的那種想法，是寫手的嚴重傲慢。我心目中的訪談稿目標是「讓讀者成爲受訪者的粉絲」。

讀完後，不只獲得了一些知識或資訊，還要讓讀者喜歡上受訪者。與其說是讓讀者認同「對方言論的正確性」，更著重於對「受訪者的態度和樣貌」感到親切有好感。這便是寫手（提問者）的職責所在。

據說，作家馮內果在美國藝術文學院進行演講前，曾聽見鄰座的院長表示：

「沒人會問你打算說些什麼。」院長斬釘截鐵地說。「人們幾乎很少對演講眞正的內容感興趣。他們只是想透過你的語氣、動作或表情去摸索你是不是一個坦率正直的人。」

——馮內果，《此心不移》

事實上，訪談稿也一樣。

比起「談論什麼」，讀者閱讀的其實是另一個面向：「這個人是什麼樣的人？」在以口語說明、回答提問的訪談中，山田先生的坦誠、認眞、理解力、機智和幽默都將如實呈現出來。這正是發揮了「將所有上桌的餐點都吃得津津有味」的能力，甚至說展現出其品格與個性也無不妥。

因此，在訪談稿中，人物的描寫比資訊更重要。正因爲具備「這個人很有趣」或「這個人所說的話可以相信」的部分，個別的內容才得以傳達。

接下來，我們來看看整理訪談稿時，具體上要注意的重點。

訪談稿② 不要害怕過程中的「脫稿演出」

這裡要稍微回想一下第2章的內容。

不論是什麼樣的採訪，都會有個主題。

基本上，只想腦袋空空「聽對方說就好」的這種訪談並不存在，只有計畫好「要提問『這件事』」才叫訪談；即使是「今天不特別設定主題，就像閒聊一樣」，也是在「不特別設定主題」或「閒聊」的主題下進行。

只要有主題，必然有該問的事。如果淨說些與主題不相關的事情就草草結束的話，整個企畫就走樣了。

此外，由我（而不是其他任何人）進行訪談時，一定會有自己想問的問題；即使與主題沒有直接相關，但無論如何就是想問。如果沒有這種提問的話，就是失格的取材者，這場訪談也會變得沒有意義。

在「該問」和「想問」並存的情況下，必須小心謹慎。如果你是提問者，會將重心放在該問的事，還是想問的事？

大多數的人應該會回答：「整體來說，先從該問的事開始，再看時機提出自己想問的問題。」也就是在這場名爲取材的遊戲中，握有「想問」這張王牌。我在第2章〈切換提問的主詞〉一節也說明過類似的狀況。

不過這裡有個很大的陷阱。

當你將自己想問的問題安插在取材過程時，會讓整場訪談變得越來越像套口供。心中老想著該怎麼將話題轉過去，變成一場只圖自己方便的訪談。到最後，爲了讓對方說出「自己希望對方說的事」，還會「貼心」地（而且幾乎是下意識地）一一清除障礙，以達成目的。

有想問之事固然很重要，但不該讓取材變成套口供；換言之，「該問」和「想問」兩者其實具備同等的價值。

根據以上所說的原則，我們再來思考有關整理訪談稿的方法。

假設以「該問之事」與「想問之事」這兩個主軸來整理訪談稿。取材時深知兩者缺一不可，都很重要；寫好的稿件也能保證具備一定的水準，相信讀者應該會認爲這是一場很有趣的訪談，也讀得很過癮吧。

可是光憑「該問」和「想問」來描寫人物是件困難的事。因爲太糾結於想傳達「涵義」和「資訊」，而使過程中的對話與討論感覺備受拘束；而且爲了正確傳達資訊，必然字斟句酌，使行文變得十分死板。難得的一場訪談，最後淪爲「站在官方（公司）立場」的「我」所主持、嚴肅拘謹的問答對話。

正因爲如此，取材現場的「脫稿演出」和閒聊非常重要——既不是「該問之事」，也不是「想問之事」。發現訪談無法依原先準備好的計畫進行時，反而要將它當成突破瓶頸、漸入佳境的契機，這是因爲其中必然有「說話時的我」和「眞實的我」。

直到脫離了訪談主題，受訪者才總算獲得自由，得以展現眞正的自我。

另一方面，從意義上來說，所謂的「脫稿」（毫無脈絡根據的內容）其實是不存在的。因爲在話題岔出之前，會出現「這麼說來，你提到的〇〇讓我想起……」或「關於那件事，我想到……」之類的跳板；即使沒有眞的說出口，也必然存在。就算當場沒有察覺，也一樣有受訪者自己的脈絡與關聯性。

如果能在整理訪談稿的階段找出岔題時的脈絡和文章的上下連貫性，將這部分與主軸巧妙連結——也就是讓脫軌的列車回到軌道上，再次以驚人的速度向前疾行的話，讀者也會感到驚奇：「原來那段話竟然可以連結到這部分？」並因此產生情感釋放的作用。

此外，當受訪者讀到整理好的訪談稿時，應該也會表示認同：「對，沒錯。我就是想這麼說！」即使沒察覺到寫手所做的前後文連結，也依然會表示感謝：「你整理得眞好。」當然，只有在訪談中，這些引人入勝的閒聊與脫稿岔題才能描繪出受訪者的眞實樣貌，並產生「讓讀者成爲受訪者粉絲」的效果。

剛剛所說的這段內容有些抽象，以下爲各位整理出重點。

首先，準備好「該問之事」和「想問之事」後，再進行訪談。

「該問」與「想問」二者的價值是相同的，不要讓訪談變成套口供，再怎麼樣也不要糾結於讓對方說出你希望他說的內容。

不用害怕訪談中的脫稿演出，反而要欣然接受。

整理訪談稿時，仔細斟酌岔題時所說的內容和主軸間的接點，找出其中的脈絡，辨識出受訪者在什麼樣的邏輯、什麼樣的契機下導致岔題，並思考該如何與主軸連結在一起。

之後，完整描繪脫軌列車回到軌道的瞬間，以及之後快速且順暢的運行狀況。

基於這樣的意識去撰寫，訪談稿自然而然會往「人物」描寫的方向發展，成爲一篇「只有訪談稿才表現得出來的文章」。

如同第2章所說明的，不可將取材當成面試。因爲面試時不會出現岔題或閒聊之類的火花，也無法透過面試更貼近對方身而爲人的核心。

對談稿① 對談與訪談的差異

接著來看有關對談稿的部分。所謂的對談，即是由兩位來賓進行對話，寫手（或編輯）則從旁協助，讓對談能順利進行。

大致上來說，對談稿與訪談稿是一樣的，但口語的表現更多，是很容易閱讀的文章。取材現場的氣氛也和訪談很相近，所以許多人都認爲這兩件事幾乎沒有差別。

不過，訪談與對談仍有幾項很明確的差異，事先若沒有足夠的認知，這個難得的機會（比如很難碰面的對談者，或是三人的鼎談，甚至是多人座談會）就白費了。以下分成三項重點來說明。

一、不是問答，而是對話

如同前面所說，訪談基本上是以問答方式進行的，受訪者只會「回答被問到的問題」，少有主動提問的情形。

另一方面，對談正如字面所示，是「對話」；既有主動發問的時候，也有被提問的時候，而且大多是針對設定好的主題論述自己的想法。即使擔任對談主持人的寫手或編輯就在現場，也幾乎不可能控制對話的發展；因爲一旦中途打斷或試圖干涉，就脫離了「對話」的範疇，變成「對這兩人進行訪談」。相較於一般的訪談，這種形式的不確定性可說非常高。

二、預期對談者會帶來化學變化

既然如此，爲何還要使用對談這種形式，而不選擇訪談？爲何要冒著不知道會有什麼變數的風險呢？

負責策畫對談的編輯應該是這麼想的：

「那個人和這個人湊在一起的話，一定很有趣。」

「如果讓這兩人談談這個主題，不知道他們會說些什麼？」

「一次就好，很想看看這樣的組合。」

這同時也是覺得「對談很有趣」的讀者感受；換言之，對談的價值就在本身的不確定性，簡單來說，就是預期兩人之間會產生化學變化。「想看看A在對談中展現訪談時不會露出的那一面」「想知道A和B之間的加乘效果會帶來什麼變化」，這就是讀者的期待，也是特地安排對談的原因所在。當然，寫手必須描寫出產生化學反應的那瞬間。

三、以交換為目的

所謂的對談就是對話，大家也預期對談將產生某些化學變化。由這兩點所衍伸出來的第三項重點是什麼？

——對談的本質在於「交換」。

雖然這也可以用來說明一般日常的溝通，但理想的對話不只是一再重複「說／聽」的過程，互相交換知識、資訊、經驗和價值觀，才是對話的本質。有了交換，才會產生化學反應。

日常生活中的閒聊大多是各說各話，並非以交換或互相學習為目的。訪談也一樣。儘管寫手精準的提問可做為引子，但基本上，讓對方充分論述自己所知的資訊才是訪談，受訪者與採訪者之間是投手與捕手的關係，其設定並非交換知識與經驗。

另一方面，對談則是以交換爲目的。藉由交換彼此的知識、經驗和過程中產生的火花以引發化學反應。希望各位能以「交換」或「眞正的傳接球」這樣的觀點重新審視對談與日常生活中的對話。

接下來，我們將根據以上三項重點，具體看看如何整理對談稿——描寫對話，描寫化學反應，換言之，描寫交換的過程。

對談稿②　要重現哪些部分？

一般來說，對談稿是一種在相當程度上「取決於談話者」的作品。同在現場的寫手或編輯能做的事有限，對談的完成度會因對談雙方投不投緣、心情或身體狀況好壞，以及對彼此感興趣的程度而有所變化。有可能聊不太起來，也可能產生很棒的化學反應。因爲無法預測，所以才叫對談；至於現場將有什麼發展，基本上也取決於對話雙方。

儘管如此，整理原稿時，只要注意幾項重點，就會讓內容的價值全然不同。所以請千萬別將「由於對談現場不熱絡，所以寫不出精釆內容」之類的話當成藉口。

一、描寫雙方的關係

對談是由兩人進行，但說不定讀者並不認識他們，或是知道A，但不認識B。因此，對談稿中會安排一段引言（寫在本文之前）以簡單介紹對談雙方，或另設獨立欄位介紹他們的簡歷。

不過，千萬不要就這樣鬆懈。在讀者看來，雙方的關係依然不明確。是從未見過面，還是平常就會碰面的朋友？還是已有好幾年、甚至好幾十年不見的關係？讀者閱讀本文時，是否事先獲知這些資訊，內心的安穩程度是完全不同的。

因此，我常在對談稿的開頭加入能說明雙方關係的字句。

舉例來說，A說：「您好，久仰大名，請多指教。」B則回答：「彼此彼此，我也很期待見到您。」或是A用輕鬆的口吻說：「哎呀～我們有多少年沒像這樣聊了？您好像比以前更活躍了。」然後B笑著回答：「你說什麼呀！我這是窮忙啊！」

光憑這些資訊，應該就足以交代彼此關係了。如此一來，讀者便能帶著「他們竟然從未見過面，這倒是讓人挺意外的」或「原來他們很久以前就認識了」的前提繼續往下讀。在雙方關係不明確的狀況下就開始對談，會在無形中給讀者帶來壓力。即使是一句「初次見面」也好，最好盡早描述對談者的關係。

順帶一提，「久仰大名」或「好久不見」這樣的招呼語，往往在正式錄音前就說完了。打完招呼、坐下、說明取材主旨，再按下錄音鍵時，已不會再聽到這些話了。因此，如果沒在對談開始前就先按下錄音鍵，就得確實記住（盡量記錄下來）錄音前彼此是怎麼打招呼的。

二、以兩種不同風格撰寫

對談的雙方，是生長於不同環境、毫無關係，且各自具備特定人格的人；在語言表達上，也必然有其特有的說話風格。

因此，對談稿中必須確實依雙方的風格分別撰寫。那究竟是A說的，還是B說的？文章本身要寫得清楚明白才行。如果是以一般的書面用語去寫，恐怕很難寫得好；畢竟書面用語總是有些呆板，說得難聽一點，就是容易變成單調平淡、沒有特點與個性的文章。正因爲是對談，才有辦法分別依包含口頭禪在內的個人特有風格去撰寫。

撰寫訪談稿時，寫手會以不同的風格區分提問者（自己）與受訪者所說的內容，讓自己的發言盡量不干擾主角（受訪者），選擇禮貌而不凸顯個人特質的寫法。可是一旦遇到對談稿，許多寫手卻會用同一種方式去描寫對談雙方的言談。

請認眞辨識對談雙方的風格。不只是用字遣詞的表現，也要注意他們各自的「聲音」。能從文字上聽得到「兩種聲音」，才是貨眞價實的對談稿。

三、釐清對立點與共同點

對談中，最能讓人感覺氣氛熱絡的，應該是雙方論點一致的時候吧？也就是對談者同意彼此的意見，「是呀是呀！」「就是那樣沒錯！」有如附和自己想法般的場面，讓人感覺心意相通，也可以算是化學反應的一種。

但話說回來，對談原本就不像辯論一樣，目的在於駁倒對方。

更別說許多人本來就很不喜歡起衝突。

即使對方說出有點奇怪（自己不贊同）的論點，也很少毫不掩飾地當場否定，而是一邊岔開話題，一邊試圖找出雙方能達成共識的部分。基於身為對談者的風度修養，並意識到之後會有讀者閱讀對談稿，大家會盡可能避開衝突，試圖讓現場大致達成共識，以維持和諧的氣氛。

也因為如此，完全由表示同意的「是呀是呀！」「就是那樣沒錯！」所構成的對談稿缺乏緊張感、似乎有點客套，對話看起來也往往有種敷衍了事的感覺，有時甚至不免讓讀者猜測：「他們心裡想的搞不好是另一回事？」

如同前面說過的，進行對談的雙方各有其獨一無二的人生與人格特質，是完全不同的個體，也從各自的角度去觀察對談的主題，並有自己的想法，不一定完全贊同另一方的一貫主張。因此，的確會有「或許你是這麼想的沒錯，不過我卻那樣想」的時候。

舉例來說，讓柔道選手與職業足球選手以「奧運」爲主題進行對談。雙方都曾代表國家參加奧運，也都是一流的運動選手，想必有些地方是彼此都覺得「是呀，沒錯」的。但擁有世界盃這種舞臺比奧運更大的足球選手，和沒有這種經驗的柔道選手之間，對奧運或國際比賽的想法，應該還是有些部分並不相同。即使對談中不至於大叫：「那不一樣！」至少也會出現「以我們來說的話……」之類，委婉反駁對方觀點的情形。

描寫這些對立或差異點，就是描寫進行對談的人物。

不論是誰，與其他人之間都會有相似處，而且受邀進行對談的雙方，相近的地方或許更多也說不定。不過，無論如何都不相似的部分，正是這個人的特質所在。至於如何找出這些部分，則是寫手在撰寫對談稿中要做的工作。

四、描繪時間

這一點也可以套用在訪談稿上：對談稿中有著「時間」的流動。

一開始，彼此可能會用「久仰大名」或「好久不見」這種略顯拘謹的寒暄。漸漸聊開之後，就會開始摻雜一些眞心話和玩笑話；接著熱烈地討論，最後依依不捨，相約下次再會，結束整場對談——時間如此流動的過程，就是訪談或對談稿的內容。能巧妙描寫時間流逝的經過，文章才會生動，也才品味得到訪談或對談的奧妙之處。

這種時候，讓人最容易從中解讀的，就是用詞的變化。

尤其是頭一次見面的雙方對談時，都會很注意用詞夠不夠禮貌；但在某個轉折點後，便開始出現較親近、輕鬆的語句。例如原本都用「是的」或「確實是」來搭腔，突然變成以「嗯」來回應，或是用「不會吧?!」「天啊！」來表示驚訝；明明該用「這是眞的嗎？」來反問，卻出現了「眞的假的？」這種親近的口吻。

這些用詞表示彼此關係升溫了、距離拉近了，也是由衷表達自己的情緒。因此，當這些字句開始出現時，讀者也能從中感受到「時間」的流動。即使只是一個回應對方的「嗯」，也能道盡隨著時間經過，雙方漸漸敞開心胸等狀況。

五、描寫交換的瞬間

對談本質之一的「交換」是什麼？

我認爲，最理想的交換是互相學習。對另一方的人格特質、經驗、價值觀懷有敬意，並用心想從對方那裡學到些什麼。而且不只是單方面的，是互相學習。那才是有意義的交換。

所以，如果A和B只是互相論述個人想法，這樣的對談價值就很低。簡單來說，各自回應對方時，如果出現了「原來如此」或「很有意思」的語詞，這場對談就可說是達到了互相學習的理想境界。

重要的部分在於，假設B對A的發言給予「原來如此」或「很有意思」的回應，閱讀到這裡的讀者也會同樣展現出學習的姿態。他們會透過B的態度了解到「這段話很重要」或「這是在其他地方很少被提及的寶貴內容」。如同B體驗到了學習，讀者也透過閱讀帶來的替代體驗樂在其中。打個比方來說，就像說相聲時，其中一方吐槽說：「搞什麼！」大家便知道那裡是笑點一樣的概念。對談要是成了「兩個了不起的人對讀者高談闊論」的話，讀者便無法得到替代體驗。

在意識到「這裡是值得向對方學習之處」的情況下，重聽錄音檔中對談雙方的對話。比起表示同意的部分，更要將注意力放在「原來如此」「很有意思」這種意味著理解認同或佩服的應答上，用心描寫彼此在這前後「交換」的內容，全力提升唯有對談中才得以凸顯的價值。

對談現場難以控制，整理對談稿的難度也比訪談稿更難。如果能寫出精采有趣、生動鮮明、彷彿可聽見雙方聲音般的對談稿，這樣的寫手應該可說是實力堅強。請各位務必多多閱讀傑出的訪談和對談稿，找出自己想效法的寫手或訪談者。

隨筆① 專欄和隨筆有何不同？

接下來，思考有關隨筆的部分。

身爲取材者，將個人想法一一仔細寫成隨筆，似乎超出了「寫手」的概念。一般的隨筆並不會特別進行取材（訪談或文獻調查），而是撰寫自己身邊發生的事或內心的想法。因此，從寫手的定義來看，隨筆很明顯不是他們會寫的文類。

不過，所謂的隨筆絕不是「將個人想法一一仔細寫下來」。不如說，若不具備取材者的基礎，就無法寫出隨筆；而一名傑出的隨筆寫作者，毫無例外的，必定是優秀的取材者。

那麼，隨筆到底是什麼？

爲何撰寫隨筆也需要取材？

要回答這個問題，先從它與「專欄」的差異來探究應該比較快。專欄與隨筆經常被混爲一談，也少有論述是從寫手的角度（或撰寫時的認知與態度）來辨明它們之間的差異。

先問大家一個問題：當你聽到「專欄作家」與「隨筆作家」的頭銜時，腦中分別浮現出什麼樣的形象呢？

聽到專欄作家時，聯想到的是不是較男性化、有點挑剔難相處、顯露出某種知性氛圍（較負面的說法是做作）且語帶嘲諷的人？相對的，一提到隨筆作家，可能就會想到較女性化、感受性較強、容易親近、有趣等特質，似乎是有點不拘小節的人。這樣的描述當然沒有經過問卷調查，但我想，從這兩個稱呼給人的印象來看，應該不會差太多。

有一種文類稱爲微型小說，指的是內容比短篇小說更短的小說；以此爲參考，我將專欄視爲「微型評論」。不必像報紙社論或論文那麼費勁，而是做爲報章雜誌中一個評論事物的文章欄位，這就是專欄。如同從「評論」這個說法可以理解的，專欄就是以自己以外的人、事、物、社會現象，尤其是時事話題爲評論對象。

另一方面，隨筆（essay）也可說是「散文」或「隨想」。就語意上來看，所謂的「隨」指的是自由隨興。換言之，隨筆指的是「自由且隨興記錄下來的東西」，而隨想則是「自由且隨興思考與想像的內容」。由「想」這個字可以知道，這些內容主要在描寫自己的內心——多半是因接觸外界事物而使內心產生的變化。

用更容易理解的方式來說明。

所謂的專欄，是「將他人牽連進來的文章」。

儘管沒人要求他，卻使勁地投入深究，對目標對象品頭論足、發表自己的論述。這種「多管閒事」就是專欄作家的工作。基本上，許多專欄作家都是「不請自來」、興沖沖地一頭熱，將對方拉進「本大爺的世界」裡的好事之徒。儘管條理清晰，卻是以獨斷、偏見、主觀、直覺或個人好惡為基礎進行論述。這樣的論述只要是在「本大爺的世界」裡展開，就算完全以個人主觀去發揮也沒問題，不一定非要正確不可。

相對來說，隨筆則是「受外界牽連的文章」。

正在曬衣服，卻突然下起雨來；打掃房間時，竟在抽屜深處發現從前寫的信；參加同學會，結果過去的班導對自己說了這樣的話……以輕巧的筆調描寫日常生活中不期然被捲入的一些瑣事，以及從而產生的內心變化，就是隨筆。

透過這樣的思考，相信各位也能了解專欄作家與隨筆作家在形象上的差異。興致勃勃地對時事話題說三道四、展開「本大爺的微型評論」的專欄作家，看起來似乎總有那麼一點刁鑽、壞心眼、愛挖苦人。然而只要是「評論」，就不能只是論述主觀想法，加入客觀事實的同時，也要如論證般解讀被評論的對象；不但需要具備一定的知識，也必須提出新的觀點，像是「或許大家如此看待這件事，我的看法卻是這樣」之類、屬於執筆者獨到的見解（資訊的稀有性）。也因此，顯得知識涵養豐富的同時，卻又給人一種彆扭古怪且做作的印象，也是無可奈何的。

相對於此，受外界牽連式的隨筆作家就不一樣。身為敘述者的「我」，儘管期待生活盡可能平靜安穩，卻不知為何，總是遭受某些事件或爭端牽連。不以高姿態蔑視自己所觀察的對象，甚至可說是置身於較低處（基於扎根現實生活的想法與態度），從那裡去論述「受牽連的我」。描述的對象都是與日常生活相關的景象，讓讀者感覺容易親近且饒富興味。受牽連的始末（很多時候是一場鬧劇）總是給人一種冒失、粗枝大葉的感覺。

各位是否大致上理解了專欄與隨筆的差異？是否能想像或了解自己想寫的是哪一種？適合哪一種？一直以來將重心放在哪方面？關於專欄，只要切入點精采有趣，某種程度上來說都是行得通的。即使是犀利刻薄的口吻，也能受到歡迎，而且只要進行「本大爺的微型評論」就可以了。接著，我們來看看撰寫隨筆時的重點。

隨筆② 由情緒性文章到感受性文章

目前為止，本書不斷強調「邏輯」的重要性到近乎執拗的地步。但隨筆中的邏輯並不是那麼重要。文章要是寫得支離破碎，確實很傷腦筋沒錯，不過隨筆這樣的作品完全不需要依序一一論證自己的立論主張。能更悠哉且自由地變化，正是隨筆的魅力所在。

這樣的話，隨筆該以什麼為準則去撰寫才好？

百無聊賴下，興之所至拼湊寫成的就叫隨筆嗎？那樣子寫出來的內容能使讀者愉悅滿足嗎？就算可以，應該也僅限於極少數的天才吧？

正因為沒有邏輯這個軸心，要寫出「讓人想閱讀的隨筆」才更困難。光是仔細認真所撰寫（以個人之事為核心）的隨筆，並無法讓自己以外的其他人讀得津津有味；就像別人對我做的夢不會感興趣一樣。

因此，我想提出一套自己的準則，供各位參考。

首先，請思考「合乎邏輯的文章」（以論文或評論為典型）的相對概念。想想「理性／邏輯」的相反詞是什麼？如果你想到的是「感性」，那就要小心了；如果想到「情緒化的」，就更要注意了。

確實，情感方面的用語擁有強大的力量，相當具感染力。哭了、笑了、生氣了、開心、悲傷、發怒、寂寞……圍繞在喜怒哀樂等情緒上的用語，能直接傳達寫作者的心情，而且越直接，越容易得到讀者的共鳴。強調「賺人熱淚」的電影宣傳、在綜藝節目中安插觀眾和工作人員的笑聲，還有社群媒體上各種「爆紅」「炎上」或網路論戰等，它們的架構都一樣，就是利用情感／情緒容易散播（也就是引發共鳴與反感）的特性。

那麼，袒露自己的情感，也就是將情感抒發出來，會是隨筆的基礎嗎？你所傾吐的喜怒哀樂，會讓讀者讀得興味盎然嗎？

應該不會吧。

理性邏輯的反面並不是感性情緒。

姑且不論字典上的說明如何，我認爲與「合乎邏輯的文章」相對的，是「憑藉感受的文章」。這裡所說的「感受」，可以是直覺，也可以是視覺、聽覺、觸覺、味覺和嗅覺等五感。我是如此看到的、我是如此聽到的、我是如此感覺到的……依據個人敏銳的感官知覺所撰寫的文章，就是憑藉感受的文章，也是隨筆的基礎。

而在這種文章的最底層，有著透澈的「觀察」。

並非因爲身爲隨筆作家，周遭才會發生許多特別的事件；而是因爲他們在日常生活中就是一直是個感受性豐富的觀察者（取材者），才會察覺到某些事物。即使是一些連事件都算不上、在他人眼中一閃而過的日常瑣事，他們的心仍會受到撼動；並抓住那僅僅數秒、甚至是一瞬間的波動，再賦予貼切的字句形容。在他們描寫下的這些事物，應該都是許多讀者在日常生活中曾經歷過的，正因爲如此，讀者才會對那樣的隨筆產生共鳴。

另一方面，單純抒發情感的文章不會對任何事進行觀察。他們只在意自己的內心（喜怒哀樂），粗暴地吐出情緒化的字眼，試圖在讀者心裡興風作浪，並打算強行索求他人對「我」的共鳴與認同。另一方面，由於形容喜怒哀樂的語彙原本就少，書寫上很容易變得誇張。比如太想強調「哭了」，結果過分地寫成「號哭」，或是用「因爲淚水而看不見螢幕」這樣的字句欺騙自己、煽動讀者。不可以亂說話，眞要說看不見螢幕，那不過是因爲你閉上眼睛的緣故。

優秀的隨筆作家，不會用這種粗糙的方式來宣泄情感。

對身爲觀察者的他們而言，就連「爲電影感動流淚的自己」也是觀察的對象。他們能以冷靜的態度從旁觀察那個被捲入情緒漩渦裡的自己，並因此感覺難以想像、嫌棄或有趣。

接著，這些隨筆作家會用心描寫自己觀察到的事物（包括自己在內）。不是描繪偏向「意義」的抽象畫，只是將「我的見聞」寫生記錄下來而已，使那些細膩的情境描寫與心中的意象合而爲一。打個比方的話，就像光是描寫插在小花瓶中的那朵花，便能充分顯露出寂寞之情。不依賴「寂寞」或「孤獨」這種直接訴諸情感的字眼，而是描寫自己心中的意象。

具備可靠的觀察力、描寫力，以及與自己保持一段距離的能力——連「被捲入其中的自己」都能當成觀察對象；不依賴形容情感的語句，而是仔細觀察身邊的世界，與自己時時變化的內心。傑出的隨筆，是要拿著「放大鏡」才寫得成的。

如何看待內容的賞味期限？

剛開始從事寫手工作時，我主要的工作領域是雜誌。

以雜誌（尤其是週刊）而言，資訊的稀有性有很多時候是與「新鮮度」重疊的。在我還是個新手的時候，曾提出一個看起來很有趣的企畫案，結果被已是大叔的主筆（副總編輯）退件：「這種東西連我都知道！去找些我不知道的東西來！」對當時差不多四十出頭的主筆來說，「連我都知道的東西」就意味著「失去了新鮮度」，也就是「不具刊登的價值」。

到了三十歲左右，我將工作領域轉往書籍出版。原本因雜誌字數限制而不能寫的內容，一旦換成書籍，就可以盡情地寫。而且不同於雜誌在新一期出刊後，舊刊便會從書店消失的情況，書籍會一直留存下來。基於這樣的想法，我轉換了跑道。

令人困擾的，是內容的賞味期限。

週刊雜誌要求的是以「本週讀者」爲對象所撰寫、「本週限定」的內容。另一方面，書籍看的不是本週或下週，而是必須看準明年、甚至後年的讀者取向才行。簡單來說，儘管「目前這樣的甜點在高中女生群組裡很夯！」可以當成週刊的企畫案，卻沒辦法成爲書籍的主題。因爲書籍要製作的是品味時間更長，能讓讀者在往後數年、甚至數十年裡反覆閱讀，且具備普遍性的內容。

倘若如此，該以什麼為準則去製作？

相信有很多人認為：「不就是以後可以一直留下來的東西嗎？」然後想像明年、後年、五年或十年後的讀者樣貌，再思考應該創作什麼樣的內容。

當初我也是這麼想。

不過坦白說，這完全是白費工夫。將來的事，不論怎麼絞盡腦汁都不可能知道。

考量內容的普遍性時，要看的不是「未來」，而是「過去」；不是去年、前年之類的過去，而是十年、五十年，甚至一百年前的過去。

舉例來說，我第一次讀到杜斯妥也夫斯基的作品時，對於書中主題「竟然這麼適合現代」感到驚訝，因此認為「原來杜斯妥也夫斯基這位作家是預見百年後未來的先驅」，並自顧自地激動不已。

事實並非如此。

不只是杜斯妥也夫斯基，那些留下經典著作的文豪既不是先驅，也沒有多進步，不過就是「普遍化」。正因為那些作品具備普遍性，所以既能戳中活在現時今日的我們，也能在出版當時獲得眾人關注。即使置身的狀況有所改變，人類攬在身上的煩惱卻沒有以一、兩百年為單位變化。

以《被討厭的勇氣》爲例，當初我在撰寫時，就一心想著要讓它成爲新一代的經典作品。明知會被取笑，但我還是要說，自己只是眞心想做出一本百年後的讀者依然會閱讀的書而已。

具體來說，我做了什麼？

我想像了百年前的讀者群像。想像就算是一百年前的讀者，讀了本書後也能理解並覺得有趣。因此書中完全找不到有關電腦、網路、手機或社群媒體等內容；不只如此，連電視或收音機都沒出現。即使不仰賴那些小道具，一樣可以說明並深入探究人類最根本的煩惱。

此外，也定位爲全世界的讀者都能閱讀，所以不單單提出自己所在的社會特有的煩惱。凡是考試、就業、傳統的價値觀……這些生活裡經常出現的主題也都刻意避開了；敘述的部分也愼重選擇用字，以「目前在我國……」來寫；列舉偉大人物時，選擇的是拿破崙或亞歷山大大帝。儘管不完全是因爲這麼做所帶來的結果，但這本書目前在全球數十個國家翻譯出版，提供使用各種不同語言的讀者閱讀。明確意識到「普遍性」的作品，確實有可能（單純只是有可能）超越時間、語言或國界的藩籬。

我在訪談與研討會中曾被問到，想創作出在市場上歷久不衰、長期暢銷的作品，有沒有什麼祕訣？

可惜的是，恐怕沒有這種東西。眞要說有的話，那就是「想看十年後，先看十年前；想看百年後，先看百年前」，仔細檢查是否使用只有現在的讀者才懂、有時效限制的字句；是不是從頭到尾都在談論有時效限制的議題。接著，不是放眼未來，而是思考那樣的內容是否也能充分傳達給十年前或百年前的讀者。

比起類別，更需要了解自己擅長的形式體裁

對於期待看到寫作技巧的讀者有些抱歉，不過我並不打算在本書中談論「文章的寫法」。幾乎所有人都對電子郵件或社群媒體運用自如的這個時代，不僅任何人都能寫「文章」，實際上也都在寫，透過文書的往返，享有閒話家常的樂趣。所以那些「文章的寫法」什麼的根本不必學，這就是我的基本態度。

本書所探討的對象不是一般的文章，而是作品的「原稿」。我針對具備內容、並與「使讀者愉悅」密切相關的原稿說明自己的想法。而即使是到了第6章已快結束的現在，也完全沒提到具體的寫法，連有關於標點符號的用法都沒談到。只要回顧本章的內容，應該就能明白理由爲何。

因爲原稿的寫法會隨著刊載的媒體或形式體裁變化。書籍有書籍的寫法與架構、訪談有訪談的、對談有對談的、專欄或隨筆更是有各自不同的書寫方式。首先要知道的是形式體裁的特

性。至於考量「寫法」這種文章表達上的問題，則是之後的事了。

本章結束前，再為各位說明一件重要的事。

時常聽到有人建議年輕的寫手們「要找到自己擅長的類別／領域」。像是擅長電腦、美食、時尚流行、財經話題等「如果是這些我很熟悉的話題，就能寫得很好」的領域。

不過我認為，不要以「類別」來評斷自己擅長的領域，而是應該從「形式體裁」來考量。也就是說，類似「寫訪談稿的話，我可是不輸給任何人」「我可以將對談稿寫得很有臨場感」「要製作書籍的話，希望交給我包辦」等，以形式體裁去思考自己的長處。

這是因為，儘管發現自己擅長的類別比較簡單，但另一方面，也很容易被淘汰。

比方說，對於擅長「汽車」的寫手來說，四十年前和現在的買車需求完全不同，摩托車的差異就更明顯了。所謂不想買車／摩托車的現象，正以數十年前無法預見的狀況持續進行中。不論你擅長的是哪個類別，都有可能因為時代轉變，而使得過去累積的強大實力一瞬間變得派不上用場。

另一方面，喜歡訪談、擅長對談，或對製作書籍樂在其中等與「形式體裁」有關的強項，則經得起時間的考驗。訪談的消失、對談的消失、專欄和隨筆的消失、甚至是書籍消失的情況，我想發生的可能性應該很低；而且透過撰寫特定形式文稿所鍛鍊出來的實力，即使要轉換成其他體裁，一定也能活用。

與其具備擅長的類別，更應該確實把握自己拿手的形式體裁。

與其成爲消息靈通的人，更應該當個優秀的取材者。

在本書中，這很可能算是極少數「爲了讓你把書寫當成正職養活自己」的建議也說不定。

第7章

寫作原稿

原稿必備的三項要素

說不定此刻你心裡有種很強烈的感覺，覺得「終於要談到『正事』」了。到了第7章（包括〈序章〉在內，這其實已經是第8章了），總算談到了「撰寫」。在明白合乎邏輯的文章重點、學習建構的基礎，也大致了解對談或訪談等文稿在形式體裁上的特性後，應該可以進入「撰寫」的具體說明。

說到原稿，首要就是必須正確無誤。如果想傳達的事沒有傳達出去，或是用了錯誤的形式去傳達，那可是致命的缺陷，必須重新審視文章的基礎（邏輯架構）才行。

而且原稿必須能誘發讀者愉悅滿足的感受——說得直接一點，就是必須精采有趣。不論寫了多「美好的事物」，如果缺乏使讀者愉悅滿足的要素，就無法讓人閱讀到最後。既無法讓人沉浸其中，也提供不了興奮、感動與閱讀後神清氣爽的感覺，徒然成爲堆疊在一起的資訊。

如同前面也說過的，我認爲寫手是創作者。寫手不是錄音機，也不是清除談話內容裡雜音的清潔工，而是一名傑出的創作者。我甚至認爲，倘若現在的寫手不受重視、別人也不認爲具有這般價値的話，希望能以本書爲開端，改變大家的認知。

然而，寫手並非「藝術家」。儘管是創作者，卻無關乎藝術。這是一項很重要的關鍵。要說與藝術家之間有什麼差異，我們可以說，寫手是「設計者」。

換言之，原稿的存在不是爲了展現自我，其創作的根基裡必有使用者——客戶和讀者。一張滿是尖銳突起物而難以坐下的椅子，儘管可做爲現代藝術品，卻無法成爲商品。同樣的，難以理解、支離破碎、太過冗長或充滿自我陶醉以至於很難整篇讀完的文章，即使能當成一種自我展現，卻稱不上是寫手撰寫的原稿。原稿並不屬於你，它是讀者的東西；不是爲了滿足你自己，而是爲了滿足讀者而寫。

作品的魅力會因主題、出場人物、取材對象或資訊的稀有性等條件而有很大的變化。在此，我想聚焦於「什麼樣的文章能使原稿具備娛樂性，並讓讀者感到滿足」，從文章表現的角度進行討論。重點大致分爲三點：文章的節奏、修辭和故事。

一、節奏

姑且不論內容，有些文章讀起來的感覺就是很棒；還有一些文章，儘管你並不同意寫作者的立論主張，但還是能讀得很順暢。爲什麼感覺很棒？爲何能以舒適暢快的速度往下讀？是因爲文章的節奏良好。

字句、論述的進展，還有文字的排列，確實都開心快活地跳著舞，踏著流暢華麗且毫無滯礙的舞步。不單單只是聲音的悅耳，文章的節奏是由「音樂的節奏」「邏輯的節奏」「視覺的節奏」這三項構成的。這一章將分別詳細探討，以貼近有節奏感的文章本質。

二、修辭

不論是意義多深遠的內容，文章本身不具魅力的話，就無法吸引讀者；既不可能讀到最後，就連閱讀本身都會變成痛苦的事。之所以努力以寫出具魅力又有內涵的文章爲目標，最重要的還是爲了讀者。若要不使讀者感到乏味、吸引讀者，又能讓他們獲得更正確的理解，文章非得要有魅力不可。

至於文章的魅力，大部分是由修辭與故事做爲後盾：以文字（一個字）爲單位來說是「修辭」，以文章（文字的串連）爲單位則是「故事」，各自都很重要。

關於修辭，我想應該不用多做說明吧，總而言之就是要達到「言詞巧妙、善於措辭」的目標，其中又以「譬喻」爲核心。本章將以修辭法中的譬喻（尤其是直喻和隱喻）爲切入點，思考有關譬喻的全貌。

三、故事

要說明一篇文章的故事看似簡單，實際上卻很難。

比方說「從桃子裡出生的桃太郎率領小狗、猴子和雉雞三名隨從，前往鬼島剷除鬼怪」，這是一般所知道的桃太郎故事；簡單地稱它爲「故事概要」也行。

儘管不同於童話或小說，但寫手所撰寫的實用性文章仍有故事貫穿其中。比如「起承轉合」或「起轉承合」的情節發展就是一例。又或是藉由前一章所說明的「百貨公司理論」所建構的文章，也算是大型故事設計的一個例子。因此在這裡，我們要思考的是與小說或電影不同、但具有魅力的故事設計。

把握這三項重點之後，本章最後會進入「風格」的討論。坦白說，這種技術上的問題既無法不涉及，完全避而不談，也只會讓說明的難度變高；但若是簡單含糊帶過的話，就失去意義了，對吧？所以必須先預告的是，本章很顯然會是本書難度最高的部分。

不過我認爲，只要仔細閱讀，各位一定能心領神會。希望大家務必一起讀到最後。

節奏① 必須朗讀與抄寫的原因

一開始，想先思考文章的「節奏」。關於節奏，最容易明白的就是「音樂性節奏」。什麼樣的文章會讓人們覺得舒服，什麼樣的文章又會讓人感到不舒服？

這原本應該是歸結於個人感受的問題。此外，即使是同一個人，也會因爲閱讀的場合、時間、年齡而造成感覺上的不同。因此考量文章的韻律節奏時，基本上也只能照著「自己覺得舒服的形式」去寫。勉強要設定一個規則的話，反倒有損於原本的節奏。

說到文字的節奏，最常見拿來舉例的就是古典詩歌中的「五言」和「七言」。其實不只限於古典詩歌，這樣的韻律節奏即使在童謠、戲曲、對句/聯、各種標語或廣告文案，甚至流行歌裡都找得到。早在很久很久以前，人們就開始以五個或七個字創造出韻律，而且不知爲何，聽起來就是很怡然自在、容易記憶。對許多人來說，幾乎可說是烙印在身體裡的節奏。

只不過，五言或七言畢竟多用於詩歌（韻文），無法套用在一般實用性的文章上。所以我將決定文章中音樂性節奏的主要因素，分為以下兩點。

一、斷句

大家如果看過以前的古書，就知道古文是沒有句讀的。標點符號廣泛且普遍使用，還是進入二十世紀以後的事。當時的有識之士在看到西方的逗號和句號後，才開始規畫、設計並推行標點符號。

首先，我想要思考的是斷句。

一般來說，所謂的斷句即是切斷「字句的涵義」與「韻律節奏」；而切斷「字句的涵義」就像下面的例句：

A　大富大貴沒有，災難要小心。

B　大富大貴，沒有災難要小心。

一讀就能明白這兩句的意思完全不同。在A句中，沒有的是「大富大貴」；至於B句裡，沒有的則是「災難」。當斷句主要用來「切斷字句的意思」時，多半有個隱約可見的正確解答（或接近正解的答案），用法也簡單易懂。

相對於此，不容易理解的則是切斷「韻律節奏」。

要在哪裡斷句才容易閱讀？在哪裡斷句讀起來才暢快？關於這部分，確實沒有一個明確的規則，全憑寫作者自己的感覺。小說家之中，既有非常愛用標點的人，也有盡量少用的人，沒辦法說誰對誰錯（順帶一提，我自己是用得多的那種）。要說有哪裡需要注意的話，應該是整份原稿的一致感吧。比方說，原稿前半與後半在斷句上的節奏如果不一致，讀起來就會有種不爽快又難理解的感覺。句讀，以樂譜來說就是休止符，以游泳來說就是換氣。文章寫好後，請務必一邊朗讀，一邊找出對自己而言讀起來舒服暢快的節奏。

二、句末的表現

接下來，文章的節奏和句末的表現也有極大的關聯。

就連續的句子來說，如果句末一直重複使用同樣的語詞，除了會破壞節奏，還會給人笨拙的感覺。只是有時候反倒會刻意重複使用同樣的詞語，試著創造出有如打拍子般的節奏效果。例如下面這段文字：

是旅行。現在的我，需要旅行。將所有工作都拋開，要脫離擁擠苦悶的環境去旅行。在遙遠異國的便宜歇腳處，回顧過往的自己、思考今後的自己。那樣的獨處時間，對現在的我來說，就是找回自己。

藉由重複同樣的語詞，會產生一種近似押韻的強烈節奏感。與其說是閱讀一篇文章，更像是聽著演說似的，感覺很舒服。所以「禁止重複」是不能一概而論的。

另一方面，段落結束的寫法以斷定、推測、傳聞為基本。為了慎重起見，分別舉例如下：

・**斷定：**披頭四是史上最棒的搖滾樂團。
・**推測：**一般認為，披頭四是史上最棒的搖滾樂團。
・**傳聞：**有人說，披頭四是史上最棒的搖滾樂團。

這其實和節奏無關，而是和事實的認定有關。斷定、推測與傳聞在意義上是完全不同的。舉例來說，從某人那裡聽來的事情，只能當成傳聞；但如果是自己從各方資料推論出來的內容，用「有人說……」的方式去寫就會很奇怪。又例如天氣預報，也會用「明天北部下雨機率是……」「這個週末各地應該都能享受到陽光」之類的推測語氣，因爲誰都沒辦法斷定明天的天氣狀況一定如何。

但是就明確的程度上來說，斷定絕對是最好的。

這種以斷定爲主的書寫方式，清楚表現出寫作者或論述者要說明的事。語句不會含糊不清，並能有自信地表明一切，這些態度給人的舒服感受自是不在話下，而斷定的表現方式中也包含了「強調」這項因素。在寫出推測或傳聞的句子後，如果再接上表示斷定的肯定句，讀者就能知道這裡是重點，簡直就像用了粗體字去強調似的。

當然，不確定的資訊絕對不能用斷定的方式去表現；此外，如果一直反覆出現以強烈語氣寫成的肯定句，說不定會招致讀者反彈，甚至很可能被人挑毛病。要在文章裡使用斷定的語氣，除了是自己很有自信的內容，也需要充分的取材和其他足以佐證的內容，以及具邏輯性的結構。

此外，還有另一種與斷定或推測不同的寫法。

就是提問。

也就是像「披頭四才是史上最棒的搖滾樂團，不是嗎？」這樣反問讀者的手法。只要聽聽歐美政治家、企業家或宗教人士的演講，幾乎所有人都會像這樣提出反問，然後再自己說出解答。「是○○嗎？」暫且先將球拋給聽眾（讀者），然後再像傳接球那樣，回答「我卻不這麼想。至於為什麼……」後，再往下說明。這種說話技巧是將問題丟給容易處於被動狀態的讀者，試圖讓他們在這個瞬間跟著講者思考、把他人的事當成自己的事，同時也企圖為原本平順的節奏加上變奏。不過這種手法要是用得太多會變得很膩，適度才是最好的。

這一連串內容似乎有些瑣碎。不過接下來這部分很重要。

所謂音樂的節奏是一種生理上的感覺，覺得舒不舒服完全因人而異，所以很難說出「只要這麼寫，文字的節奏就會變好」之類的建議。

而且這種事情很難自學。儘管朗讀是最好的方式，但對於自己寫的文章，我們會自然而然配合自己的感覺去讀。比方說，即使在沒有斷句的地方，也會自動加上換氣點，並用自己覺得舒服的節奏去讀。朗讀時，如果不是用相當客觀的角度去進行，對節奏的改善其實沒有幫助。

所以，在此要推薦各位的方法是「抄寫自己讀起來很舒服的文章」。

不只是閱讀，而是抄寫；不是複製貼上，而是一個字一個字正確地抄寫。最好是手寫，要用打字的也沒關係，總之就是抄寫下來。

這部分經常遭到誤解。事實上，不論你抄錄了多少名言佳作，文筆都不會進步；能藉此提升表達能力什麼的，也根本沒這回事。就算抄寫三島由紀夫的文章幾十遍，也寫不出他那種細膩、順暢而華美的文章。「多多抄寫文章佳作，能提升表達能力」的那種老派說法，基本上當成瞎說就對了。

但真正動手抄寫時，應該會對斷句的位置和所使用語詞的豐富程度感到驚訝吧；應該會發現與自己平常所寫文章全然不同的節奏，就藏在那些細節裡吧。當我們發現，光是一個斷句的位置、一個不同的段落收尾，就會帶來如此大的差異時，說不定還會忍不住因此啞然失笑。藉此察覺「與自己（的文章）迥異的節奏」，並再次確認自己寫作時的癖好與慣用韻律，就是抄寫文章的效果。

抄寫的過程中也包含了朗讀。

抄寫他人的文章時，即使不發出聲音，我們也會在心裡一邊念一邊往下讀。只是一般的閱讀或複製貼上，是不會進入朗讀程序的。

若說風格是「一個人固有的聲音」，那麼斷句就是與聲音連動的「換氣點」。藉由抄寫，明白知名作家的換氣點，將有助於擴大自己「聲音」的範圍。這項建議聽起來也許平庸而老套，效果卻極佳。請各位現在就動手抄寫一些自己喜歡的文章吧。

節奏② 將「兩個B」放在心上

思考斷句的位置，或是琢磨句末與段落結尾的表現，基本上都是以句子爲單位所看到的節奏。用影片來說的話，就是屬於「鏡頭」的層級。

如果以場景或場景序列爲單位的話，又會如何呢？也就是在「文章＝一連串句子」的層級裡，應該也有令人感到舒服的節奏吧？將句子與句子以良好的韻律排列，即是述說技巧高明的文章。

連貫的一整篇文章之所以能用良好的韻律往下走，原因無他，就是其中有「合乎邏輯的節奏」。所謂良好的節奏與文章整體的陳述技巧，也都是因「邏輯」才得以形成。爲了方便大家理解，下面以小學生作文中常見的例子來說明：

這天，我和學校的大家去校外教學。我們去了動物園。動物園裡有獅子和老虎，很威風。長頸鹿的脖子好長，讓我嚇一跳。午餐是在動物園的廣場吃便當。我的便當裡有煎蛋捲、小香腸和菠菜，非常好吃。吃完便當後，我咕嘟咕嘟喝了水壺裡的麥茶。我還分給忘記帶水壺的澤田君。澤田君說了：「謝謝。」也咕嘟咕嘟喝了麥茶。連老師也對我說：「謝謝。」好開心。

這段文章沒有任何難懂的地方，描述的景象也確實浮現眼前，但就是覺得節奏好像有哪裡不太對勁，拖拖拉拉的。與文章內容（去動物園校外教學）無關，讀起來就是給人一種幼稚笨拙的印象。

爲什麼？

因爲所有句子和句子之間都是用「A的連接詞」去連結。

要讓文章繼續往下發展、產生合乎邏輯的節奏，得靠「B的連接詞」。

這些完全是我自創的說法，所以且讓我說明一下。

所謂「A的連接詞」是以and爲代表，用來表示累計（然後、還有、而且）或順接（於是、所以、爲此）的連接詞。

相對於此，可以把「B的連接詞」想成「可是」（but）和「因爲」（because），也就是表示逆接和補充說明的連接詞。

當「兩個B」的其中之一出現在文章裡時，場景就會切換：一個是切斷原有方向、轉入新論點的「可是」，另一個則是深入挖掘當下論述的「因爲」。

在論及文章表現的優劣前，那段小學生筆調的作文之所以讓人感覺無趣，是因爲一直在動物園這個場景，依時間先後描寫的緣故。

舉例來說，在這個場景中，如果用「不過」往下接，發展成「獅子被關在狹窄的地方，好可憐」；再循著「因爲」的脈絡往下：「我想，這些獅子應該也想跟我們一樣，在操場上跑來跑去，不是嗎？」光是這樣，景色就有了變化，文章的節奏感也跟著浮現出來。

合乎邏輯的文章，其基礎有著主觀與客觀的組合。

完全用A的連接詞去接續的文章，不過就是一直在敘述「主觀」（我的感覺），但加入「可是」之後，寫作者就有了其他觀點，相較起來更接近客觀；如果再加上「因爲」，就能進入查證、證明的程序，對客觀的要求更高。循著文章進展，可能也會出現「舉例來說」，或是必須提出類似舉證的情況。

連接詞的深奧程度足以出一本書來說明。

這裡就請各位先將「兩個B」放在心上，提醒自己運用「兩個B」去陳述想說明的內容。想一想，有哪個部分可以接上「可是」？還是可以用「因爲」來接續？如此寫來的文章，必然蘊含著邏輯性，並帶有良好的節奏。

節奏③ 創造視覺上的易讀性

接下來，我想思考的是文章在「視覺上的節奏」。

談論有關閱讀起來很舒服的文章，也就是「容易閱讀的文章」時，有一個格外容易被忽略的事實。

在進入閱讀這項行爲前，一定會先「看」。

我們先看到由一連串文字組成的文章，才會開始閱讀。換言之，文章在是個「讀物」之前，會先是個「觀看物」。

所以報章雜誌的版面設計才會這麼重要。

請各位回想一下報紙的版面。一目了然的設計，透過標題大小、報導的篇幅、相片的配置等，讓讀者一眼知道當天的頭條新聞是什麼，還能一下子就找到自己想讀的報導並開始閱讀；即使是不太有興趣的新聞，也能只透過標題，「原來也有這樣的新聞啊～」在腦中留下概念。雜誌也一樣。讀者一邊唰唰唰地翻著頁，一邊憑著標題、相片、插圖或色彩運用等設定搜尋喜歡的報導。即使是那些飛快跳過的頁面，也能約略有個印象、知道是些什麼內容。這在編輯設計的世界裡，屬於「視認性」④的範疇。

---

④ 視認性（legibility）是指利用形狀或顏色形成鮮明可辨認的圖像。

另一方面，多達數百頁的書籍又是什麼狀況？

不同於報章雜誌，書籍原本就不是以任意瀏覽爲前提，而是設定爲讓人從頭讀到尾的媒體。因此，不僅不太注重能協助讀者瞬間理解內容的視認性，對過度講究的設計又往往敬而遠之——要是每一頁都有不同的設計，反而會讓人感到又累又煩；先別說對理解內容有沒有幫助，妨礙讀者投入閱讀倒是眞的。

網路媒體也是同樣的狀況。

網路媒體開始接連出現，大概是一九九〇年代後半的事。配合以HTML和CSS爲首這些程式語言的發展進化，媒體製作者不斷努力朝著「雜誌網路化」前進——也就是以如同紙本雜誌般自由且具個性的設計爲目標，摸索出融合動畫或音訊的「雜誌二．〇」。

不過，「雜誌二．〇」的夢想並沒有實現。

可能是因爲瀏覽器或手機應用程式的特性（主要是畫面尺寸）吧，儘管技術上做得到的事情增加了，但越是講究設計感，畫面就變得越繁雜，反而更不易閱讀。尤其是各種智慧型裝置的出現，更讓這種影響變得顯著，許多文本取向的網路媒體目前都朝著設計簡化的方向發展。

這些都可說是比起「視認性＝容易發現」，更重視「易讀性＝易於閱讀」的設計。報章雜誌注重「視認性」，書籍與網路媒體則重視「易讀性」。各位只要大致上有這樣的認知就可以了。

基於以上說明，我們要思考的是文章在「視覺上的節奏」。

文章是一連串的文字。以報章雜誌來說，考量易讀性主要是版面設計或編輯的工作，寫手只要依既定的字數去寫稿，後續自然會有人設計編排。

但書籍與網路媒體不一樣。文章在（視覺上的）易讀性，必須由寫作者主動積極去處理。尤其是網路媒體，幾乎都是直接將文稿套用在固定格式內就完成了。

這種時候要注意的重點有下列三項：

一、**斷句的使用**

二、**分段的時機**

三、**筆畫的均衡度**

首先，是斷句的使用。

如同前面所說明的，斷句是用來切斷「字句的涵義」或「韻律節奏」。不過這些標點符號還有另一項功能。

請各位想想英文，「我愛你」會寫成 I love you.，單字和單字之間都有空格，而不是像

Iloveyou. 這樣全都連在一起。這是稱爲「區隔式書寫」的記述方式。如果英文或歐洲語言之類的表音文字沒有這樣的區隔規則，想必會陷入大混亂吧？史蒂芬・史匹柏的自我介紹就會變成MynameisStevenSpielberg.了。

另一方面，相對於此的表意文字則沒有區隔式書寫的習慣。雖然幾乎是一字一義，但如果是一、兩百字以上完全沒有句讀的文章，還是會給讀者很大的壓力，因此表意文字中所使用的標點符號會比表音文字更多。這部分的運用，在論及切斷「字句的涵義」或「韻律節奏」的作用前，也可以算是替代區隔式書寫的功能。

又或者像「切斷字句的涵義」這句話，我用了上下引號，這也是不讓重要字詞淹沒在一堆文字中的方法。

藉由標點符號的使用，像區隔式書寫般留出空間，再藉由這樣的空間讓文章變得容易閱讀、消除視覺上的壓迫感。儘管標點符號要是用得太多，反而會破壞韻律，給人笨重的感覺，但還是要從留出空格的角度去思考。

關於分段時機，幾乎可說和標點符號的運用一樣。

以英文來說，有一個簡單易懂的寫作規則：一個段落只敘述一件事，轉往新的話題時，就另起一段，也就是第5章說過的「段落寫作法」。

寫論文也就罷了，但是將這種概念直接代入一般文章並不妥當。畢竟我們使用的不是英文，一般的書寫是配合易讀性而分段，採用的是「形式段落」。以英文書寫時，爲了完整說明一件事，即使連續寫上十行、二十行都不會分段；國語文卻會用好幾個段落論述一件事（統稱爲「意義段落」）。本書應該也沒有連續十行以上的段落才對。這是考量到視覺上的易讀性，並爲了留下空間的緣故。因此，請各位由視覺上的節奏來斟酌，適時分段。

最後，是關於筆畫的均衡度。

這裡也需要考量空白，或參照「人口密度」的觀點。一般而言，國字的筆畫儘管有多有少，但每個字所占的空間卻一樣大。像是「憂鬱」「麒麟」或「檸檬」的筆畫很多，卻不可能因此給它們較大的空位。若是一直使用筆畫繁多的字，最後排版印刷的結果，就會在紙面上擠得滿滿的。

因此，如果文章中使用過多結構複雜、筆畫過多的字，看起來就會很有壓迫感，這正是因爲文字筆畫的「人口密度」過高。因此有關字詞的選用，必須從「筆畫數的人口密度」的角度進行審視。

以上，只要確實掌握「音樂上的節奏」「邏輯上的節奏」「視覺上的節奏」，文章就能變得很好讀，讀起來也會覺得身心暢快。在絢麗的修辭技巧奪去目光之前，先好好掌握踏實的節奏吧。帥氣的吉他獨奏，正是因爲有堅實的節拍（鼓或貝斯）爲後盾，才顯得出其華麗。

修辭① 為想像力畫上輔助線

接下來要思考的是修辭。

如同前面一再說明的，文章是種極不自由的表達工具。

讀著一段文字的同時，既聽不到論述者的聲音、看不見他的身影與表情，就連手勢動作也都消失了。偶爾可以看到電視綜藝節目會玩一種叫「恐怖箱」的遊戲，就是將手伸入箱子裡，只憑觸感猜出箱子裡是什麼東西（比方說蜥蜴之類的）。就所獲得的資訊量來說，文章其實跟恐怖箱差不多，因爲只能依靠文字了解所有內容。

因此，閱讀文章是需要想像力的。不論是小說、詩詞、對談或訪談稿都一樣，一旦缺乏了讀者的想像力，文本內容就無法成立。

至於能做爲「想像力的輔助線」的，就是修辭。

如果說，孩子們憑藉繪本的圖畫刺激想像力，那麼文本裡的譬喻就是那條想像力的輔助線。修辭原本就不是用來炫耀寫作者的技巧，而是必須有助於讀者對內容的理解。要知道，自我陶醉的那種修辭只會讓人感到無比困惑。在此，想先帶各位實際看看在修辭中扮演核心角色的「譬喻」。

譬喻的代表選手主要是「直喻」和「隱喻」二者。

所謂的直喻，是「鬣狗般的眼睛」或「白淨到近乎通透的肌膚」等用法。將配對（比較）的對象用「有如～」「像～」「～的程度」「簡直像～」等字詞來連結是一大特徵。另外像「光陰似箭」「愚者之思近乎徒勞」等，句中的「似」或「近乎」也是直喻的一種。

另一方面，隱喻（metaphor）則不用「有如～」「近似～」之類的字詞。

簡單來說，將「他有著獅子般的勇敢果決」的直喻改爲「他有著獅子的勇敢果決」，就變成了隱喻。「知識的大門」「她是我的太陽」「海海人生」「時間就是金錢」等，全都是隱喻。前面所提到「想像力的輔助線」或「譬喻的代表選手」也是隱喻的一種。

一般而言，簡潔的隱喻會比「有如～」的直喻更有氣勢，且令人印象深刻。換句話說，「天使的溫柔」比「有如天使般的溫柔」更有力道。

但我想請各位思考一下。

「天使的溫柔」算是個有意思的譬喻嗎？

只因爲用了隱喻法，就會成爲有魅力的文章嗎？

老實說，一點意思也沒有。所謂的譬喻法，其精采之處終歸在於「搭檔的對象」，形式倒是其次。只要搭配得有趣，不論是直喻或隱喻都沒關係。以下爲各位列舉幾項思考譬喻時應該注意的事。

一、要具體、有畫面

當我們將譬喻做爲「想像力的輔助線」時，希望讓它盡可能具體。也就是相較於「像狗一樣的眼神」，「老狗般的眼神」更有助於傳達；如果是「老牧羊犬般的眼神」（如果其形象很接近牧羊犬的話）就能傳達得更貼切。或是與其用「像雪一樣白的肌膚」，不如用「像珍珠般白淨的肌膚」更容易想像肌膚的光澤及觸感。如同在文章裡加入插圖，運用譬喻時要以喚起讀者產生某些具體的意象爲目標。

二、要普遍、具一般性

用來譬喻的事物（即「喻依」）希望是具體的，但不能是局部而受限的。比方說「老牧羊犬般的眼神」行得通，但「老布魯塞爾格林芬犬般的眼神」就很難視爲恰當的比喻。恐怕絕大多數讀者根本不知道「布魯塞爾格林芬犬」這種狗吧？具體和受限完全是兩回事。

這是非常重要的一點，做爲「想像力的輔助線」，譬喻的運用需要寫作者體貼入微的巧思；特別是在說明新概念或無人知曉的內容時，更需要一顆體貼的心。舉例來說，在企管顧問這種職業還不普遍的年代，大前研一稱之爲「企業參謀」；在網路媒體還不普及的時代（當時較普遍的是「網頁」），糸井重里在自己的網路媒體（Hobo日刊糸井新聞）名稱中加上了「新聞」（即報紙）二字。不論是「參謀」或「報紙」，藉由已知的概念來比喻，可以降低人們心理上的障礙、擴大認知的範圍。這也是修辭的一種。

不要自我陶醉，也不是只憑自己的感覺，而是要在意讀者也能「看見的影像」與「聽見的聲音」。

三、距離要夠遠

想挑選普遍、具一般性的字詞時，很容易讓譬喻變成像「天使的溫柔」這種平淡的表現。這個譬喻之所以無趣，不是因爲「天使」，也不是因爲「溫柔」，而是兩者的距離太近了。

如果是「天使的狡詐」，就會是個有趣的比喻；或是「惡魔的溫柔」也很有意思。「天使」與「溫柔」的搭配組合實在太過簡單而直接，彼此的距離太近了。

可以說，譬喻的微妙與趣味性取決於組合對象之間的距離。

例如在影評裡，與其用「胖得跟豬一樣的男人」來形容在戲中飾演壞蛋的胖嘟嘟演員，還不如說他是「像飯鍋一樣大噸位的男人」，就結構來看會更有趣。豬這樣的形容詞已經成爲慣用語，而且同樣是哺乳類，人和豬在體型上的意象距離太接近。將性質相近的兩者並列比喻儘管可以接受，卻少了出人意料的特點。所謂距離要遠，意味著這樣的組合最好是超乎想像而出人意料的。

將相距甚遠的兩者並列、提出意料之外的類似性，「原來如此，經你這麼一說，還眞是這樣沒錯」，讓讀者產生共鳴。譬喻若能做到這種程度，想必會是最精采的傑作。

修辭② 比喻是如何創造的？

一般認爲，傑出的比喻是詩人或小說家的專利，必須要有詩詞或文學上的才華才辦得到。古希臘哲學家亞里斯多德留下的這段話，就是最坦率直接的例證。

尤其重要的是具備創造比喻的才華。只有這件事無法向他人學習，它就是與生俱來的能力指標。

——亞里斯多德，《詩學》

據亞里斯多德的說法，比喻需要「才華」或「與生俱來的能力」，無論如何都「無法向他人學習」。這種說法實在讓人很困擾：不具備詩詞或文學才華的人（像我這樣的人確實是如此）就無法創造有魅力的比喻嗎？難道我們這些凡人只能放棄修辭，乖乖豎起白旗嗎？

亞里斯多德終究給我們留下了一點啓發。接續前面那段話，他是這麼說的：

「要做出精采的比喻，就是洞察相似之處。」

透過「洞察相似之處」，我們來思考一下創造比喻的方法吧。

一、讓距離近的比喻往遠方推展

想找出一些比喻，用B來形容眼前的A。

這件事本身並不難。例如「烏龜般的步伐」或「像光一樣快速」這種常見的譬喻，或是「如能面般的表情」「動如脫兔」等慣用的表現方式。這種程度的比喻，想要多少就有多少。

主要問題還是在於距離。以烏龜來比喻腳步慢，距離未免太近了；用能面來比喻面無表情，總覺得不過就如同眼中所見。如果不用「遠方的事物」，譬喻就無法變得更有意境。只不過，我們並沒有那種可以靈光乍現的創意，也就是亞里斯多德所說的「才華」。

既然如此，就先從「距離近的事物」開始吧。以烏龜或能面爲出發點，將比喻一個個向外推展出去。換句話說，並不是放棄「如能面般的表情」，再去想其他的比喻，而是站在旁邊思考「與能面相似的事物」。

比方說，我們想到「佛像」與能面有著類似的表情。然後試著將它具體化，變成「奈良大佛」或「鎌倉大佛」。接著，從巨大的雕像聯想到「復活島的摩艾石像」，並稱呼它爲「風化的石像」。將風化的譬喻轉換成「長著青苔的石像」後，再從這層聯想進一步推展到「長滿青苔的墓碑」。最後刪掉青苔，就變成了「墓碑般的表情」。推展到這裡，就是個原創而有趣的比喻了。

我們很難從面無表情的人立即聯想到墓碑。但藉由將距離近的比喻慢慢向外推展，經過五次、六次，甚至十次轉換後，應該就能找到距離遙遠的那個比喻，到更遠、更精采有趣、更貼切的那一個。請抱持這種堅定的態度，進一步思考「更遠一步的比喻」。

二、幫細微的情感記憶貼上標記

關於譬喻，我大致從三個範疇去思考。

一是影像式的。「能面般的表情」或「傾盆大雨」等屬於這一類。相較於「面無表情」，「如同能面」的說法更容易使影像浮現出來；比起「大到離譜的雨」，採用「傾盆」的說法更容易出現畫面。這是藉由喚起某些景象畫面來協助讀者認知的方法。

其次是概念式的。「落魄武士般的狂暴」或「菩薩般的慈悲」等即是如此，也就是將概念帶入譬喻中。「有如電腦的頭腦」「冰一樣的性格」「像推土機似的怪力」「向日葵般的笑容」等，全都是不需要影像的概念式比喻。

最後一個是感覺上的。

比方說，「生吞蚯蚓般的感受」。這裡的蚯蚓既不是影像，也不是概念，而是一種不舒服到毛骨悚然的地步，就像將牠含在口中、吞下去似的「感覺」。這裡的蚯蚓也可以換成「毛毛蟲」，甚至是「痰盂裡的痰」都無所謂。不論呈現出來的畫面是什麼都沒關係，只要那股令人哆嗦的感覺能與讀者「共有」就足夠了。吞下痰盂裡的痰什麼的，光想就會讓人起雞皮疙瘩。

剛剛說到的影像式譬喻（例如「能面般的表情」），很容易由近推展到遠。以亞里斯多德的說法，就是容易洞察相似之處。因爲只要找出和眼中所見相近的事物即可。

而概念式譬喻的豐富程度，幾乎與知識量成正比。具備的知識越廣泛，能做的比喻變化就越多。例如「如協和式客機～」這個比喻，是以當時最時髦的協和式客機做爲影像式譬喻？還是以客機獨一無二的速度做爲概念式譬喻？甚至是將它當成心理學用語的「協和效應」（concorde effect，即沉沒成本謬誤，陷溺於原來的想法卻無法自拔、將錯就錯的現象），做爲概念式譬喻？究竟是哪一個，答案會因寫作者的知識量而有所不同。

眞正的問題在感覺上的譬喻。既不是用知識量可以彌補的，也很難從接近的事物往遠方推展。距離遙遠的比喻必須一次就準確命中，恐怕是對詩詞與文學才華要求最高的範疇。

那麼，該如何磨練感覺上的譬喻呢？

每天將細微的情感記憶儲存下來。如此而已。

比方說，我並沒有生吞蚯蚓的經驗——這是當然的。不過我卻清楚記得，小學時愛好釣魚的我，用釣鉤刺穿蠕動著想掙脫的蚯蚓頭部時那種不舒服的感覺；還有那種蚯蚓特有的、如腐壞木屑般的臭味。或是以前常有人提到都市傳說裡的「蚯蚓肉漢堡」（即漢堡排所用的絞肉是以蚯蚓製成），我對此事也記得清清楚楚。那種「生理上的厭惡感」就像標籤貼，分別貼在那些事情上面；至於含在口中或吞下什麼的，不過就是強調用的手法。如果是有才華的人，應該能說出更有意境的比喻吧。感覺上的譬喻所仰賴的，就是自己活生生的記憶。

隨著網路或智慧型裝置的普及，記憶力的價值大幅減退。第二次世界大戰是哪一年？淨土宗的開山祖師是誰？計算圓的面積要用什麼公式？只要搜尋一下，立刻便找得到答案。

「情感的記憶」卻另當別論，唯有這件事無法從書本或網路上找得到，攸關你個人平時有多認眞過日子。請各位抱持取材者的精神，觀察「身爲一介人類生活在世上的自己」細微的情感，將它們記憶下來。

修辭③　洞察相似之處的能力越來越重要

到這邊，各位心中應該會浮現出一個疑問：

詩詞或小說的世界倒還可以理解，但寫手所寫作的原稿還有使用直喻和隱喻的機會嗎？與其說這種不上不下的修辭是噪音，不如問：這難道不會反過來對原稿造成干擾嗎？

這樣的質疑，大抵來說是正確的。

即使在小說的世界裡，也會因爲修辭的氾濫而令人感到厭煩。寫手所撰寫的原稿更不用說，看起來很可能像是作者的自我陶醉。而且譬喻有個很像笑話鋪哏的效用，如果失去準頭，只會帶來慘不忍睹的下場。

但如果用其他舉例，而不是直喻或隱喻呢？

以群體生活的螞蟻來比擬人類社會、用素描指稱基礎的重要、用戰國時代比喻政界的權力鬥爭、以外戚干政來形容企業接班人的明爭暗鬥等；或是將兩人的對話比喻成傳接球、將辯論比喻爲網球賽的拉鋸戰……這些範例的規模都比直喻或隱喻更大。爲了讓事物容易理解、以更有意境的方式提高接受度並傳達出去，這些譬喻確實必不可少。修辭的根本「洞察相似之處的能力」，是所有寫手都必須具備的。

和現在相比，過去用譬喻來說明事物要簡單得多。

舉例來說，假設你是個相撲迷，並試著用相撲來比喻某位人物。比方你寫：「他已具備關脇等級的實力。」如果相撲是大多數人都有接觸的競技，這樣的比喻很容易就能被接受。可是讀者對於「關脇」的了解有多少呢？如果將「小結」「十兩」「關脇」「前頭筆頭」這四個位階任意排列，又有多少讀者能精準知道彼此的位階高低與差距呢？聽過「橫綱」或「大關」的人可能還多一點，但其他等級爲人所知的程度，想必超乎「身爲相撲迷的你」所想像的還低。

這樣的情形不僅限於相撲，其他各領域都一樣。

如今的時代不同於過去，既沒有國民歌手，也沒有全民偶像。棒球或籃球不再是「全民共同熱衷的運動」，但其他的運動項目卻沒有因此取而代之。電視劇、受歡迎的漫畫、流行金曲、賀歲片……一切事物都能只博得部分人氣，已無法像過去那樣「以棒球比喻工作的重要性」或「將某人形容為國民電影的某個角色」。現在如果有哪本商業財經書還用棒球隊來比喻企業的話，年輕讀者要不是覺得這太老派，要不就是一頭霧水。

正因為如此，我才想對各位說這些。

今後的寫手必須不斷鍛鍊修辭的思考，也就是加強「洞察相似之處的能力」和表達能力，以琢磨出足以傳達給更多人的比喻。

接下來，讓我們思考一下鍛鍊的方法。

修辭④　幫寫作力進行重訓

雖然有所謂「文章力」的說法，但我個人不太喜歡。

理解力、想像力、計算力之類的倒是無所謂，因為立刻就能明白那是理解能力、想像能力和計算能力的意思。可是像國語力、英語力、人間力這些說法究竟是怎麼回事？國語力是指閱讀能力？書寫能力？還是全部？英語力又是什麼？更別說「人間力」了，那到底是什麼意思？現在有很多語詞，只要後面加個「力」字，聽起來就很像有那麼一回事（這也是爲什麼有許多商業書籍都以《○○力》爲書名）。「文章力」也一樣。在我聽來，這跟「人間力」一樣曖昧模糊，不知所云。

在這裡，姑且用「寫作力」來指稱文章力。

先假設寫作力是「撰寫有趣文章的能力」，將焦點放在「能力」的部分。

因爲我想像重訓一樣，思考鍛鍊寫作力的方法。有運動經驗的人應該知道，球技要高超，一定程度的感受性（或說直覺）是必要的，但肌肉訓練卻不需要。原則上，鍛鍊肌肉是一分耕耘一分收穫的事；至於包含修辭在內的文章表現，也有一些相當於重訓的訓練方法，也就是在寫作上制定一些規範，增加負荷。以下爲各位介紹幾種我自己實際採用的訓練方式。

一、禁止使用慣用語

所謂的慣用語，指的是常用且已定型的語詞，使用時以引申意義爲主，而非原意，像是「戴高帽」「清一色」「打退堂鼓」之類的用法。

相對於此，我所說的慣用語比較接近還無法收錄進詞典的「老套表現」或「陳腔濫調」。

比方說，有個詞叫「脫兔」，也有許多人經常以此做爲比喻。但事實上，不論是寫作者或讀者，到底有多少人眞的看過急著想逃走的兔子？相較之下，「拔腿就逃的流浪貓」或許更能讓人體會到動作中的敏捷，也更接近我們的生活體驗。

或是例如媒體報導職業網球選手大坂直美的言論。關於她的話，記者們只是簡單地寫下「……以直美的招牌妙答結束了發言」或「……引爆直美的招牌妙答」等。「直美的招牌妙答」到底是什麼？幽默的？機智的？還是未經修飾的？媒體沒有任何說明解釋，而且大多數時候也不曾思考其中的內涵，就只是用一句「直美的招牌妙答」便帶過了。

這樣的慣用表現因爲方便，以至於使用者本身經常在不明所以、且只是當成「帶動氣氛的場面話」的情況下使用。身爲寫手，請務必節制，盡量少用這種不知其所以然（無法正確說明）的用語。

順應這樣的規則，我自己也極力少用不熟悉的新用語或流行語。但那些並不是指所謂的年輕人用語（說眞的，我也沒機會用年輕人的用語），而是例如以「優化」表示改善或進步，或以「協同」表示合作等主要屬於商業財經領域的用語。

如果不使用那些用語，就難以說明目標對象（像是嶄新的概念或新科技之類的）的話，我還是會大量使用。只不過，若有二、三十年前便已存在，且能充分說明的用語，我會選擇這些舊有的語詞。

為什麼？

因為不知道這些新用語、流行語的賞味期限到什麼時候，也很有可能瞬間就消失不見了；至於自己對這些用語真正的涵義到底了解到什麼程度，也是很值得存疑的。再來就是我們很可能只是因為「很流行＝很酷」而選擇使用它們。

只要確實了解對象，應該還是有辦法用二、三十年前既有的說法去論述其本質。而使用這些用語論述的文章，才得以具備普遍性，並流傳給二、三十年後的讀者。

二、禁止使用狀聲詞

閱讀國外的小說時，會遇上很有趣的譬喻。即使是首相和總統的演說，或是演員、音樂家的訪談，也能看到很難得一見的比喻。

例如，之前某個音樂網站刊登了一篇訪談，由英國音樂家保羅・威勒（Paul Weller）談論約翰・藍儂的魅力。提到約翰・藍儂的聲音有多棒的時候，他為藍儂在歌曲〈曲折與吶喊〉（Twist And Shout）中的嘶喊加上這段描述：「那聲音，聽起來簡直就像在錄音前抬頭張嘴用剃刀刀片漱過口似的，對吧？」

——這樣的譬喻，是許多人想都想不出來的。

爲什麼我們與修辭的關係似乎越來越疏遠？

我將解答暫定爲「狀聲詞」（onomatopoeia）。換句話說，我認爲語言裡豐富的狀聲詞／擬態語減少了比喻存在的必要。

打算要表達什麼的時候，英文使用者會選擇精確且有趣的比喻，說明當下的狀況或氛圍，利用譬喻這項工具來表達某種感覺。

另一方面，我們則會藉由豐富的狀聲詞或擬態語來說明。像是用「撲簌簌」形容淚流不止、用「淅瀝淅瀝」說明小雨落下的聲音、用「綠油油」形容植物的顏色之類的。

當然，豐富而細膩的狀聲詞和擬態語是語言的寶盒、玩具箱。我不但不打算否定它，還想更積極地運用它；可能的話，甚至希望自己可以創造出新詞。

唯獨談到寫作力的重訓時，希望大家試著捨棄簡便的狀聲詞和擬態語，應該不爲過吧。比方說，打算寫「她睜著一雙撲簌簌流著淚的雙眼盯著這裡看」的時候，可以先想想是否有其他語詞（盡可能用比喻的方式）可以替代「撲簌簌」。思考一下，難道沒有其他字句能表現出這種狀態嗎？例如可以用「斷了線的珍珠」來形容淚水一滴滴往下流的樣子，也可以用「蕩漾著波光的湖水」或「看不見底的深潭」來形容眼睛／眼神。藉由平時刻意的觀察，就能建立一套屬於自己的表達方式。

三、禁止直接點出主題

這是文學領域經常提及的部分。

假設有一部小說以「希望」爲主題。這時，文章裡盡可能不要提起「希望」二字，主角也最好別提到「所謂希望，原來就是○○～」之類的答案。不用「希望」二字，但是要談論希望。這是小說，也是文學。

在撰寫一定字數以上的原稿時，我自己會特別留意，盡可能不要提到整篇文章一以貫之的主題。像是不用「希望」去談論希望，或是不用「成熟」二字去談論成熟一樣，刻意把主題隱藏在文字裡。

這種做法有可能讓自己原本企圖談論的主題傳達不出去，也無法讓讀者讀到核心意義。不過，正因爲沒有明說，讀者才有機會讀到「專屬於自己的主題」。在鍛鍊表達能力的同時，也爲了不限制閱讀/解讀方式，最好還是不要直接破題。

故事①　何謂論文式故事？

接著，我們來想想有關故事（story）的部分。

小說裡顯然有故事存在。正因爲有具備魅力的人物角色和圍繞在他們身上的那些故事，讀者才會掛念「後續的發展」，一邊想著究竟會變成什麼樣子，一邊往下翻。

另一方面，寫手所撰寫的原稿又如何呢？

例如，即使像本書這樣的作品裡，也有能稱爲故事的部分嗎？

對於「故事」這個詞，人們馬上就會聯想到專屬於小說的虛構內容，這可說是再自然不過的認知。

但寫手所撰寫的原稿裡也有故事。就像本書，仍有不同於小說的虛構故事貫穿其中。對此，我稱之爲「論文式故事」，以與「小說式故事」並列。關於二者的差異，簡單說明一下。

請各位想像一下舞臺上的魔術秀。

穿著燕尾服的魔術師從胸前的口袋取出一條白手帕。像是要表明沒有任何機關或祕密似的，他在空中晃呀晃地揮舞著手帕。手帕裡確實沒有藏任何東西。魔術師一下子做些滑稽的怪動作，一下子露出像是傳送念力般的表情，再將手帕塞入輕輕握住的拳頭裡。

然後「啪」地張開手，裡頭不見手帕，卻有一隻白鴿飛了出來。

在觀眾掌聲尚未停歇的瞬間，白鴿像是有了分身似的，又飛出一隻來。歡聲雷動的同時，魔術師一臉滿足地行了個禮，將鴿子交給從舞臺邊走來的助手。

這是典型的「小說式故事」。原則上，一切動作都依照時間軸發展。觀眾（讀者）根本不知道接下來會發生什麼事，所有資訊依序逐一展開。也因此，觀眾心中對「接下來會怎麼樣？」「那條手帕會發生什麼變化？」充滿期待，也為突然飛出的鴿子大感驚奇。這樣的故事絕對禁止爆雷，全篇的高潮要放在結尾。

另一方面，「論文式故事」則完全不同。

論文式故事中的鴿子在魔術一開始就會出現。當然，觀眾（讀者）在某種程度上還是會感到驚訝，只是心裡對於「接下來要發生的事」的期待已經消失了。然而論文式故事中的魔術師會對觀眾提出問題：

「那麼，各位認為這隻鴿子是從哪裡出來的呢？」

小說式故事中對「接下來要『發生』的事」的期待，到了論文式故事裡，就會轉變成期待

「接下來要『了解』的事」。前者是「對動作的期待」，後者則是「對資訊的期待」。

論文式故事中的魔術師，既可從「所謂的魔術……」也就是談論魔術的歷史開始，也可以聊聊構思出鴿子魔術的人物，甚至從「魔術師爲什麼要用手帕？」切入也無妨。當然，最終目的就是要說明讓鴿子出現的機關。論文式故事的高潮就是「了解其中的玄機」，也就是「原來如此！」「原來是那麼一回事呀！」的心領神會。所以在高潮之前的所有內容（包括說明魔術的歷史在內）都是循著「已破哏」的故事線在進行。

那麼，小說式故事與論文式故事是如何區分的？

最大的不同，也就是決定性差異在於「時間軸」。

在論文式故事中，時間軸會被瓦解——既然動作不存在了，結果當然會如此。描寫動作的進行需要時間軸，但了解原因和機關裝置（資訊）不需要；不論是現在、過去，還是未來的事，用什麼順序去說都無所謂。「時間軸的徹底瓦解」正是論文式故事中最重要的一點。

坦白說，有時間軸比較容易安排故事情節發展。

小學生的作文之所以容易變成時間序列式，也是因爲配合時間推進、將事物用「A的連接詞」一一連結述說比較輕鬆的緣故。只要依照先後順序，說出從離開家門到返家爲止所發生的事情，就能說完一個關於校外教學的故事。而且有了故事，大致上就能明白發生了什麼事。

但論文式故事中不能帶入時間軸。時間軸瓦解後，不再著眼於「現在起，（他／她身上）將發生的事」，而是必須激發他人對「接下來，討論將往哪個方向去」產生關注。當然，到了最後，還是要抵達「原來是那這麼回事啊！」的目的地。

該怎麼做，才能創作出有魅力的論文式故事？需要依什麼樣的順序、排列什麼樣的場景序列去展開論述？接下來讓我們一起來思考。

故事② 描繪的不是時間的流動，而是論述的推移

小說式故事的進行是與「時間的流動」同步的。

從桃子裡生出來的桃太郎，一天天成長茁壯，不久後率領隨從踏上懲治鬼怪的旅程；接著與島上的惡鬼展開一場惡鬥，最後帶著寶物返鄉。其他的虛構小說也一樣。即使會穿插回顧的景象、重新組合時間軸，但基本上，時間的流向還是從上游（過去）往下游（未來）去。

另一方面，論文式故事中沒有時間的存在；帶領故事進行的，不是時間的流動，而是「論述的推移」，這才是論文式故事。因此，只要論述的推移（理論的展開）沒有矛盾，不論時間與空間如何切斷貫穿都無所謂。談論「當今的日本」時，不論要從百年後的世界、鎌倉時代的

京都，還是從美國或中國的例子來展開話題都不是問題。只要論述的邏輯正確，故事就可以成立。

如此說來，小說式故事與論文式故事幾乎可說是全然不同的概念。單憑「故事」兩個字就將它們兜在一起，實在讓人覺得有那麼一點硬拗。

不過，希望各位回歸原點再思考一下。

所謂的「故事」到底是什麼？故事的骨幹裡有什麼？我們爲何如此深受故事吸引？小說式故事裡的「時間」與論文式故事中的「論述」，彼此又有什麼樣的共通點？

先從我的結論說起。

所謂的故事，是「不允許停下來的東西」。

小說式故事裡，「不允許停下來的東西」是時間流。比方說，小說裡用好幾頁的篇幅描寫有如靜態畫的場景。在這個過程中，動作停止了，故事也停止了。故事啓動時，必然伴隨著某些動作，好讓時鐘的指針能再開始走動。出場人物與場景設定的說明當然有其必要，但如果在這裡凍結了好幾頁的時間，故事也會跟著停頓下來。如同淤塞的河川，故事（時鐘的指針）停頓下來的小說，會讓水流變得渾濁，扼殺書中的角色。許多傑出的作家都會一邊在動作進行的同時（也就是流動的時間裡），一邊描寫人物和背景。除了小說，漫畫或電影也都適用這項法則。

另一方面，論文式故事中，「不允許停下來的東西」則是不停推移的論述。不可因爲太偏向「說明」或「描寫」而阻擋論述的推移。下一個場景，再往下一個，要持續讓論述、事件和讀者的思考往前推展，故事才會成立。打個比方，論述就像軌道上的臺車，自始至終只靠說明和描寫的話，是無法讓臺車移動的，故事也不會；要讓它前進，就必須裝上引擎。環環相扣的論述接連展開，讀者才會覺得愉悅，才會呈現「不斷翻頁，停不下來」的狀態。持續推動以論述爲名的臺車，等到眞正應該展開的論述都說完了，便是結論。到了這裡，就不可以額外再寫些多餘的東西了。

第4章已討論過如何撰寫合乎邏輯的文章，也相信各位都有充分的了解。在此我想提出的問題是：該如何展開論述，才能產生更具魅力的故事情節？

我認爲，答案就是「距離」。

故事③ 比起伏更重要的「距離」

設計故事情節時，許多人會以「起伏」爲關鍵。

也就是在整個故事中設置有如雲霄飛車般的高低落差：在這裡讓情緒高漲、在那裡冷靜下來，然後再一次加強刺激並進入高潮。像這樣描繪出情感曲線以說明的人確實很多。

的確，在小說或電影世界裡，有可能設計情感曲線式的起伏。主角陷入戀情，曲線就上升；戀情破滅了，曲線就下降；情敵對決之類的場面，就是曲線最高峰。不過，情感曲線的起伏幾乎都會與角色的情感或置身的狀況同步。要在沒有人物角色的論文式故事裡談論所謂的情感曲線，實在沒什麼意義。

論文式故事的關鍵不在於「起伏」，而是到達結尾前的「距離」。

從引言開始到結尾距離多遠？換言之，究竟能從多遙遠的地方開始說起，最後順利且精采地到達了結尾？推展論述的過程如何精妙，正是論文式故事的趣味所在。不是想方設法去安排高低起伏，而是要先想好「從引言到結尾的距離」。起點要設定在離結尾盡可能遙遠的地方，從一個感覺與本文毫無關係的地方開始論述。至於爲什麼能這樣斷定「從引言到結尾的距離」就是論文式故事的關鍵，以下舉出三項理由。

一、能呈現意外性

從遠處開始談論的內容經過好幾次場景更換（論述的推展）後，便能慢慢接近原本的主題，連接得天衣無縫。

從讀者的角度來看，「原來那裡講的東西會連到這裡來！」是一種驚喜，說不定讓人覺得很像小說或電影裡回收伏筆的效果。即使無法認同寫作者的主張，但由於論述推展所帶來「原來如此！」「是這麼回事呀！」的喜悅仍應維持不變，才得以充分享受故事的狀態。

這種時候，「從引言到結尾的距離」幾乎可說是測量意外程度的唯一指標。要談論美味的拉麵，與其從咖哩飯開始談起（姑且先不論文章走向如何安排），還不如從太空人說起，在架構上會有趣得多。

二、增加描繪的景色數量

假設你要寫一篇以提升生產力爲主題的文稿。

這時候，如果你在引言部分先描寫「因天天加班而苦惱的模樣」，再連結到「該怎麼做才能提升生產力？」之類的話題，接著進入本文「提升生產力需要的是……」的話，就故事性來說一點也不精采。因爲從引言到結尾的距離太近了，論述一直都在「工作」的範圍內打轉。捕捉目標對象的攝影機，始終沒能走出辦公室。

因此，像這樣的情況，引言要從更遠處開始，像是從養育子女談起、從《伊索寓言》或《格林童話》的小故事說起、或是從吉卜力電影的某個場景開始會比較好。不只是因爲「意外性呈現」的問題，也因爲到結尾爲止所能描繪的景色數量大不相同。

舉例來說：①從吉卜力電影的某個場景開始說起，接著②提及動畫師一直以來所置身（略顯黑心）的工作環境。然後③與迪士尼或皮克斯等國外動畫公司的製程進行比較，④再將目光轉回來，並在「這種工作環境上的差異，不只限於動畫業界」轉個舵，⑤與「個人化的業務流程、越來越長的工作時間、刻板的評價系統等，都是所有企業要面臨的問題」相連結，提出⑥「根本原因究竟是什麼」的問題後，再將論述轉入⑦「提升生產力」。

過程看起來雖然相當繁瑣，但讀者眼中所見到的景色數量卻全然不同。所謂「展開環環相扣的論述」，並不是在抽象的概念上繞圈圈；要啓動具體的場景、讓映入讀者眼中的「圖畫」動起來，故事才會跟著栩栩如生。

三、通往結尾的路徑沒有正確解答

當結尾（這份文稿的目的地）確定時，許多寫手會構思「通往終點最有趣的路徑」，絞盡腦汁地想著要經過哪條路，才會讓這趟旅程更有魅力。

不過這麼做，就和不斷思考「要讓故事充滿高低起伏」是一樣的想法。前往目的地的路徑並沒有正確解答，沒辦法用客觀的標準去評斷「這條路比較有趣、那條路很乏味」。唯一可以退而求其次的指標，就只有「距離」而已——「已經離得這麼遠了，相信會是一趟豐富的旅程吧」，因此算是一種半猜測式的指標。移動的距離越遠，眼中所見的景色數量越是增加，事件或插曲也是；在論述的高速疾行下，必能讓讀者的旅程充滿樂趣。當「認定什麼才是有趣的」取決於個人主觀時，能做爲指標的，除了「從引言到結尾的距離」外，不可能有別的。

相信有不少人已經注意到了。

這部分基本上就是在說「起承轉合」。貫穿起承轉合最重要的一項方針，就是「盡可能從最遠處開始寫起」。正因爲從遠處開始，讀者才會爲了徹底顚覆的「轉」而吃驚，並滿足於意外的「合」。

在第4章，我提到起承轉合這樣的文章架構需要相當程度的寫作功力，因此爲各位介紹了「起轉承合」這種獨創的形式做爲替代方案。如果要分毫不差地傳達自己想說的事，那麼採用「起轉承合」或「序論」「本文」「結論」的三段式架構，會是最確實且簡單的方式。只不過，如果要構思更有魅力的情節設計，確實應該多利用起承轉合。

從各式各樣的四格漫畫受歡迎的情況便可以得知，起承轉合原本就是爲具有時間軸的小說式故事量身打造的寫作架構。先吊觀眾胃口再變出一堆鴿子的魔術師，也是依照起承轉合的步驟進行表演。

要如何將它與論文式故事結合？該注意什麼，才能讓讀者不至於在中途感到困惑，而能盡情享受並閱讀到最後？在「故事」這部分最後的說明中，我想跟各位一起思考有關「論文式故事的起承轉合」。

故事④ 起承轉合的關鍵在於「承」

起承轉合之所以不容易掌握，最主要是因爲我們認定它就是「四部分架構」。因爲墨守成規切割成「起」「承」「轉」「合」四部分去思考的緣故，才會讓事情變得複雜。請各位不要把它當成四部分架構，而是試著用「前篇」「後篇」的兩段式架構去思考：「起」和「承」是前篇，「轉」和「合」則是後篇。前篇論述完畢的內容，在後篇一開始就逆轉它，並將眞正想說的話放在後篇（請見圖10）。之後再回頭看就會發現，最終結果呈現出起承轉合的樣貌。希望各位能帶著這樣兩段式架構的概念，繼續往下讀。

圖10　起承轉合其實是兩段式架構

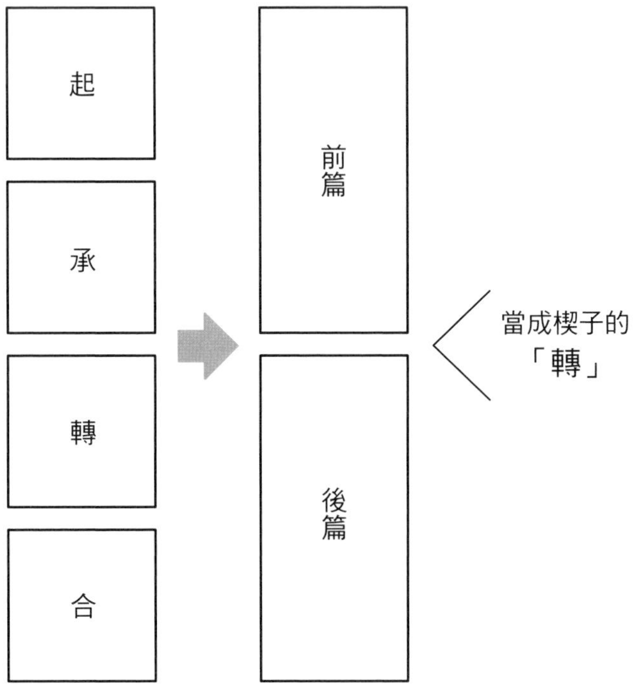

不要用四部分架構，而是用「起和承」「轉和合」的兩段式架構，
或是分成「前篇」「後篇」的作品去思考起承轉合。

如果將起承轉合當成「由四部分架構組成的一個故事」來思考，那麼從起到承的前半部就只是「鋪陳」，變成準備進入主題前的暖身運動；前半部內容的存在，也將如同「序」這個字在字面上所呈現的意義。

但是以兩段式架構去思考的話，起承轉合就不是「一個故事」。前篇說的是一件事，後篇說的又是另外一件事；連結這「兩個故事」的，是具有兩段式架構的起承轉合。換句話說，前篇不該是爲了後篇而存在的鋪陳，本身就必須是一篇完整的作品。

比方說，前面談到從「吉卜力電影的某個場景」開始切入、進而論及「提升生產力」的例子。要以兩段式架構來思考的話，前篇是關於「不同國家動畫產業的比較」，後篇的內容就是「如何提升企業生產力」。

要將此實際寫成原稿的話，還必須對動畫業界進行深度取材。尤其是迪士尼或皮克斯在電影製作分工和流程方面的資訊很少，如果能加入這些東西的話，相信可以讓內容的價值提升很多倍。接著，在讀者覺得「原來如此！」「眞是了不起！」的時候，帶入「轉」的楔子，提出「提升生產力」的主題，讓讀者因這段精采而豐富的內容（不同國家動畫產業的比較）竟然只不過是引言而感到驚訝不已。

接下來是撰寫「精采有趣的原稿」非常重要的關鍵。

文稿的主題是「提升生產力」。你早已針對「何謂生產力？」「提高生產力與提升效率有什麼差異？」「為何企業的生產力日漸低落？」「如何才能提高生產力？」等疑問進行許多取材，也整理好自己的想法，所以你迫不及待，很想快點動筆。

另一方面，如果要從「吉卜力電影的某個場景」開始切入、從不同國家動畫產業的比較開始談起的話，當然需要另外查資料。即使和主題完全無關，仍必須為了展開正確且資訊稀少的論述進行認眞而深入的取材，像是熟讀相關書籍、進行詳細的查證等。這一切，不過就是為了描述有如鋪陳般的「前篇」；就算篇幅只有短短數行，頂多不過幾頁也一樣。

寫手要是糊里糊塗地寫著「看似有起承轉合的文章」，有相當高的機率會在引言的部分就失敗。既無法做為鋪陳，看起來又像是刻意附加的內容，完全沒意識到「要為撰寫引言另行取材」一事。即使只是短短幾行也一樣，沒有充分的取材，就不可能寫出讓讀者充分產生體驗的作品。

起承轉合重要的部分在前半部。看看最初的那塊石頭（起）能放得多遠，從那裡又能展開多精采的論述（承）。至於從「轉」再到後面的本文部分，由於已取材完成，大多數寫手都能寫出水準以上的原稿。再重複一次，主要問題還是在前半部，特別是從「承」開始要發展的論述，必須先進行細心周全的取材；畢竟起承轉合的成敗就取決於「承」。

為掌握自己的風格

到這裡，爲各位解說了掌握文章表現關鍵的「節奏」「修辭」「故事」這三項重點。由於各項內容都很多，只讀一遍想必很難全盤了解，還希望各位能反覆閱讀，直到融會貫通爲止。

接著說到了文章表現，這裡無論如何都無法避免的，就是關於風格的討論。例如撰寫訪談稿時，寫手必須重現「對方固有的風格」。不只是口氣或口頭禪之類的問題，還包括更深層的部分，像是受訪者的聲音、對事物的看法或思考方式等都必須重現。

只不過，這裡想請大家思考的是「我的風格」，就是以自己爲主語論述某些內容時的風格。但話說回來，所謂的風格是什麼？有哪些是確實應該稱爲風格的？要怎麼找出來？又該如何琢磨？從某種意義上來說，這樣的討論也可說是文章表現的最終點。且讓我一邊回顧這些年來的工作經歷，一邊爲各位說明。

剛開始從事這項職業的寫手，往往被要求必須「無我」。

舉例來說，在不署名的原稿中，若是凸顯出「我」的存在，幾乎都會被認爲是違反規定的事。因爲雖然不知道是誰寫的，但如果「我」個人的主觀在原稿裡太顯眼的話，將導致讀者的混亂與反彈。當然，我自己剛開始擔任寫手時，也被要求必須抹去原稿中的「我」。

想寫的東西有一籮筐，要寫出沒有「我」的文章實在很難。

不論再怎麼試著寫得安分守己，「我」還是會從某處冒出來；再加上技巧拙劣，寫出來的東西總是帶著菜鳥的味道、自成一派，離文筆洗鍊的境界還有好大一截，更使得「我」的存在清晰可見。姑且不論旁人的評價如何，自己只要重新讀過一遍，立刻就會知道，簡直覺得受夠了。「啊～我眞是……」就像從錄音機裡聽到自己聲音時那種難爲情的感受。這是我當時的一大苦惱。

在累積一些資歷後，漸漸有機會撰寫可署名的原稿，就像得到了讓「我」出頭的機會；或者應該說，反而被要求必須讓「我」浮上檯面。一直以來都寫些無色透明的原稿，現在人家卻開始要我顯露出自己的色彩。

——這下子可好了，狀況卻變成幾乎完全找不到「我」。

身爲一名專業寫手，我能解讀取材對象的風格並依樣畫葫蘆，也可以遵照媒體的調性與規則選擇適當的文風。綜合刊物、商業財經雜誌、男性時尚雜誌、女性時尚雜誌、週刊、地區性刊物、報紙……我能因應各種不同媒體，分別寫出相應的風格。

可是，一旦要寫出沒有任何外在指標的「我的風格」時，我反而不知道要如何寫些什麼才好。過去那麼想抹消、用盡力氣封上蓋子的「我」，不管寫得再多都找不到，早就已經不知去向了。

不是模仿任何人，而是擁有專屬於自己的風格。

我想，不只是寫手，這是所有寫作者都會遇到的一堵牆。我曾試著模仿自己敬重的寫作者，或試圖藉由扮演某種角色找到自己的風格，並經過多年嘗試。

到了現在，關於「專屬於自己的風格」，我是這麼想的。

寫手的文章，還是應該以無色透明爲目標。

不要拙劣地試圖展露個人特色、不要模仿心中仰慕之人的風格，也不要賣弄自己的本領，反而應該以那種隨便挑幾行來讀也讀不出是誰寫的文章爲目標。

但那並非意味著「文章裡完全沒有我」。

在這裡，將「無色」與「透明」分開來思考，相信會比較容易理解。

不論如何朝著無色透明去努力，文章也不可能眞的變成「無色」。只要下了筆，墨水一定會滴落。在裝滿了文字的玻璃杯中，滴落了稱之爲「我」的墨水。墨水默默地暈開擴散，將杯子全都染上薄薄的一層顏色。只要是由「我」所撰寫，這便是無可避免的情況。

另一方面，持續保持「透明」卻是辦得到的，只要不混入其他顏色就行。因爲只要混入除了「我」以外的其他顏色，水就會變得渾濁。不論是以獨特的文章爲目標、以模仿他人文章爲目標，還是以講究技巧的文章爲目標，結果都只會使文章變得渾濁。一篇渾濁的文章，必然會妨礙與讀者的溝通。所以不要試圖在文章裡混入多餘的顏色，只要保持透明即可。

就這層意義而言，風格與筆跡很像。

不論是否獨特，筆跡就是會展露出這個人的特性。自我意識、審美觀、毅力、自我的強韌……從筆跡可以看出各種特質。不論多小心翼翼想寫出無色透明的字，字裡行間裡還是會浮現出「那個人」。而隨著年齡或書寫次數的累積，個人的筆風也會越來越明顯。

寫文章也一樣。你的文章中已經有「專屬於自己的風格」。如果看不見的話，那是因爲文章的顏色變得渾濁了。請去除掉「不是自己的顏色」，不要欺騙自己，請以正確而透明的文章爲目標。

第三部 推敲

所謂的原稿，並不是寫完就結束了。面對寫完的原稿或動筆撰寫的自己，「為什麼那樣寫？」「為什麼不這樣寫？」「這麼寫不是比較有趣嗎？」要經過丟出許多問題的步驟——也就是透過推敲，才算真正完成。姑且算是「寫完」的原稿，必須藉由推敲將它「寫好」（完成）。不要因為寫完就滿足了，這時候更要當做「正式演出才剛要開始」。

第8章

以推敲爲名的取材

所謂的推敲，就是「對自己的取材」

推敲是什麼？這是爲了什麼、以什麼爲目標而進行的？

請不要拘泥於字典上的解釋，找出明確的定義吧。

現在，你面前有一份尚未經過推敲的文稿。

這看起來像是自己寫的，卻又不算是——寫下這份原稿的人是「過去的自己」。重新讀讀看就知道。下筆的同時在想什麼？基於什麼理由加入那段小故事並這麼寫？爲何選擇這樣的表現方式？又爲什麼從這個方向展開？此時的你已無法正確地找到那條路徑了，唯一可以確定的是，雖然這的的確確是自己寫的東西沒錯，但如果現在的自己再從頭寫起，想必會寫出另一種不同的樣貌，至少不會字字句句都相同；就像昨天和今天想吃的東西不會一樣。就某種意義而言，過去的自己與現在的自己是不相干的兩個人。

我認爲推敲的本質就是「對自己的取材」。

你當時在想什麼？爲什麼這樣寫？這段小故事眞的有必要嗎？難道沒有其他內容、比喻或說法嗎？手持紅筆，對這位寫作者——也就是過去的自己——進行取材，且毫不留情、嚴厲地逼問。這便是我所認爲的推敲。

並不是提出問題就叫推敲。像是判斷後認爲不必要的部分，也必須用剪刀俐落地剪掉。還不只是刪除削減，甚至要像「也許你是那樣寫，但要是我的話會這麼寫」般重組架構並修改。必須以寫手的身分，對自己進行那套翻譯解讀的流程。

換言之：

在推敲的階段，寫手要對「撰寫這份原稿的自己」進行從「取材」到「翻譯」的整套程序。推敲並不光是回頭重新閱讀文章，也不是重新再寫，更不是像糾錯那樣檢查錯漏字就好。所謂的推敲，就是「對自己進行取材和翻譯解讀」。

當我們站在「過去的自己與現在的自己是不相干之人」的角度時，要說到能成爲參考指標的，果然還是電影剪輯師。這項工作專業度高，也有人稱他們爲「剪輯技師」，不過這裡還是統稱爲「電影剪輯師」。

電影領域中的剪輯工作是指「確認拍攝後的影片，捨棄不要的部分，連接之後再重新建構編輯」。

在美國，稱剪輯爲「edit」，法國則是「montage」（蒙太奇的原文就是這個字）。英文的剪輯把重心放在「刪除（edit out）不要的部分」，而法文剪輯的原意則是「組裝建構，創造出新的意義」。

如果是一本學習電影或電影剪輯的書，接下來應該就會開始具體說明蒙太奇理論或庫勒雪夫效應（Kuleshov Effect）之類的；不過本書要是那麼做的話，就是畫蛇添足了。總之，希望各位先了解電影剪輯的兩大主軸就是「刪除不要的部分」和「組裝建構，創造出新的意義」。

電影剪輯師有趣的部分，在於他們並未身處「電影拍攝現場」。

在現場有多辛苦、爲了拍攝這個畫面耗費多少時間、花了多少錢等等，他們一概不知；導演、演員和工作人員的想法與用心，他們也完全不曉得，單純以中立的角度去看待這些電影膠卷，認爲不需要的部分就丟棄。對於理當是辛苦結晶的膠卷不帶任何感情，毫不留情地剪下去，只選擇作品眞正需要的鏡頭，編輯出它應有的樣貌。

正因爲剪輯師是不在攝影現場的第三者，才有辦法做得到這件事（關於這一點，有不少導演自己後來再剪輯的「導演版」，反而顯得拖泥帶水）。

把這件事換成推敲來想想看。

寫完的原稿要從頭再確認一次，刪除不要的部分。爲了讓文章前後連貫，有時還必須置換場景，將它組織成一份完整的作品。該做的事，跟電影剪輯師其實相去不遠。

不過有一項決定性的差異。

推敲過程中，自己必須成爲一個「與自己不相干」的人。

說得再仔細一點，對於自己撰寫的原稿，要像不相干的人一樣毫不留情地糾錯、刪減。這邊的重點不在於客觀性的問題。不論是花了好幾天才寫好、讀了多少本資料才完成的內容，只要是不需要的部分，都得毫不留情一刀剪去，必須用冷酷無情、有如電影剪輯師的態度去推敲才行。

拍攝所使用的大量膠卷，透過剪輯成爲「電影」。

同樣的，你所寫的文章透過推敲而終於變身爲「作品」。對自己的原稿動刀，既是一件讓人害怕到幾乎手抖的事，也必須帶著足夠的覺悟；而「組裝建構，創造出新意義」其實也伴隨著其他的難處。到底該怎麼做，才能像電影剪輯師那樣去推敲？希望各位也一起仔細思考。

如何閱讀自己的原稿？

像電影剪輯師那樣去推敲——這件事並不容易。

我們能客觀閱讀他人所寫的文章，而且只要手上有枝紅筆，就能確實進行增刪修改（事實上，增刪修改比起「從無寫到有」還要簡單數十倍）。但面對自己寫的文章，就是很難保持客觀，這是因爲太過熟悉到幾乎融爲一體，無法以一般讀者的立場去閱讀。這是眾多寫手的困擾。

重新閱讀自己的原稿時，保持距離的方法很重要；也就是如何將原稿從自己身上剝除。拉開距離的方法，大致上可分爲「時間距離」「物理距離」與「精神距離」這三種。以下依序說明。

一、時間距離

這就是一般常常提到的「寫完的稿子讓它先睡一晚再說」。隔天用清醒的目光和頭腦重讀一次；甚至乾脆隔一個週末，等到下星期一再讀。這樣的建議也許你早就聽膩了，不過光是在相隔一晚（尤其是睡得很好）的情況下，原稿與我們的距離就已經很遠了。電子郵件也不例外，想發送郵件給重要人物時，寫完後不急著傳送出去，而是先做點其他事，再回頭讀過一遍，也是不錯的做法。當然，如果有時間可以讓它先睡一晚，更是再好不過的事。

二、物理距離

這也很容易，就是改變原稿的外觀。

比方說，這本書的原稿是用 Scrivener 這款 Mac 電腦專用軟體，以橫式與明體所撰寫；需要回頭重讀的時候，則會用 Word 開啓，並改用直式和黑體來顯示。其實用什麼軟體都沒關係，反正就是進行「橫式／直式」與「明體／黑體」的切換。各位實際試試看應該就會明白，光是這樣就能讓整份原稿的外觀和印象產生很大的改變。如此一來，原稿與自己之間便產生了物理距離，也能發現原本沒注意到的錯誤。

最後，將它列印出來，手持紅筆進行最後的檢查。不是只有紙本媒體的文稿才這麼做，即使要用於網路媒體，也一定要列印出來。只要不吝於進行這道程序，一定能以相當客觀的角度來閱讀。

　　我是一隻貓。還沒取名字。在哪兒出生的我也搞不清楚，只記得好像曾在一個昏暗的地方喵喵哭著。我在這地方頭一次見到人類這種東西。而且後來才聽說，那是人類當中最凶惡的族群，叫做書生。據說這所謂的書生經常抓我們煮來吃。不過當時我因爲沒什麼想法，也就不特別感到害怕。只有在被他托上掌心倏地往上拎時，感覺有那麼點輕飄飄的。在那掌上稍稍定了神後所見到的書生臉龐，應該就是我生平第一次看見的人類這東西吧。當時心想「這東西可眞怪」的那種感覺一直留到現在。首先，那張原本應該有毛髮妝點的臉上竟然光溜溜的，簡直就像只茶壺似的。

《我是貓》　橫式・明體

我是一隻貓。還沒取名字。在哪兒出生的我也搞不清楚，只記得好像曾在一個昏暗的地方喵喵哭著。我在這地方頭一次見到人類這種東西。而且後來才聽說，那是人類當中最凶惡的族群，叫做書生。據說這所謂的書生經常抓我們煮來吃。不過當時我因為沒什麼想法，也就不特別感到害怕。只有在被他托上掌心倏地往上拎時，感覺有那麼點輕飄飄的。在那掌上稍稍定了神後所見到的書生臉龐，應該就是我生平第一次看見的人類這東西吧。當時心想「這東西可真怪」的那種感覺一直留到現在。首先，那張原本應該有毛髮妝點的臉上竟然光溜溜的，簡直就像只茶壺似的。

《我是貓》　直式．黑體

三、精神距離

這是在心中將原稿從自己身上剝除的動作。具體來說，就是在進行推敲前，先將原稿寄送給編輯——儘管還有收尾的工作，但還是可以在截稿前幾天先寄過去。

自己一個人抱著原稿不放時，很難客觀審閱；可是一旦寄給編輯、鬆開手之後，突然就能客觀看待了。這是因爲自己會將「那個人（編輯）讀了會怎麼想？」當成最迫切要面對的現實問題。

如果是不需要交給編輯的那種原稿，也可以讓家人朋友閱讀。藉由「這份原稿已不再專屬於我」的既定事實，形成精神上的距離。

只要能用以上三種方法保持距離，相信可以達到某種程度的客觀性。關於物理距離，以下再爲各位再說明得仔細一點。

重讀的三步驟

一說到推敲，許多人很容易認爲就是拿著紅筆動手修改；可能也有很多寫手並不會將原稿列印出來——也就是不用紅筆，所有作業都在螢幕前完成。不論是哪種方式，「一邊重讀，一邊修改當下認爲不妥的部分」就是一般對「推敲」的認知。

不過推敲並不是經過一次「邊讀邊改」就結束了。我會用三個步驟去進行，也就是「誦讀」「改變外觀再讀」「筆讀」。

一、誦讀

首先，不拿紅筆，也不進行修改，單純以一名讀者的身分，將原稿從頭到尾讀一遍，這就是第一階段。在這個階段，希望各位能讀出聲音來；如果在意旁人的目光，只張嘴但不讀出聲音也可以。

誦讀，就是讓使用眼睛和耳朵的輸入功能，與使用嘴巴和喉嚨的輸出功能同時運作，是極有效果的閱讀法。文章裡的某些部分必須在耳朵聽到後，才會頭一次察覺；也有些地方是讀出聲音（或試圖讀出來）後才會注意到的錯誤和不協調。一般閱讀時可以默念無妨，但推敲時請務必從讀出聲音開始。

誦讀完畢時，你心裡可能還會殘留一些不協調感。

也許是風格，也許是韻律、節奏或架構問題也說不定，甚至是更籠統的「似乎有哪裡不對勁」「有哪些地方不自然」的感覺。如果連一個不協調的地方都沒有，那麼要不你就是個天才寫手，要不你就是個標準過分寬鬆的讀者。至少我自己在回頭重讀自己寫的原稿（初稿）時，一定都會有感到不協調的部分。

在第1章，我是這麼寫的。

> 拙劣的文章，並不是指技巧不成熟的文章。無關乎技巧，也無關乎投注多少時間，凡是「寫得草率粗糙的文章」，都是拙劣的文章。因此，即使是技巧再純熟的作家，也可能寫出這種文章。可以說，解讀這類文章就是在解讀寫作者「草率的程度」。（中略）乍看之下似乎沒問題，卻讓人感到有些彆扭的拙劣文章，仍然堆積如山。對於造成這種彆扭的「草率與粗糙」，就讓我們當個鍥而不捨、緊追在後的讀者吧。寫作者之所以那樣寫，是因為心裡想到什麼？還是沒想到什麼？對拙劣文章要求嚴格的讀者，也會以嚴謹的態度對待自己的文章。
>
> ——摘自第1章〈答案就在拙劣的文章裡〉

不論原本打算要將原稿寫得多認眞仔細，一定會殘留草率粗糙的部分。

也許是既要面對截稿期限，又得處理其他工作。說實在的，我們不可能只爲了一小段文章，便耽擱幾個小時去思考。即使寫得不順手，還是會姑且先寫些什麼，繼續往下走。在猶豫的狀況下所寫的拙劣段落，不久後便被一長串文章吞噬淹沒，除非透過推敲，否則難以發現。要避免見樹不見林，首先要綜觀全局，看見整座森林。當我們察覺出整座森林飄散出來的不協調感，或「後半段的文章發展太牽強」「引言有點太刻意」之類的異樣後，推敲的第一階段就算結束了。

二、改變外觀再讀

閱讀速度慢的我，讀完一本書至少要花一個晚上的時間。小說的話要好幾天，如果是托爾斯泰或杜斯妥也夫斯基的大長篇，更得花好幾個星期才讀得完。然而自己寫的書，卻幾小時就讀完了。

不是因爲文章容易讀的關係，而是因爲其中只寫了「自己知道的事」。我們在閱讀自己所寫的文稿時，讀的不是文章（具體），而是撰寫的內容（抽象）。那一段說明什麼，下一段又說些什麼？從那裡開始如何往下推展並連貫到最後一句？我們所讀到的頂多是這樣的東西，絕對不是以一字一句爲單位去閱讀。

而且，早就習慣解讀文章的人類大腦具有自動修正錯漏字的功能。像是閱讀時會將「這是種開自採格陵蘭的礦物」自動修正爲「這是種開採自格陵蘭的礦物」、將「文字序順不定一能影響閱讀」修正爲「文字順序不一定能影響閱讀」等。這是稱爲 typoglycemia（不影響閱讀理解的拼寫或印刷錯誤）的現象，是大腦的認知特性。雖然這是一項値得感謝的功能，卻是推敲時的頭號敵人。如果是自己寫的原稿，就更容易陷入只擷取意義、卻忽略要謹愼面對文章的狀況。

因此，我們要讓外觀變爲「頭一次讀到的內容」，也就是改變格式。如同前面所說明的「物理距離」，利用軟體改變原稿的格式（直式／橫式、明體／黑體）後再閱讀。

爲什麼要改變外觀？

閱讀時，橫排與直排的視線移動方向是不同的（請見圖11）。橫排文字是從左寫到右，由上排到下；另一方面，直排文字是從上寫到下，由右排到左。

原稿的外觀改變了，文字給人的感覺也跟著產生變化，就連閱讀時的視線移動方向都不一樣（最好連字體大小也一併改變）。這樣的效果非常好。雖然是自己寫出來的，卻相當接近「頭一次讀到的內容」。誦讀時隱約感受到的那種不協調，有機會在這個過程中辨明眞相。一旦發現了，便能大刀闊斧進行增刪修改。

最近我不只是利用文書軟體進行格式變更，很多時候也會將原稿傳到手機裡，用小螢幕來讀。這也是瞬間就能改變外觀的方法。

圖11　橫排與直排的差異

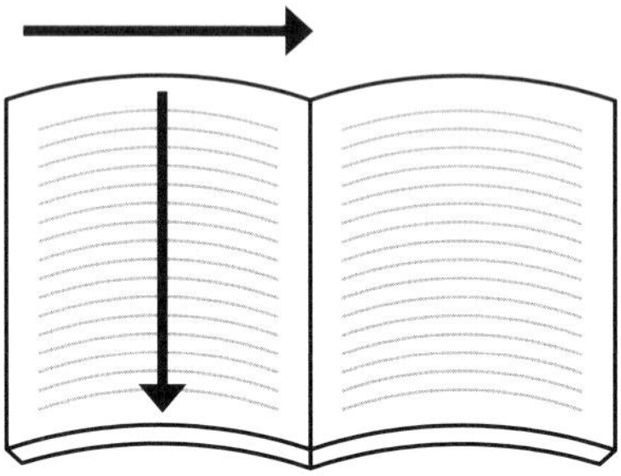

橫排是
「從左到右」＋「從上到下」

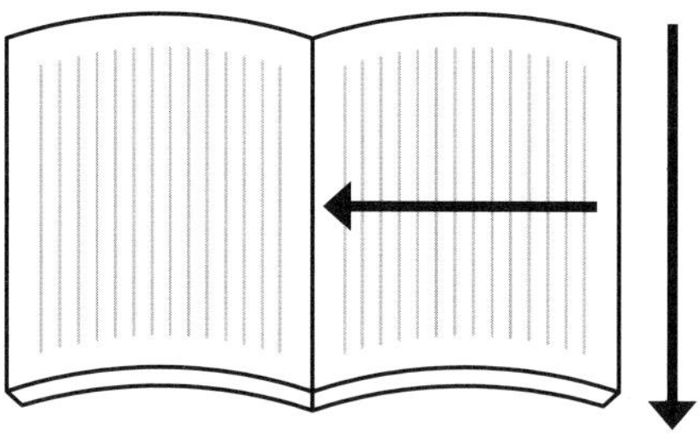

直排是
「從上到下」＋「從右到左」

三、筆讀

經過前面兩個步驟後，總算輪到紅筆出場了。推敲的第三階段是「筆讀」。這是將原稿列印在紙上，一邊推敲一邊用紅筆修改的步驟。列印時，網路用的原稿就用橫排，書籍用的原稿就用直排，包含字體在內，盡可能接近日後要刊載出版時的外觀（每行字數如果也能一樣更好）。

筆讀最大的好處並不是「能在紙上寫東西」。如果只是要增刪內容的話，在螢幕上也可以操作。筆讀的好處在於「可以讓目光隨著筆尖逐字閱讀」。列印出來後，像是要用線把每一個字連在一起似地往下讀；不是以段落或句子為單位，而是以「字」為單位，這是只有筆讀才辦得到的事。我之所以推薦使用紙張和紅筆的筆讀，最大的原因就在此。

要以做菜來形容推敲的話，就是確認食材（誦讀）、大膽下刀（改變外觀再讀）、仔細挑去碎骨頭（筆讀）的三個階段。只是茫然地從頭讀過一遍，稱不上推敲。請讓這三個步驟成為自己的習慣，一次、兩次、三次……一再重複下去。

寫作者與閱讀者的優先順序

取材（尤其是訪談）前的我，精神往往相當振奮。

過程中很開心，結束後的心情也一直都很好。要如何將這些寫成原稿、用什麼順序去論述、如果加入什麼應該會更精采、要是有○○或許就更能了解當時那段話的意思……像這樣，光是想著接下來要做的事，就已經讓我充滿期待。

另一方面，雖說「推敲是對自己的取材」，但進入推敲階段前的我，心情其實很沉重。不僅毫無雀躍期待的感覺，可以的話，還希望能避開這一關、就那麼算了。實際上，除了因爲工作所寫的原稿，其他文章（像是郵件或部落格等等）我根本不會回頭再看過。

到底爲什麼會這樣？對象是他人時，取材明明是那麼快樂的事；一旦對象換成自己時（推敲），卻變得毫無樂趣？

原因之一，在於「只能獲得已知資訊」這種架構上的缺陷。

不同於讀了某人的書、聽了某人說的話，讀自己的原稿就是只會讀到「已經知道的事」。結果既沒有驚訝，沒有感動和新發現，心情也不會振奮。這其實是無可奈何的。

比起這件事，推敲之所以讓人心情沉重，或許還是因爲「面對差勁的自己」所感受到的煎熬吧？回頭讀讀自己寫的原稿，領悟到結構的鬆散、發現邏輯上的破綻、對文章的拙劣表現覺得厭煩、對草率了事的自己感到失望。難道不是這種種狀況，才使推敲變成了苦差事？

不過，希望各位可以這麼想。

我們藉由推敲面對差勁的自己，並在原本認爲還不錯的文稿裡發現各種錯誤。但那不是因爲「身爲寫作者的自己」差勁，而是「身爲讀者的自己」很敏銳的證明。

這一點非常重要。

身爲寫作者的自己不論累積了多少經歷，一定會在某處遇上瓶頸；甚至可以說，越是隨著資歷與年齡的增長，越是失去年輕時的敏銳與氣勢。體力下降、專注力也變差，原稿品質變得粗糙。儘管技巧上有所提升，但事實上，在擁有某種程度能力的同時，原稿反而更容易淪爲模式化，試圖矇騙讀者與自己。目前爲止，我曾見過許多前輩（有時連後進也不例外）落入這個陷阱。我自己也是，在持續不斷往專業領域靠近的過程中，並非沒犯過同樣的錯誤。

相對於此，身爲讀者的自己卻能不斷向上提升，既可以比現在更嚴格，也可以變得更主動積極。執筆寫作不能缺少體力與專注力，但在閱讀方面，經驗的累積卻更重要，經驗所帶來的效果，完全就是加分。

進入推敲前的原稿已達一定標準、即使就那樣送到讀者面前也沒有品質上的問題、已到達能讓編輯一次過關的水準……對專業寫手來說，這些要求是理所當然的。問題是「身爲讀者的自己」如何看待。

推敲所要耗費的工夫，並不是因爲原稿拙劣而造成的。

「只要原稿寫得好，根本就不用推敲」什麼的說法根本行不通。

不如說，身爲寫手的整體能力越強，推敲的工作就越困難。因爲隨著「身爲讀者的自己」不斷磨練，思考所能及的範圍會逐漸擴大，能撰寫的東西也會更多，已經無法安於當個膚淺的讀者。

以我自己爲例，我對於「身爲寫作者的自己」評價相當低，認爲自己是個過分天眞而笨拙的寫手。

但我對於「身爲讀者的自己」卻有高度的信任。無關乎社會上的評價，只要這傢伙（身爲讀者的自己）認爲精采，一定就是精采；只要這傢伙受到感動，內容一定非常棒——我打從心底這麼認爲。當然，也因爲這樣，這傢伙的眼光絕對非常犀利，半吊子的東西無法贏得他的掌聲，畢竟他是個非常嚴格的讀者。

經過反覆推敲，當「身爲讀者的自己」感到滿意時，就表示這份文稿的水準已超越「身爲寫作者的自己」，到達一個未經推敲便難以企及的領域。

剛開始進行推敲時，之所以感到心情沉重，是因爲還無法從「身爲寫作者的自己」抽離。儘管很痛苦，但到了某個階段，「身爲讀者的自己」就會占上風，「身爲寫作者的自己」於是成了毫不相干的他人，面對差勁自己的難堪也會漸漸淡去。甚至可以說，將能沉浸在自我超越的快感中。

並非因爲寫手不夠純熟，才需要推敲；而是因爲身爲一名優秀敏銳的讀者，才有辦法做到這件事。

讓最厲害的讀者出場

如同前面說明過的，所謂的推敲，要將「身爲寫作者的自己」與「身爲讀者的自己」切割開來，態度要盡可能客觀到幾乎忘記自己寫過什麼，完全站在第三者的角度，否則就無法做到眞正的推敲。「讓它先睡一晚」或「改變原稿外觀」等，就是爲了讓自己保持客觀的方法。

但要是時間上不允許讓它先睡一晚的話怎麼辦？有辦法讓剛剛還是「寫作者」的自己立即切換成「讀者」身分嗎？難道不會因爲還殘留著身爲寫作者的感覺，以至於無法客觀看待原稿，不足以勝任嚴謹把關的任務嗎？而且，難道不會因此使標準變得太寬鬆，導致文章架構變得鬆散嗎？這些，恐怕是所有寫手所面臨的窘境。

我想推薦各位的做法，是讓「最厲害的讀者」出場。

不論是由衷敬重的作家、總是以敏銳思維打動人心的評論家，或是學生時代的恩師、想效法追隨的前輩……任何一位都可以。請想想：如果是自己敬重的「那個人」讀了這份原稿，他會說什麼？

當然，既然是最厲害的讀者，「那個人」必將看穿你的謊言、找出文章裡的矛盾之處、識破取材上的不周全；就連那些耍小聰明的伎倆、逞強的表現、投機取巧的地方，也將全部顯露無遺。哪些是事實，哪些是誇大其詞；哪些是自己的看法，哪些又是拾人牙慧；專注力持續到哪個地方、從哪個階段開始渾水摸魚、有多少資料是正確的、資料引用來源的正確性如何、明顯抄襲的部分、以假亂眞的論點……所有一切都會被識破。

最可怕的是，寫出這種差勁原稿的你，將因爲最厲害的讀者表示「你竟然寫出這種東西？你認爲這樣就能『過關』嗎？」而感到沮喪氣餒、覺得自己遭到輕視——像這樣最厲害也最令人害怕的讀者，請在自己心中備好幾位人選。可以的話，不要找已不在人世的，而要找眞正有可能閱讀你作品的人。

取材時投機取巧、執筆時剽竊抄襲、推敲時偷懶敷衍的人，心裡大多認為「不會穿幫」，覺得「才這麼一點點，應該不會有問題」，根本不當一回事。換句話說，就是將讀者當成笨蛋，認為他們不如自己。這部分其實已經涉及人格與品行的問題，既不是光靠技術就能蒙混過去，也不是我可以插嘴干涉的。

不過，「能看穿一切的讀者」確實存在。

即使不在你的視線範圍內，也必定存在；可能有數人、數十人或數百人。你所撰寫的原稿，絕對有可能進入他們眼中——即使不過是一篇社群媒體的投稿。

因此，執筆時，時時刻刻都要想像這群強大讀者的嚴格目光正在盯著你。光是這一點，不用等到談論人格或品行什麼的，應該就足以規範自己了吧。

我自己也一樣，在執筆與反覆推敲的過程中，心裡一直假設有幾位「敬重的某人」會閱讀本書。那些人之中，有我認識的朋友，也有自己所景仰、甚至可說是對方粉絲的大作家。對於他們那種彷彿將我看穿的銳利目光，要說毫不畏懼是騙人的。我當然會害怕。人家會怎麼閱讀與看待我的作品？想像得越眞實，我就越感到膽怯。

不過，也因為有「那個人」關切的眼神，才讓我不敢鬆懈並努力到最後，也懂得自我鞭策。要是忘了他們的關注與存在，認爲「才這麼一點，應該不會被發現」而存有一絲僥倖，原稿想必將變得不堪一擊。

就這一點來說，身邊有著由衷敬重的前輩陪伴的寫手很強大，因爲能更近距離地切身感覺到「那個人可能會讀到我寫的東西」，爲了不愧對前輩的關心，於是變得更努力奮發。年輕時，我並沒有那樣的前輩在身邊（碰巧偶遇的那種無法成爲助力），因此打從心底感到羨慕。

以客觀的角度閱讀，也就是用「那個人」的觀點去閱讀。心裡應該要有多一點能讓自己由衷敬重的「那個人」，並善加利用他們關注的眼神。

如何找出邏輯的矛盾？

從推敲中找出錯漏字。

找出連接詞、形容詞、副詞、語尾……的重複表現（同語反覆）。

這些都不是什麼很難的事，只要看到了就知道，就像《威利在哪裡？》這種等級的問題。推敲時，最困難的不是找出「語詞的錯誤」，而是發現「邏輯的錯誤」。

要用建築物來比喻的話，所謂的邏輯就是骨架，是支撐房子的梁柱。邏輯有問題的話，建築物就會傾斜，變得沒辦法住人。

但事實上，等到建築物蓋好才要找出梁柱（骨架）不對勁的地方，是非常困難的。因為梁柱隱藏在牆壁或天花板內側，無法直接看見。牆壁一旦抹了灰泥、塗上油漆，除非真的進去住住看，否則無法察覺結構缺陷。

文章也一樣。即使某些地方在邏輯上有點奇怪，只要巧妙說明，就能掩蓋缺點：不管是硬拗的論述、轉移話題，甚至還可以用修辭蒙混過關。認真想想，那些照理說很奇怪的詐欺、多層次傳銷或資訊販賣⑤之所以能欺騙難以計數的被害者上勾，也是因為這樣（實際上，近似資訊販賣的書籍多到令人反胃）。

於是許多寫手儘管原來並未打算欺瞞讀者，卻因為用巧妙的言詞遮蓋了論述前後矛盾的地方，以至於最後完成的作品就像一幢危樓——不，就連我自己也一樣，如果不是特別謹慎的話，難免會說出邏輯上很奇怪的事。在字句的厚重包裝下，說不定梁柱已經是歪斜的了。

那麼，該如何才能自行發現邏輯的矛盾呢？該怎麼看穿隱藏在牆後的架構缺陷？

---

⑤ 原文是「情報商材」，指透過網路販售消費者有興趣的資訊，例如投資、自我成長、交友等。

只能拍X光片了。

去除語詞上的裝飾，只將梁柱（論點）寫出來。也就是說，將那段內容所敘述的論點以條列式抽離出來。拿前一節〈讓最厲害的讀者出場〉來說，不只要反覆閱讀，還要條列式地整理出論點。就像這樣：

一、推敲時必須脫離「身爲寫作者的自己」，徹底保持客觀。
二、但是剛寫好的原稿很難以客觀的角度去看待。
三、那就讓「最厲害的讀者」出場吧。
四、心裡要想：會識破所有謊言與取巧伎倆的「那個人」會閱讀你的文章。
五、說穿了，之所以說謊與取巧是因爲覺得「不會穿幫」。
六、「不會穿幫」的背後，是將讀者當成笨蛋的念頭。
七、正因爲如此，要讓由衷敬重的「最厲害的讀者」出場。
八、實際上我也這麼做。
九、有敬重的前輩陪伴在自己身邊的寫手很強大。
十、善用心中敬重的「那個人」的觀點。

單純將論點抽離出來看的結果，確實可以形成一套邏輯。

不過，做爲引言的第一點是目前爲止反覆提到的內容，感覺有點膩。另外，從第二項推演到第三項有些牽強。所以，刪掉拖拖拉拉的引言，改用一針見血的定義，相信可以讓原稿更扎實。就像這樣：

一、推敲是看穿自己的謊言與取巧伎倆的一道步驟。
二、之所以說謊和取巧是因爲覺得「不會穿幫」。
三、「不會穿幫」的背後，是將讀者當成笨蛋的念頭。
四、就讓絕對不容小覷的「最厲害的讀者」出場吧。
五、心裡要想：會識破所有謊言與取巧伎倆的「那個人」會閱讀你的文章。
六、比起見不到容貌的讀者，更應該想像一下自己知道的「那個人」。
七、實際上我也這麼做。
八、有敬重的前輩陪伴在自己身邊的寫手很強大。
九、善用心中敬重的「那個人」的觀點。

當成本次推敲的事例，我依照第一種條列式論點來寫；但如果是平常的我，一定會依第二種流程改寫，能讓文章更清爽，引言部分的定義也是後者更精采、更有氣勢。即使是邏輯前後一貫的原稿，也可以像這樣反覆整理。

那麼，邏輯上有矛盾（架構上有缺陷）的原稿又如何呢？

只要逐一條列出來，必然會有哪個部分是「銜接不上的」，也就是原本並不連貫的地方，硬是用接著劑（轉移話題或修辭等）將它們黏在一起。當成文章來閱讀時，只會隱約感覺有些不對勁；像是雖然覺得有哪裡讀起來很不舒服，具體上卻又不太清楚要如何修改之類的。這就表示架構上有問題了。請以條列方式重新整理論點後，從頭再寫過吧——不光是調整細部，而是從頭寫過。如果只是在牆上重新塗漆，根本無濟於事。

此外，撰寫字數較多的原稿時，可以先逐條列出概要、確定走向後再下筆；也就是先整理論點、建構好骨架後，再用文字充實內容。撰寫的時候做一次，推敲階段再做一次，像這樣逐條列出論點，就是所謂「拍攝邏輯的X光片」，隱藏其中的骨折或脫臼痕跡，也想必能透過這個步驟發現。

所有原稿都有過與不足的問題

剛剛所針對的是架構，接下來要思考的，是從文章表現來進行推敲。

做爲前提，我認爲「所有原稿都有過與不足的問題」；至少在經過「推敲」這層濾網篩選前，不論是多資深的老手或大作家，所寫的東西都有「多餘」與「需要補足」的部分。

全神貫注、認眞寫稿時，寫手會埋首其中。

外界的雜音被驅逐到意識的遠方，感覺不到飢餓，連時間的流逝都忘了，整個人被帶入一種可稱爲「寫手愉悅感」（the writer's high）的興奮狀態。這件事本身非常棒：沒有沉浸投入，就無法寫出精采的文稿；要是冷靜淡定，只當成例行公事去寫，絕對無法超越平時的自己——無法超越普通且平淡的自我。

但這樣沉浸其中所寫出來的原稿必有「滿溢」和「疏漏」的現象。

先從「滿溢」開始說起。

對目標（受訪者、要闡述的論點等）的意念越是強烈，寫手的用詞也會跟著增幅。因爲想讓內容更有趣、更刺激、更引人關注，所以加重了下筆的力道；但即使只是一句話，或寥寥數字組成的語詞，也可能讓文字的表現整個爆滿。表現過度的文章，很快就會顯得後繼無力，於是將希望強調的部分寫得更用力——不，是非那麼寫不可，因爲文章自己就會要求更強大且豐沛的力道表現。越是技術高超的寫手，越能因應這樣的要求，並表現得越來越強烈。

可是就如同在深夜裡寫下的情書，沉浸在寫手愉悅感中所寫下的原稿，明顯缺乏客觀性，夾雜著像是謊言、誇大或煽情、沒有事實爲後盾的虛張聲勢、邏輯不通、架構缺陷等。過度膨脹的表現，將使得原本的強調失去了該有的功能。

正因如此，需要推敲。

沉浸於寫手愉悅感的身體退燒後，用冰雪般的雙眼重新審閱，毫不留情地去蕪存菁，用紅筆增刪修改。在避免削弱氣勢的同時，也要仔細刪去滿溢的部分，不論是爲了讀者、爲了自己，甚至是爲了那些在取材中提供協助的人，都必須讓原稿回歸眞誠平實的面貌。假設文章裡有這麼一句話：「絕對要避免做○○的事。」裡面所用的「絕對」是否正確？是否有其必要性？自己必須針對這些部分進行嚴格檢視。並不是表現得越強烈，文章的意旨就越容易傳達。比起大聲疾呼，正確的傳遞更重要。

另一方面，所謂的「疏漏」又是怎麼一回事？

如果是因爲取材不足所造成的遺漏，那就是進入推敲前的問題。只能回到第1章所說的，進行後續取材。

這裡所要思考的是另外一種，也就是取材工作已做得非常充分後才出現的「疏漏」。

比方說，你針對少子化政策訪問了專家。但直到採訪前，你都沒有特別關注這個問題，只有一些籠統的概念。從「事先採訪」「正式採訪」到「後續採訪」的過程中，你應該會察覺到這確實是個嚴重的問題。才不過半年前左右，就連讀完一本相關議題的入門書，都會讓你感覺痛苦萬分，但現在的你想必從專業書籍到政府政策白皮書，都能順暢地閱讀並充分理解吧。我們可以說，只要一步一腳印地做好取材，必然能帶來這樣的結果。

像這樣，完成全部取材的寫手，可說已不再是那個領域的外行人，而是一個了解專業用語、了解專家所抱持問題意識的取材者。不論是知識或心態上，都十分接近專家的境界。

這種時候會出現的就是「疏漏」。

原本需要好幾項先備知識才能談論的話題，你卻突然三級跳開始進行論述。一般讀者完全跟不上的高難度話題，你卻閒話家常似地開始說了起來。你已經不明白讀者知道什麼、不知道什麼、自己又該從哪裡開始說起才對，結果變成一篇冷淡地將不熟悉此議題的讀者拒於門外、「謝絕生客」的原稿。

這也是關乎寫手存在意義的一項重大問題。

寫手爲何會在那裡？基於什麼樣的理由得以享有立足之地？不是因爲文筆好。社會上文筆比你我都好的人多不勝數。寫手之所以不可替代，是因爲他們了解「不懂的人是什麼心情」。做爲立場與讀者相同（非專業）的人，寫手是很難能可貴的。然而這樣的寫手要是無法貼近讀者，便失去了作用。就算做了再多取材，都還是得以讀者爲主軸才行。

推敲，是回歸「空空如也的自己」最後的機會。給這個自以爲是的自己潑桶冷水吧。

難以取捨，那就捨

與編輯閒聊時，曾聽過這樣的煩惱：

「我在寫手的原稿裡標示要修改的部分後，就交還給他了；像是這裡看不太懂、這部分的邏輯有點怪、這邊希望他再寫詳細一點之類的。可是那位寫手收到後再交回來的原稿，根本沒有更動耶，頂多是改幾個字詞的程度，其他幾乎都沒動。最後我想，與其這樣一來一往重複個幾次也沒有進展，而且又有截稿的壓力，不如乾脆自己動手改。」

該如何面對來自編輯的意見反饋？有關這部分的具體內容，會在下一章詳細說明。不過，跟反饋什麼的無關，有許多寫手無法修改自己的原稿，眞的很多。儘管心裡明白要改，但就算一直盯著那應該修改的原稿瞧，腦袋就是當了機，實在不知道該怎麼修改哪些地方才對。

關於這部分，只要難以取捨，那就捨。

並非在原稿上「加工＝修改」，而是要先「捨棄」。如同電影剪輯師在大量膠卷裡精挑細選那樣，以「要捨棄哪裡？」的觀點去閱讀。可能是捨棄一整個段落，也可能是一整頁；如果是書籍的話，整個章節全部刪除也不是沒有可能。捨棄後，暫且讓眼前（眼睛所見的景色）保持一片空白——就是那些不完備的文字和文章陳列在眼前，才會讓思考僵化。一旦受限於眼前的字句，新的東西就不會浮現上來。

當然，你應該會覺得：「好不容易才寫出來的，好可惜。」自己寫得那麼辛苦、查了那麼多資料、花了那麼多時間去思考，身爲寫手的我，非常能體會那種心情。

但是在推敲時，「很可惜」三個字是絕對禁用的。讀者不是要閱讀你的辛苦，支付給你的稿費也不是爲了要買你的辛苦。無關乎你投入了多少時間和勞力，讀者只是想閱讀「精采有趣的內容」而已。我這麼努力、這麼辛苦、耗費這麼多時間……這些單方面屬於寫作者的諸多緣由根本無關緊要。

此外，不同於以頁數或段落爲單位的「捨棄」，也有字彙層級的「刪減」。

文章裡不需要贅肉。溫潤豐滿與滿身贅肉完全是兩回事。即使是那些慣於撰寫柔軟文章的散文家，寫出來的也是富有彈性的肌肉，而不是油膩的贅肉。贅肉纏身的文章再怎麼樣都會變得沉重而冗長，踏不出輕快的步伐。

那麼，對文章而言的贅肉是什麼？

一個是「灌水」。

例如你原本必須寫出一萬字的原稿，但頂多只想到了五千字左右，實際上一寫出來，可能連四千字都不到。這種時候，必須重新修改文章本身的組織架構才行，藉由增加場景、場景序列——具體上來說，例如增加小故事或各種觀點等等，重新進行整體建構。

不過有些人可能沒想那麼多，或是嫌麻煩，因此多半依照「現有的架構」去增加字數：增加一些不痛不癢的字句、囉哩囉嗦地說些深奧的學問或開場白，開始拚命「灌水」。比方說，要談論有關一神教的內容時，「話說回來，根據◯◯詞典的解釋，所謂的一神教……」像這樣引用詞典的內容來開場的文章，就是最典型的灌水。這是誰都寫得出來的東西，而且一點也不有趣。恐怕許多寫手都對這部分心裡有數吧。

接著，比「灌水」更嚴重的贅肉是「提味佐料」。

爲了展露自己的本事、感受性、博學而加入的一些類似祕方的東西。

舉例來說，假設番茄醬可做爲咖哩的提味佐料。原本依照食譜做就已經夠好吃了，但只要再加一點點番茄醬，就會更美味。

不過換成那些不習慣做菜的人——也就是缺乏經驗的寫手——反而會加入一大堆番茄醬。

說得極端一點，他們加入的番茄醬幾乎讓咖哩染成紅色的。爲什麼這麼做？因爲「希望人家注意到」。希望別人發現這和普通的咖哩味道有些不同，希望有人能察覺到番茄醬的酸甜，還希望大家能注意到加了番茄醬的這個人所擁有的本事。結果好好的一鍋咖哩就這樣糟蹋了。

原創的表現當然重要，構思精準的修辭也很重要，但這些都不能太過火。就是要隱身在檯面下才叫提味。要是將原稿的顏色染成跟番茄醬沒兩樣的話，這種提味佐料只能算是贅肉。

從各種角度反覆審閱原稿，刪除過多的提味佐料。漂亮的措辭、自作聰明的伎倆、道聽塗說的知識……越是這種自以爲「說得好」的部分，越容易成爲讓讀者掃興的贅肉。不要猶豫，刪掉吧。

先讓自己具備依食譜做菜的基本能力，與穩定重現相同風味的實力。至於添加提味佐料什麼的，之後再說吧。

別寫出不想讓他人讀到的文章

既然提到了原創，也順便說說關於剽竊這件事，也就是我對剽竊或抄襲、仿冒的想法。剽竊行爲可粗略分爲兩種，「故意」和「不小心」的剽竊。

其中較棘手的，應該是不小心的剽竊行爲吧。

比方說，將從某人那裡聽到的想法當成自己想到的，或是把明明曾在哪裡讀過的內容當自己發現或發明的。這些人對自己的剽竊行爲多半沒有自覺，還眞以爲那些是自己的想法。即使曾想過「好像有其他人說過類似的話」或「好像有哪本書寫過同樣的看法」，卻始終相信自己才是原創者。

從某種意義來說，這是無可避免的。

比方說，讀了一本書，從中學到了什麼，然後將學到的知識說給別人聽。在某些人看來，這似乎就是盜用。但事實上，學習和盜用的界線本來就非常模糊；即使回想我自己過去的經歷，「有自覺的學習」「毫無自覺的學習＝就結果而言是盜用」，以及「自己思考出來的」這些行爲之間，確實很難清楚畫出界線。

要說能怎麼做的話，似乎只能確實記憶或記錄下來了：是誰在哪裡曾這麼說過之類的。實際上，越是認眞學習、說話誠實的人，越是會在發表言論時指明出處，像是「這是夏目漱石在《虞美人草》一書中所寫的」「這是〇〇〇先生教我的」。我認爲，與其說是記憶力的問題，其實更關乎對他人的敬意。

另一方面，當然也有眞正的剽竊。我自己過去的著作就曾遭受許多只能說是剽竊或盜用行爲的侵害。

「雖然是那本書裡寫的，不過當成我自己的論點去寫，應該不會穿幫吧？」

「雖然是從他那裡聽到的說法，就當成我自己想到的吧。」

「只要更改一下說詞，應該不算抄襲吧。」

不論程度多微不足道，斷了這個念頭絕對比較好。無關乎會不會穿幫，或是有無侵害著作權這種實際的問題，都別這麼做。爲什麼？

剽竊、取材不足、不懂裝懂或說謊……撰寫這些（會讓自己心虛的）原稿的過程中，必然會摻雜「要是那個人（被抄襲的對象）看到怎麼辦？」「要是穿幫了怎麼辦？」之類的擔心害怕；在這種情緒下所撰寫的文章，到頭來也會變得難以傳達給更多人。原稿本身會變得僵硬，拒絕讓所有人閱讀。聽起來或許有那麼一點玄妙，但事實就是如此。

請徹底執行取材工作。

請只寫出腦袋已充分理解的事物。

請用自己的話語去思考。

這全都是爲了創作「想讓所有人閱讀的原稿」。

就算不是你直接抄襲的對象，可能偶爾還是會有幾個讓你覺得「不想讓他讀到」「害怕被他讀到」的人。但只要取材與執筆過程中沒有心虛、愧對於人的地方，這樣的困惑很容易就能突破。只要不欺騙自己，作品就能成爲「想讓所有人閱讀的原稿」。關於這部分，完全就是自己跟自己的戰鬥。

既然都煞費苦心去寫了，就別寫出「不想讓他人閱讀的原稿」。

「完成」到底是什麼意思？

雖說本章的重點在於推敲，但目前爲止，還有一個重點沒談到。推敲的意義？懂了。閱讀原稿的方式？也懂了。要注意哪裡、看透什麼、捨棄刪減哪些才對？也都懂了。

但推敲並不是做完捨棄或刪減的工作就算結束。

補足欠缺的部分、構想更精采的發展、思考更貼切的比喻、以更傑出的表現手法爲目標……將現有的原稿水準往上提升兩到三個層次，甚至是更高的境界；換句話說，要進入第二次翻譯與創作階段，才算推敲。

閱讀、捨棄、刪減，然後「撰寫」。

推敲時，身爲寫作者的你除了是自己的讀者、取材者、編輯，最後還必須再一次回歸到翻譯者（寫作者）的角色。

請各位回想一下第1章。

談到寫手應具備的閱讀能力時，我提出了一個觀點，就是注意「未著墨的部分」；也就是閱讀某人的文章時，除了思考「作者爲何那麼寫」，還要想想「作者爲什麼沒有這樣寫」。

推敲的基本態度也一樣。

對於寫得不太好的部分，就算追問「過去的我爲什麼那樣寫」，也不過徒然讓自己感到羞愧難堪，而且恐怕只會得到無聊的答案，像是「因爲想那樣寫」「因爲只想到這些」「因爲取材時就是這樣聽說的」「沒什麼特別的理由，就是這樣」等等。

相反的，「爲什麼沒有這樣寫」是要讓現在的自己對過去的自己提出建議：這樣寫不是比較容易理解嗎？這種說法不是比較貼切、比較有意思嗎？如果是現在的自己就會這麼寫——我稱這種一邊提出看法，一邊閱讀的方式爲「提案式推敲」。若能在日常生活中（透過主動閱讀）時時鍛鍊身爲閱讀者的自己，想必就會浮現出各種對「爲什麼沒有這樣寫」的回應。

請各位記住一點：

「寫完」和「寫好」（完成）完全是兩回事。

不管是誰寫出了怎樣的原稿，只要經過推敲，就會變得更好、更精采；換言之，「寫完」

的文稿還有進步的空間，但所謂的原稿，得要「寫好」才算數。要精益求精、要提升層次、要琢磨、要推向更高的境界……做到這種程度才算完成。直到能稱得上「寫好」——也就是完成推敲為止，都不能停下來。

下一章是本書最後一章，將為各位解說關於「寫好」的部分。這是推敲的最後階段，也是單純為了「寫出更精采有趣的原稿」的說明。

第9章

爲了完成原稿

專業的條件

對寫手而言，專業的條件是什麼？

必須具備什麼條件，才能成爲人我都認同的專業人士？

寫手與醫師或律師不同，沒有國家考試可以證明其資格。只要在名片印上「撰稿人」的字樣，任何人都能輕鬆冠上這個頭銜。寫文章這種事人人可做，而且事實上，大家每天都在書寫各式各樣的文章，不論是透過電子郵件或社群媒體。

在我開始從事這項工作的一九九〇年代，專業的條件很簡單：寫文章並獲得相對的報酬或能靠它吃飯養家，就是專業人士的證明。自己寫的文章被印刷出來並因此得到報酬，感覺就像做夢一樣。收取稿費當然不用說，當時「被印刷出來」這件事本身，是屬於極少數專業人士才有的特權。

不過從個人部落格開始普及的二〇〇〇年之後，情況變了。透過聯盟式行銷⑥，任何人都可以透過個人部落格的文章取得相對的報酬；而這些具有強大影響力的部落客之中，後來也出現了收入比專業寫手更勝一籌的寫作者。此外，從過去的付費電子報到現在的媒體平臺，不依靠廣告收入，而是以訂閱（販售）個人文章爲主的獲利模式，更可說是盛況空前。如果要以「寫文章並獲得相對的報酬」或「靠它吃飯」當成專業人士的條件，那麼寫手與部落客之間已然失去了分界。

然而，寫手與部落客並不相同。即使每天都在部落格或社群媒體上寫東西，獲取高額報酬並以此維生，依然只是專業的部落客而不是專業寫手，也不是專業作家。

那麼，對作家或寫手而言，「專業人士的條件」是什麼？是文筆？是名片上的頭銜？是文章發表在哪裡（媒體）的問題嗎？

全都不是。

——是編輯。

稱爲「我」的這個寫作者，有專業的編輯陪伴；我所撰寫的原稿，有專業的編輯介入其中並提供協助；身爲專業人士的編輯找到我這個寫作者，提議「希望由你來寫這個」，完全信任我的能力並期待我所撰寫的原稿。

我認爲，如果寫手身旁有這樣的人在，那麼他必然是專業人士；即使稿酬微薄、很難賴以維生、依然可以大方宣稱自己是專業人士。

以推敲的脈絡來思考。

如果你是專業寫手，在「寫好」（完成）原稿的過程中，一定有編輯介入。原稿並不是只要交給編輯就好的東西，必須與編輯一起打造、共同琢磨後，才能視爲眞正的完成品；至少就理想而言是這樣。無論如何，考慮到推敲這一點，尤其是「完成原稿」，必然會涉及與編輯之間的關係。

編輯不是寫手的雇主，與客戶也有點不同。彼此的關係既不像是馬拉松的選手與陪跑員，實際上也沒有一起跑的感覺；眞正進行書寫的，終歸還是只有自己一個人。寫手撰寫原稿的期間，編輯理所當然在做其他事情——或是編其他的書，或是喝酒，或是追劇，或是忙著報帳，

---

⑥ 聯盟式行銷（Affiliate Marketing）是一種以成效為基準的行銷方式。業主與推廣者（如部落客、網紅、其他品牌）合作，請推廣者協助促銷商品。推廣者引流至業主的客戶越多，獲得的獎勵也越多。

完全不是經常陪在身邊的那種關係。

那麼，所謂的編輯究竟是什麼樣的角色？

對寫手而言，編輯是什麼樣的存在？

推敲的過程中，要參考編輯的反饋到什麼程度，又該如何回應才對？我希望以此爲出發點，在最後一章思考「完成原稿」這件事。

編輯的角色是什麼？

要爲「編輯」這份工作下定義，非常困難。

比方說，雜誌編輯和書籍編輯應有的樣貌全然不同；就算同樣是書籍編輯，文學書、實用書和童書需要的編輯也各有不同，另外還有漫畫編輯這樣的職務。再來，若是網路媒體的編輯或總監，其評估標準和職務所需要的能力，相信也與紙本媒體不同。要想一概而論「所謂的編輯，就是○○」，實在太勉強。

不過如果是從寫作者的立場來談論「希望編輯是這樣的人」，比如在職務能力上很明確地指出「其他部分無所謂，希望他至少能具備這項條件」，倒是可以說個分明；相信這應該也能與編輯的定義有所連結。

我個人希望編輯是「專業的讀者」。這不是解讀能力與閱讀量的問題。我所定義的專業讀者——也就是編輯——是「知道自己想讀什麼的人」。

因爲知道自己想讀的東西應有的樣貌，所以擬定企畫案、指揮坐鎮、規畫由誰如何論述什麼內容，並設計整體包裝。雖然這些內容很多時候是編輯以「想讀這樣的東西！」爲出發點，但編輯不會因爲想讀就自己寫，而且也辦不到。編輯不是「想寫作的人」，而是「想閱讀的人」；他們也不是「能寫作的人」，而是「懂閱讀的人」。

正是因爲編輯明白自己想讀什麼東西，才有辦法拿著紅筆在原稿上提示修改，指出「自己想讀的東西」與「眼前的原稿」之間的落差。就這個部分來說，完全不需要文筆。

話說回來，任何人應該都有「想讀這樣的東西！」的念頭吧。

像是無論如何都想讀一本讓人掉淚的書、想讀一本精采的犯罪推理小說、想讀一本將佛陀教誨解說得簡單明瞭的入門書、想讀某個人的新作品……等各式各樣的需求。不過基本上，這些都是去書店或圖書館就能解決的事。

傑出的編輯之所以專業，在於他想讀的東西「還不存在於這世上」。儘管是這世上還沒有的，卻能看見它的眞實性，也看得見只要仰賴某人的協助，或許就得以實現，甚至可以看到

「這樣的讀者應該會有這樣的反應」。這種「看見」的能力並非預言式的，而是一種想像和假設的延長，亦即幻想式的能力。

若以此前提來思考，就能明白爲什麼許多人對編輯有先入爲主的刻板印象。一般認爲，編輯是對趨勢潮流很敏感的一群人，看透「現在流行什麼？」「今後會流行什麼？」之後，再去塑造眾人所需求的內容。許多人認爲，編輯會在自己所到之處架設情報網，尋找「潮流的種子」，再讓它成長茁壯。

不過我自己熟識的那些傑出編輯，一直在尋找的並不是什麼「潮流的種子」，而是「這裡沒有的事物」。眼前的這裡有什麼？沒有什麼？爲什麼沒有？自己不能創造嗎？如果要做，還欠缺什麼？需要誰的協助？有了怎樣的搭配組合就能完成……對趨勢風向的敏感、行動力強，都不是爲了覓得「潮流的種子」，他們只是在尋找「還空著的位子」；只是爲了知道「這裡沒有的事物」，所以四處蒐集「已經有的東西」。

接下來，則要面對嚴苛的現實。

有很多追著流行跑的編輯或網站總監會擬定那種似曾相識、像是炒冷飯似的企畫案。不過即使是這種老套的內容，只要好好做，還是能達到一定的銷售量，可以拚個漂亮的數字；甚至有可能被評爲符合趨勢、有策略爲依歸的良好企畫。可是，這種炒冷飯的東西是自己想讀的東西嗎？身爲一名讀者的你（編輯），眞的認爲那是即使花了錢也想讀的東西嗎？

不論任何類別，編輯在身爲創作者之前，必須先是一名閱讀者；不是以「自己想創作什麼」，而是以「自己想讀些什麼」爲出發點。正因爲想讀的東西並未以自己想要的形式存在，所以編輯才著手去打造：設計規畫「由誰以什麼方式說些什麼」的包裝，並開始聯繫作家／寫手，以及取材的對象（例如專家）；此外，「由誰以什麼方式說些什麼」的三角形也必須是「目前爲止不曾有過的組合」。

以下稍做整理。

所謂的編輯，是專業的讀者。

專業的讀者，是指明白自己想讀什麼的人。

這裡所謂「自己想讀的東西」，必須是還不存在於世上的。因爲如果是既有的東西，只要去圖書館就讀得到，而且這樣的老哏就算重複再做，應該也不會是自己眞正想讀的東西。

「現在自己想讀什麼？」希望各位編輯能以專業人士的眼光，誠實專注在這一點。因爲創作「自己想讀的東西」就是編輯的工作。

寫手需要編輯的理由

接下來，我們從寫手的立場來思考一下，關於剛剛提到對編輯的定義。

對寫手而言，內容原則上應該是「自己想寫的東西」。即使是編輯提出的企畫，原稿的撰寫仍以「我」爲起點——不是其他任何人，而是根據「我」的感受、思考與認知的結果，使得原稿產生變化。只不過，在編輯試圖創作「自己想讀的東西」的情況下，寫手的工作就會變成「讓編輯『想讀的東西』具體成形」，簡直變得像承包商一樣。這部分該怎麼解釋才好？

寫手並不是爲了讓「編輯想讀的東西」具體成形而受雇於人的承包商。我們可以說，將自己視爲承包商的這種想法有百害而無一利。

編輯之所以對作家或寫手寄予厚望，就是因爲他們輕輕鬆鬆就能寫出水準超乎「編輯想讀的東西」的原稿，讓人忍不住說：「我就是想讀這個！」只要存有一絲「承包工作」的想法，就只能寫出水準低於編輯設想的東西；超乎編輯的期待，才叫專業寫手。爲了「超出這個人的期待」而艱苦奮戰的行動，事實上是一種合作關係。

爲此，寫手與編輯必須事先磨合彼此「想寫」和「想讀」的東西。當這部分看似背離、對立時，合作關係的前提就無法成立。當然可以在委託階段就確認，也可以選在結束取材、準備下筆前的階段進行，總之，請確實找個時間協調一下，讓彼此的大方向一致。要是覺得「編輯想讀的東西」很乏味，就請寫手提出更有趣的建議吧；並非完全遵照編輯的意見，也不用強迫推銷自己的想法，雙方朝著同一個方向是最重要的。

爲各位說明一下協調時常出現的模式。

主題是固定的，需要的取材也已經完成；分量（字數）已定，截稿日也確定了，剩下的就是研擬架構和撰寫而已。這種時候，比起「自己想寫的東西」，大多數寫手會以「目前自己能寫的東西」爲出發點：針對取材所得到的情報、採訪中出現的語句，還有截稿日之前的行程……斟酌各種條件後，在自己做得到的範圍內思考要呈現什麼內容。這是身爲專業人士理所當然且非常實際的想法。

相對於此，編輯考量的則是「自己想讀的東西」。寫不寫得出來暫且不論，完全只根據「想讀這樣的東西！」提出各種要求，甚至還有很多看似無理取鬧的突發奇想；只是說歸說，當事人本身完全沒有刻意刁難的意思就是了。對於不是從零開始寫起的那個人（編輯）來說，他們無法眞正理解寫作者得多辛苦才能達成那些目標。

與編輯攜手合作的意義就在這裡。

正因爲編輯不知道寫作者的辛苦，才會說出不負責任的理想，希望這樣、希望那樣地胡說八道一通。但就結果來看，編輯卻也將原本傾向於寫出「目前自己能寫的東西」的寫手拉回當初策畫的原點。「不是有辦法做得更多嗎？」給寫手一個重新思考的機會。

基於各自的立場，實際上不執筆的編輯理當是浪漫主義者，負責撰寫的寫手應該是現實主義者；所謂的編輯是不負責任的吹牛大王，寫手則是不准說謊的人。正因爲雙方攜手合作，才會產生優秀的作品。

反饋也是取材的一環

寫手與編輯要想達成共識，最困難也最重要的部分，就是反饋。

把好不容易寫完的初稿交給編輯，編輯讀完後，也給了一些具體的反饋，像是「希望能更……」「希望能加入那段內容」「這部分很難懂」等。根據對方所指出的部分，你再次面對原稿，一一加以修改。這樣的過程，有時需要來來回回重複好幾次。

一般來說，寫手會對來自編輯的反饋感到厭煩。

也許是因爲自己並不認同某些意見，或因此感到沮喪的緣故吧。雖然「希望能更……」「這部分很難懂」之類的說法聽起來像是工作上的要求，但簡單來說就是被打回票。要心情愉悅地接受所有反饋並不容易，但寫手對這部分有些誤解也是事實。爲了與編輯共同完成優秀的作品，事先確立各自的立場與角色是最好的。

所謂的編輯，是「專業的讀者」。編輯以讀者的身分，基於「我如此解讀這份稿件」給予反饋，提出「這份原稿還不能滿足身爲讀者的我」「身爲讀者的我，希望讀到這樣的內容或那樣的文章走向」之類的看法。

部分寫手之所以對編輯的意見覺得反感，是因爲他們並沒有把編輯當成專業讀者，而是當成「業餘寫作者」。

「明明寫作上只有業餘水準，還擺出一副了不起的樣子，命令我『要這樣寫』。」「根本就不知道寫作的困難與辛苦，也搞不清楚一旦改寫了那部分，文章整體就會失去平衡，還發號施令要我這樣那樣。」由於產生了這般感受，才會忍不住想反駁。但這樣的認知百分之百是錯的。編輯給予的並不是「身爲寫作者的意見」，單純只是在傳達「一介讀者的感想」。打個比方來說，編輯是在幫你做的菜確認味道，是你的夥伴，因此完全沒有理由爲了「太甜」或「太鹹」之類的感想而心生抗拒或感到沮喪。

那麼，該如何面對反饋才好？

來自編輯的指正中，有你深表贊同的，當然也有你感到納悶的部分。不論是哪一種，都不過是編輯「嘗過味道」後直接的感想。這個人（編輯）爲什麼提出這樣的要求？爲何提議加入那段內容？又爲何覺得這部分不夠順暢？只要仔細解讀那些反饋，必然看得到編輯「想讀的東西」，也看得到在互相協調階段未能達到共識的部分，以及對這份原稿所要求的方向、質感、資訊量、閱讀的價值和讀後感等。當然，那些不見得都是你必須遵從的正確解答，但當你閱讀反饋時，請先脫離「寫作者」的身分，以採訪那位編輯的心態，回到身爲「取材者」的自己：「這個人想讀的是什麼樣的東西？」「他爲什麼這樣解讀？」

接著，充分了解編輯的意向之後，盡可能以不同於編輯所提案的方式——也就是以超越對方提議的方式——進行「如果是我，就會這麼寫」的翻譯過程，那便是與編輯之間最理想的合作關係。

無論多優秀的編輯，都不可能會有客觀的「正確解答」。編輯的「想讀這樣的東西！」徹頭徹尾是他個人的主觀。

至於寫手，同樣也依照自己的主觀去寫作。關於透過取材獲得的內容，「我是如此解讀的」「如果是我，會用這種說法如此去寫」，而這也都不是客觀的「正確解答」。

正因爲雙方（編輯與寫手）的主觀相互碰撞，才能讓原稿產生化學反應。不論是一逕將編輯的說法當成絕對的「正確解答」全盤接受、不假思索並唯命是從，還是堅持己見、完全不肯聽編輯說話，都不可能出現什麼化學反應。這是「想讀這樣的東西」與「想寫這樣的東西」兩者角力的最後一戰。這就是推敲，是來自編輯的反饋。

尤其以我來說，是以書籍爲主要工作重心。在寫完一本書的耐力賽中，寫手被迫一個人孤單地跑著馬拉松。等到過了四十公里處、見到田徑場時，身邊總算出現了並肩而行的跑者。是編輯。他不是來加油打氣的，也不是以配速員（pacemaker）的身分陪跑，而是以競爭者的立場跑在我身邊，爲了超越我，向我拋出自己的主觀看法——對我而言，那就是反饋。這個階段的編輯，的確是競爭對手沒錯。

正因爲有個認眞想超越自己的對手緊跟在身邊，自己才能在最後階段全力衝刺，再次自我激勵「唯獨不想輸給這個傢伙！」並奮力一搏。接著，在彼此難分軒輊的瞬間抵達終點，創下自己的新紀錄。那就是寫手與編輯合作關係的理想境界。沿途上那些加油打氣什麼的，根本不需要，正因爲對方用一種即將超越的氣勢逼近，才能讓自己突破極限。

寫手毋須對編輯過分謙虛退讓，編輯也不必對作家或寫手太客氣。就讓彼此的主觀摩擦碰撞，爲抵達終點相互競爭、直到最後一刻吧。

推敲過程裡的「如果」

假設編輯提出了一項反饋，認爲「整體來說似乎欠缺了一點什麼」；自己重新審閱後也那麼認爲。並不是寫得不好，但就是少了點什麼。編輯並不清楚具體上該修改哪些地方，才會變得更精采有趣，你自己也不知道，唯一有的只是「好像少了點什麼」的直率感受——這種情況其實出乎意料的常見。

上一章，我以電影剪輯師爲例，說明推敲時的訣竅，就是要像剪輯師一樣，將原稿當成與自己不相干的東西，乾淨俐落地下刀修剪。但即使爲各位介紹了這樣的心法，電影剪輯和推敲之間還是有著極大差異。

電影進入剪輯階段時，拍攝工作已經結束。眼前所見的膠卷就是全部，要如何建構組合，全看剪輯師怎麼大展身手。

但另一方面，寫手卻有機會將原稿重新寫過。修改目前的文稿自是不在話下，也可以選擇從零開始、全部重寫；以電影來說的話，就是重拍。可以換劇本、增加原本不在預定計畫中的場景，或換掉主角。原則上，就算把寫完的整本書全部從頭再寫過，也絕對沒有問題。

不知道該修改哪些地方才對的時候，當原稿整體（不只某部分）有莫名不協調感的時候，在明知「照現在這樣行不通」卻又沒有具體對策、簡直像迷路般在原地打轉的時候，請先靜下心來，深吸一口氣，問問自己：

「如果截稿日期可以往後延一個月的話，我會怎麼做？」

「如果要從頭再寫過的話，我會怎麼做？」

「如果要從企畫階段從頭開始的話，我會怎麼做？」

當然，截稿日期不能延後，而且搞不好這星期內就必須完成。但請你先排除截稿日期的限制，從時間不受限的角度來思考：「如果要從頭再寫過，自己會怎麼做？」

不明白該如何處理哪些部分的時候，絕大多數的寫手幾乎都會以截稿前剩餘的時間爲前提，思考「接下來能做的事」。因爲「能做的事」有限，想到的辦法也就多半是敷衍用的小伎倆，無法綜觀全局。所以在這裡，請姑且將截稿期限擱在一旁，從設計圖開始重畫一次看看。將自己耗費的時間與勞力置之度外，思考什麼才是「對這份原稿來說最棒的樣貌」。

寫手並不是按時計酬的勞工。

對讀者而言，一份原稿花了十天還是一天才寫好，根本無關緊要。類似「這麼努力寫的東西竟然不受好評」或「花這麼多時間寫，結果竟然沒人要讀」的例子多不勝數；反過來說，當然也有那種離截稿期限只剩兩個小時、寫出來的原稿卻令人讚不絕口的例子。無關投入多少時間，對於寫手的工作，大家在意的只有原稿是否精采。

因爲是花十天寫成的原稿，因此要求獲得十天份的好評與報酬，這是按時計酬的勞工想法；對於自己付出的時間與勞力，要求相應的好評與報酬，當然也是按時計酬的勞工才有的念頭。只要領的不是時薪，寫手就必須從時間與勞力的概念中解放。好，當這個想法發揮到極致時，將會如何？我的結論如下。

寫手不該計算自己投入的時間或勞力。

也就是說，對寫手而言，時間與勞力的對價在本質上來說是零，是「免費的」。

從「自己就是自己的老闆」這個角度來想想看吧。有位勞工，不論如何任意使喚、強行加諸各種無理的要求，甚至到最後生氣翻桌，也完全不必顧忌，更不用額外付工資給他——那就是名爲「我」的寫手。所謂「不要計算時間或勞力成本」就是這麼回事。

因此，即使是花了一個月才寫成的原稿，我也會毫不猶豫地捨棄。

不斷給身爲寫手的自己指出錯誤，並以世上最任性的讀者身分，丟出所有不合理的要求；即使幾乎要修改到面目全非的程度，我也會照做不誤。這不是什麼「要有不屈不撓的骨氣」的勵志論，而是因爲投入的時間或勞力事實上是免費的、沒有價値的；也正因爲是免費的，這勞力才能盡情使用無上限。

歷史中沒有「如果」，但推敲過程裡有；就連截稿日期延後（不是毀約）都包含在「如果」的可能性之中。

截稿期限是專業人士互相承諾的重要約定。違背重要的約定，簡單來說就是毀約，是違反專業倫理的行爲。要是一再出現這種狀況，不只會失去來自他人的信任，也會變成無法堅守與自己約定的不誠實之人。遵守截稿期限與約定，是身而爲人應該做到的；不過，只要是約定，就極有可能在雙方都同意的情況下重新締結。

只要能將目前爲止與現在開始即將耗費的心力全部置之度外，就算全部重寫也不是問題。我知道，這聽起來或許很像那種不合理的勵志論。但我認爲，如果不是透過某種程度的「不合理」，是無法把工作做好的。

缺乏幹勁的真正原因

執筆或推敲過程中，總有意興闌珊的時候。

任何人都會在寫作（改寫）時遇到瓶頸，或遇到不管怎樣就是覺得很煩的狀況：明明該動筆了，但就是沒有靈感浮現；心情低落，什麼都不想做。許多人認爲這是「幹勁」的問題。沒錯，確實是拿不出幹勁的問題。

然而這並非寫作與推敲的前提中必備的因素。也就是說，並不是因爲有幹勁，才能寫出饒富趣味的原稿；而是因爲「沒能寫成有趣的原稿，才讓人失去幹勁」。如果內容眞的很精采的話，想必會沉浸在其中到甚至忘記吃飯的程度吧？

因此，缺乏幹勁（遇上瓶頸）時，就算盯著稿子、淨想些有的沒的，也沒什麼意義；即使喝杯咖啡小憩或出去散步走走，結果還是一樣。廣告業經常提到「散步或洗澡時浮現出絕妙創意」，但那麼做只能改善「原本就很有趣的東西」。乏味的原稿需要的不是絕佳創意，而是重新審視設計圖這個層級的問題。

我自己在無論如何就是缺乏幹勁的狀況下——也就是潛意識覺得眼前的原稿很乏味時，會這樣思考：

「它其實應該更精采更有趣才對吧？」

當初構思這個企畫案時，自己心中想像的難道不是更富趣味的樣貌嗎？全心投入取材時的自己，不是更興致高昂嗎？從對方那裡聽到那段話時，其實是更感動的吧？當時不是曾許下心願、唯獨這件事無論如何都要傳達給社會大眾的嗎？而且剛開始下筆撰稿時，不是還曾暗自雀躍「一定要把它寫得超精采！」嗎？

請回想一下，當初憑著筆記、企畫書、錄音、往返的郵件等資料，準備開始寫稿，並充滿期待的自己；再思考一下，如果「當時的自己」讀了這份原稿，會有什麼感覺？一定會揪出一些最根本的問題吧。

接著，再回想「當時」的心情感受，反問自己：

「自己其實有辦法寫出更精采的東西對吧？」

只要身爲寫手，相信不論是誰，應該都有職涯中最傑出的作品。

在過去撰寫的原稿（或個人練習作品）中，應該有些精采、有自信拿給別人看的傑作吧。請先回頭讀讀那些作品，仔細研讀自己發揮百分之百實力的成果。

當然，那樣的作品必定比手上（遇上瓶頸）的文稿更精采。儘管寫作題材的趣味性各有不同，但還是能從中感受到閱讀時的舒適感、下筆時的自在與身爲寫作者的愉悅。光是這樣讀著，撰寫時的意氣風發與無所不能的感覺都會甦醒。

最後勢必會明白，現在的自己是怎樣僵著身子寫作。當時的自己既然能達到這樣的境界，現在的自己一定也辦得到，一定能像當時的自己一樣自在、不在意他人目光、自由且自信地下筆——每當我回頭重讀自己那小小的傑作時，都會這樣想。比起喝杯咖啡小憩、出去散步那種不甚高明的做法，這種自問自答對轉換心情的效果要好上許多倍。

這個企畫案照理說可以更精采、自己應該有辦法寫出更有意思的東西。這不是自負，而是事實。

推敲的最終階段要檢視什麼？

即使還不到需要重新描繪設計圖的程度，但有些原稿是「總覺得有那麼一點不對勁」或「應該更有意思才對」。雖然相當接近完成的階段，心裡卻不覺得已經大功告成，這時候，只能不斷重複誦讀、改變外觀再讀和筆讀的步驟。

如果是有一定長度的原稿，其中可能有自己認爲「寫得很棒的部分」和「寫得很費力的部分」。推敲多半是針對寫得費力的部分，重新檢視文章；畢竟這些部分多少會殘留一些生硬的表現，或論述開展不自然的地方。

然而在推敲的最終階段，我卻認爲「寫得很棒的部分」才是要注意的地方。針對連自己都覺得寫得很好並感到滿意的部分、下筆時覺得行雲流水的部分，以及編輯完全沒有提出任何反饋的部分，重點式進行檢視。

這是因爲在無數次反覆推敲的過程中，我們很可能無意間輕易放過了這些地方；儘管還有進步的空間，我們卻沒有認眞地再讀過。另一方面，反覆調整修改後，文章整體的走向、節奏或風格有極大的可能已產生了變化，唯獨這些部分依然保持原貌。因此就算寫得再棒，整體上看來也很容易顯得突兀不協調。

此外，所謂行雲流水的部分，意味著用字遣詞上毫無阻礙，但也極可能表示文章從頭到尾都很普通。而且以寫手來說，不假思索、只求快速寫成的文稿，很多時候代表著未經琢磨，尤其文章寫得快的人更要注意這一點。務必不斷思考：是否還有其他的表現手法？有辦法加入其他的例子嗎？能不能用過去沒用過的語詞？

推敲要追求的目標是「豐富的文章」。

語彙豐富、論述豐富、例子豐富、修辭豐富；不至於寫得呆板、一成不變，而是運用了各種不同表現手法的文章。換句話說，就是「表現的稀有性」傑出的文章。使用稀鬆平常的表現方式雖然易於閱讀，卻無法提高豐富程度。

例如使用逆接連接詞時，可以先檢視一下前面是不是都只用了「但是」和「不過」？除了「儘管」或「話雖如此」，還有沒有更恰當的連接詞？又或者，比如要調整「但是人類移居火星什麼的日子眞的會到來嗎？」這句話，可以試著在節奏上加一點變化，改成：「但是，人類移居火星什麼的，這樣的日子眞的會到來嗎？」雖然只是很細微的修改，不過透過這樣的琢磨，文章表現就能變得更豐富。

修正原稿中不好的部分，是推敲初期的任務。

到了最終階段，要將目光集中在原稿好的部分，細心琢磨，讓它更好。因此，我要再次重申，推敲並不是爲了「糾錯」。

當個充滿自信的人

對任何人來說，推敲都是一道令人心煩的程序。

包括來自編輯的反饋在內，一一修改沒寫好的部分，整個人也在此過程中逐漸變得消沉。雖然有時確實能感受到原稿隨著修改逐漸進步，但莫名鑽進死胡同的狀況也很常見。就連勉強算得上資深的我都有這種感覺了，相信年輕寫手更容易因爲推敲而感到困惑。因此在最後一章總結前，我想先說一下心理層面的部分——即使看起來像是精神喊話也無妨，總之，我想談談有關心理上的話題。

前面也提過，我並不認爲自己有寫作的才能。不分男女老少，文筆比我好的寫手非常多。每次認識各式各樣的新朋友時，也總會一再讓我意識到自己不過是個平凡人。這是絕無虛假的眞心話。

自己的能耐有多大？做得到什麼、做不到什麼？與心中敬重的那一位之間差距有多少？像這樣沉著認清「自己目前所在位置」的態度固然有其必要，但是我認爲，不論有無可依循的根據，擁有自信（相信自己）比什麼都重要，甚至認爲這是寫手最需要的一種力量。

自信與虛張聲勢不同。對他人或社會大放厥詞，不過是虛張聲勢，徒然反映內心的脆弱。至於自信，原本就是在自己體內默默醞釀而成的，不需要公開聲明或向眾人宣告。只要自己那麼認爲，也就夠了。

撇開技術上的問題不說，我認爲「優秀的原稿」或「精采有趣的原稿」都取決於有沒有自信。因爲在反覆推敲（找出缺點）的過程中，絕對不能被擊垮；而到頭來，得以成爲精神支柱的，就是自信。

藤子不二雄Ⓐ的名作《漫畫道》中有這麼一個場景。漫畫之神手塚治虫與才華洋溢的石森章太郎（即石之森章太郎，《假面騎士》作者）的共通點是圖畫得又快又好。究竟爲什麼能以那樣驚人的速度畫出那麼多作品?藤子不二雄Ⓐ是這麼回答的：

「在繪製漫畫的速度上，有極大的個人差異！」

「有人平均一小時畫一頁，也有人要花好幾個小時才畫一頁。」

「但整體而言，速度快的人天生就是快！」

「當然，隨著畫面精緻度不同，速度也不一樣。」

「手塚老師與石森章太郎的畫不但精緻度高，速度又快！」

「差異的關鍵在哪裡?!」

「歸根究柢，速度快慢的差異在於畫線時的自信程度！」

「具備自信與專注力所畫出來的線條又快又漂亮！」

「遲疑困惑下所畫的線條，與充滿自信所畫的線條，其分別正是透過速度上的差異來顯露！」

這樣的說法並不只限於漫畫——寫作時的不安或困惑會如實呈現在文章裡。如同漫畫的線

摘自《漫畫道》（藤子不二雄Ⓐ）第24冊

條變得模糊顫抖，文章裡也會出現類似情形，說明變得既囉嗦又冗長。無關乎技術，文章還是要自信滿滿地以一揮而就的姿態去撰寫比較好。下筆前不斷深思熟慮，一旦開始下筆就一氣呵成，這就是基本。

而且在推敲階段，我會反問自己：

「是你的話，可以做得更好吧？」

「你的實力，不會只有這樣吧？」

即使目前的原稿已達相當水準，但如果是你（自己）的話，應該還能再做些什麼才對。其他寫手可能到這裡就停筆了，或許現在這樣編輯就滿意了，但你的目標應該更遠大、更往前邁進才對。這全都因爲「你是你」的緣故——這不是對自己的技術與才華有自信，而是對自己這個人的信任，相信自己不是那個這樣就會感到滿足的「你」。

從〈序章〉開始一路讀下來，說不定有些人反倒因此失去了自信：覺得太難、要思考的東西太多、認爲自己做不到而想放棄，甚至可能認爲一路走來的自己遭到了否定。

不過，請各位回想一下。你爲何從事這份工作？或是爲何以此爲目標？爲什麼要特地去寫些什麼東西？

因爲喜歡寫作？

因爲喜歡書？

因爲國文成績很好？

因爲想從事有創意的工作？

不是。絕對不是。

你只是莫名地、沒有確切根據地認爲「自己似乎也能做得到」，因此以寫手爲目標或成爲寫手。你並不認爲自己有可能成爲鋼琴家、畫家、外交官或棒球選手之類的人，但如果是寫手，就會莫名有種「我應該可以」的感覺，且毫無根據。我自己也一樣。儘管沒有任何相關資歷，前一份工作還是眼鏡公司的店員，但還是認爲自己似乎做得到。雖然這麼說好像小看了寫手這份工作，但是往好的方面解釋，也正因爲如此，我才能進入這個業界。沒錯，當你以寫手爲目標或冠上這個頭銜的那一刻起，你已經是個「毫無理由便充滿自信」的人。

撰寫文章是一項孤獨的工作。

再怎麼痛苦，也沒有任何人會幫你；而且也無從幫起。必須像個潛水者，不斷往下潛到意識的最深處才行——冰冷、所有光線與聲音都到達不了、空無一人的漆黑大海裡。你可能會想放棄，想盡快回到有亮光的海面、回到陸地上、吃點溫熱的食物。

這種時候，只有一條安全繩能讓你潛到「極限的前方一公尺處」。

那就是自信。不是毅力，不是才華，也不是你的編輯，而是相信自己的意念，是自信。

「如果是我的話就沒問題。」「是我的話，就能更往前去、前去深淵觸碰某些事物。」只有這種莫名的自信能讓你潛到「極限的前方一公尺處」。

當個充滿自信的人吧。寫出不帶任何遲疑困惑的文章，帶著對自己的信任進行推敲。

我向各位保證，你已具備超乎狂傲的自信。雖是徹底傲慢且不合時宜的自信，但這才是直到終點前最重要的依靠。

到什麼程度才算「寫好」？

好，本書進入總結的時刻到了。

經過不斷細心認真的取材、思考組織架構、一筆一畫撰寫，再加上不斷推敲，「寫好」（完成）的時刻終於到來。究竟要以什麼爲依據，才能算眞正完成原稿？說明如何辨別這一點之後，本書就要畫下句點。

原本就以反覆推敲推敲再推敲而聞名的托爾斯泰，在整理晚年最後的文選集《智慧曆書》時，據說光是序文的推敲次數就超過一百次以上。這篇序文的內容不過寥寥幾頁，但我們不知道最初的原稿、推敲第三十次的原稿、推敲第七十次的原稿和推敲超過一百次的最後定稿間的具體變化有多少。當然，極有可能幾乎沒有差別，只是原則上來說，推敲會越改越好。就算不至於像托爾斯泰一樣進行這麼多次，但如果以五次和十次做比較的話，十次一定比較好；能做到十五次更好，再多加一次就更棒了。所謂的推敲，就是這麼回事。

那麼，推敲要做到什麼程度才算結束？

或者說，要到什麼狀態才能說已經「完成」（寫好）了？

是找不到應該用紅筆修改的地方嗎？是編輯給予前所未有的好評並表示過關的時候嗎？或是在最後交稿期限「眞正截稿日」來臨的時刻？

我的答案是，當「我」的痕跡從原稿上消失的時候。

也就是當「人們覺得這篇文章打從一開始就是以這種樣貌存在」的時候。

費盡苦心撰寫的痕跡、下筆時遲疑困惑的痕跡、缺乏自信的痕跡、牽強的痕跡、完全帶有自己個人特質與癖好的痕跡……全部消失，甚至連自己都覺得「這些眞的是我寫的嗎？」的時候，推敲才算完成——原稿已經寫好了。

在〈序章〉裡，我寫到「寫手是種『空』的存在」，透過取材獲得「應寫之事」，是名取材者。接著，原稿對取材者而言，則是寫給所有曾協助自己取材的人事物的「回信」。

「我是這麼理解的。」
「我聽到的是這樣。」
「我是被這部分打動的。」
「如果是我，會用這種說法那樣寫。」
「因為想盡可能將你的想法傳達給更多人。」

對身為取材者的寫手而言，這才叫做原稿。我完全不打算修改這項定義。不過請各位想一想。

如果寫手的原稿是一種回應，那麼回應的對象就是「協助取材的你」——身為寫作者的「我」，正在給協助取材的「你」撰寫回信。「我這樣理解你所說的內容」「我是這樣認知的」「如果是我會這麼寫」……書寫表達這些訊息的回信。就某種意義而言，這是私人信件，如果就這樣當成作品公開的話，感覺上會有點微妙。

正因爲如此，寫手要不斷推敲，直到「我」的痕跡從原稿上消失爲止。要反覆琢磨直到認不出是自己所寫的，要變成「讓人覺得這篇文章打從一開始就是以這種樣貌存在的」爲止。

如此完成的原稿就不再是「我寫給你」的私函，而是「我們」以讀者爲對象所寫的重要信件。爲什麼？因爲「我」的痕跡從原稿上消失了，身爲寫手的我和協助取材的你已經融合爲「我們」，是合而爲一的證據。換句話說，必須到這個階段，「我寫給你」的私人信件（回應）才終於成爲「我們寫給讀者」的內容。

作家，可以獨自撰寫「我給讀者」的信函。

但寫手做不到。因爲寫手是「空」的，既沒有自己想說的事，也沒有任何訴求。

然而透過取材，寫手獲得了想傳達的事物；即使沒有「我」個人想說的事，卻一定會有「我們」想傳達的內容。正因爲不是爲了自己，而是爲了「我們」，才會竭盡全力、眞誠且毫無虛假地翻譯並解讀取材內容，再試圖傳達出去。

希望各位牢記一點：寫手，絕對不是什麼未達作家資格的寫作者統稱。不以「我」，而是「我們」爲主語的寫作者，才能稱爲寫手。這份價値，今後我依然想強烈呼籲並反覆證明。

後記

我們都是傳遞接力棒的跑者

進入〈後記〉前，想先說說關於本書的執筆過程。

由於將寫手定義爲取材者的緣故，使得本書的定位變得有點曖昧。撰寫這本書時，我並未採訪某處的某人；至於做爲資料而閱讀的書刊，大部分也只是從記憶中抽取書單，而不是重新取材的結果；冠上「取材者」頭銜的同時，卻什麼採訪也沒做。說不定這看起來就像一本任意胡謅自己想法的書。

事情當然不是這樣的。

這次，我以一名取材者的身分採訪了「寫手古賀史健」。傾聽他所思考的「取材、執筆與推敲」、向他提出許多問題，並用心理解。要求他具體說明抽象的內容，辨識出與其他事物的相似處後，再找到貫穿所有道理的主軸，最後負責翻譯與解讀這些內容。打個比方來說，就像是將類比式時鐘所顯示的時間轉換成數位式——也就是語言與邏輯的一道程序。

只不過取材對象碰巧是自己，所以就完全照平常那樣（以身爲取材者的寫手身分）的架構去寫了。儘管因爲某些不熟悉的部分，所以從頭到尾花了將近三年時間，卻也因此再次認清自己的想法，學習到很多事。

接著，再談談有關執筆的動機。

簡單來說，由於兩項事物的「缺乏」，讓我決定動筆。明知道一旦開始，就有很多苦差事等著我，但察覺到這種現象的我有責任非把這本書寫出來不可。其一是缺乏前輩，其二則是缺乏教科書。

如同書中也提過的，身爲寫手的我一路走來完全沒有前輩指點。記憶中，實際上的取材、執筆與推敲等程序，也幾乎沒有人手把手親自教過我，我只能用自己的方式邊看邊模仿，除了從做中學，別無他法。我想，如今從事編輯或寫手這一行的人之中，或許多數也曾如當初的我一樣深深感嘆「缺乏前輩」這件事。

不只限於出版業，這是各行各業共通的結構性問題。

一般來說，越優秀的創作者，越傾向離開組織、選擇成爲自由工作者；越厲害的人，越會走上沒有上司、前輩、下屬和後進的獨行之路。只要是眞正優秀的人，獨立後所獲得的報酬不但會比隸屬組織時更好，也會有更傑出的工作表現。就像擁有自己的一方城池，過著悠遊自在的生活。

但另一方面，他們長期以來累積的知識、經驗、技術和人脈又會變得如何？

很可惜的，將在無人傳承的情況下，隨著他們的消失而消失，有如配方不明的獨門醬汁就這樣失傳，因爲根本沒有必須將知識與技術傳承下去的下屬或後進。此外，一旦缺乏傳承（提攜後進）上的迫切需求，相信他自己也不會特地透過文字或語言系統化整理自己的工作成果。

結果，大多數創作者在繁花盛開的榮景過後，就在未留存種子的情況下銷聲匿跡了。傲人的知識與經驗，僅在自己這一代就告終。這種「獨門醬汁」逐漸失傳的情況到處都有，眞的太可惜了。

於是我在二〇一五年成立了株式會社 batons（意爲接力棒）。不同於出版社或編輯顧問公司，這是一家專屬寫手的「寫手公司」。公司內有分屬不同世代的寫手，藉由彼此的往來互動繼承前輩的知識見聞，相信可以達到「傳承接棒」的目的。公司之所以取名 batons，正是基於這樣的理念。

三年後，更進一步的，我構思成立一所能提供更多交流互動、培育更多寫手的「學校」。即使只是像私人學堂也無所謂，來創立學校吧！在課堂上傳授關於企畫、取材、編輯、執筆和推敲的所有一切。不是「寫作學校」，而是創立「寫手的學校」！

儘管我如此興致勃勃，只是認眞說來，標榜培育寫手或編輯的學校已有好幾所，而且還擁有知名作家、名編輯、人氣寫手等「豪華講師陣容」。我也曾受邀在其中幾所學校擔任講師、負責開設定期講座。但那樣的學校究竟能爲學生帶來多大助益，我並不十分清楚；說得更直接一點，除了回憶和人脈，我不認爲他們還能提供什麼。課程計畫很籠統，課程內容也交由講師自己決定，品質當然參差不齊，感覺上學校本身的「編輯」工作似乎就做得不夠好。

這些學校爲何沒有發揮作用？

——探究到最後，我的答案就是「缺乏教科書」。

如果當眞要創立學校，就必須要有教科書。目前各式各樣的學校之所以滯留在自我滿足與建立人脈的框架中，就是因爲沒有教科書。也正因如此，使得課程計畫不完整，授課品質也無法統一。

在論及學校的創立前，要先製作教科書。

如此下定決心後，我便著手構思本書，決定創作一本「給下一代寫手」的教科書，而且是就算當成一般讀物，也能兼顧趣味性的書。這正好是二〇一八年四月的事。

從異常漫長的撰寫時間便可知道，執筆過程進展緩慢。

要創作某一領域的教科書，意味著必須以「科學」的眼光重新審視，並使它確立（普遍化、系統化）爲一門可修習的博雅教育（liberal arts）課程。由於過度受制於「創作一本給寫手的教科書」這項超出自己能力範圍的構想，有好一段時間拖拖拉拉的寫不出來。後來將「寫手的教科書」這項概念改爲「假使我要創立『寫手學校』，希望能有一本這樣的教科書」，也就是順應自己的主觀去思考後，文章的撰寫才開始有了進展。

因此，本書不能算是立場中立的教科書。

更別說它絕不是「○○聖經」之類的書。

這本書，是由我所傳遞的「接力棒」。這根棒子有我所思考關於「取材、執筆與推敲」的原理與原則。我竭盡筆力到自認爲再無可寫的地步；相信即使十年或二十年後再讀，我依然會打從心底認同本書內容。甚至覺得它已成爲一本沒有遺憾、值得我誇耀一生的書。

儘管我在書中介紹了許多技術與方法，但關於技巧，我卻完全不打算涉入。對我而言，技術是需要思考、琢磨與向上提升的東西；技巧卻是一旦學會就結束了。

因此，對那些打算從現在開始寫些什麼的人來說，我完全不希望這本書變成幫他們「節省思考所花的工夫」的工具。可能的話，希望以本書爲開端，請各位試著用自己的大腦和話語進行比過去更多、更廣泛的思考。有一天，當你成爲某人的前輩，也希望你能將握在手中的接力棒傳遞給下一位跑者。接力棒，是爲了交棒傳遞而存在，本書也是以「傳承給未來幾個世代」爲目的而創作的，那才是書本原該擁有的樣貌。至於要讓本書成爲接力棒的人，就是你。

最後，要向參與本書製作的每一位致謝。

在將近三年的漫長時間裡，深刻理解、支持我並扮演競爭者角色的編輯柿內芳文先生；提供適切建議並給予溫暖支持的鑽石社今泉憲志先生；將本書設計得端正大方、經得起百年考驗的裝幀師水戶部功先生；在工作上以極佳的理解力與熱情給予回應的堤淳子小姐；從企畫伊始便主動提供協助，並堅定支持我到最後的紺野慎一先生；以及將（篇幅絕不算短）的本書閱讀到最後一頁的各位讀者。

由衷感謝各位。

國家圖書館出版品預行編目資料

取材．執筆．推敲：《被討厭的勇氣》作者直授，最全面的寫作指南
／古賀史健 著；葉小燕 譯 --初版--臺北市：究竟，2022.05
416面；14.8×20.8公分 --（第一本：113）
ISBN 978-986-137-366-9（平裝）
1. CST：寫作法

811.1　　111002465

Eurasian Publishing Group
圓神出版事業機構
用心與你對話．視野無限寬廣
究竟出版社
Athena Press

www.booklife.com.tw　　reader@mail.eurasian.com.tw

第一本 113

取材．執筆．推敲：

《被討厭的勇氣》作者直授，最全面的寫作指南

作　　者／古賀史健
譯　　者／葉小燕
發 行 人／簡志忠
出 版 者／究竟出版社股份有限公司
地　　址／臺北市南京東路四段50號6樓之1
電　　話／（02）2579-6600．2579-8800．2570-3939
傳　　真／（02）2579-0338．2577-3220．2570-3636
總 編 輯／陳秋月
副總編輯／賴良珠
責任編輯／林雅萩
校　　對／林雅萩、丁予涵
美術編輯／林雅錚
行銷企畫／林雅雯．陳禹伶
印務統籌／劉鳳剛．高榮祥
監　　印／高榮祥
排　　版／陳采淇
經 銷 商／叩應股份有限公司
郵撥帳號／ 18707239
法律顧問／圓神出版事業機構法律顧問　蕭雄淋律師
印　　刷／祥峰印刷廠
2022年05月 初版

定價 510 元　　ISBN 978-986-137-366-9　　